Dank an:

Tatsächlich gibt es viele denen zu danken Wert wäre.
Insbesondere jedoch meiner Frau, die so wertvoll ist -
weil sie einfach sie selbst ist.

Matthias Benz

Manipulation

In meiner Hand

© 2017 Matthias Benz
Umschlag, Illustration: Matthias Benz
Lektorat, Korrektorat: F. Benz, H. Benz, I. Böhme

Verlag: tredition GmbH, Hamburg

ISBN
Paperback   978-3-7345-4529-0
Hardcover   978-3-7345-4530-6
e-Book   978-3-7345-4531-3

Printed in Germany

I. Morgenbeginn

(Zyklus 1.1)

Es war einer dieser Tage an denen man aufsteht und den ganzen Tag über verteilt taucht immer wieder der eine Gedanke auf „ich hätte heute im Bett bleiben sollen."

Jeder Versuch das Blatt zu wenden und auch diesen Tag zu einem sinnvollen, erfüllten oder zumindest zu einem einigermaßen ertragbaren umzubiegen wird schon im Keim erstickt. Und so wurde die Prophezeiung des Gedankens seit dem ersten Aufblitzen desselben wahr.

„Wäre ich doch heute Morgen nur ...." Aber wie immer, stirbt die Hoffnung zuletzt und wo wäre da der positive Sinn, der Überlebens-Instinkt, der Spaß mit dem Louis Steinwald das Leben seit über 40 Jahren in sich hinein zu saugen schien und nicht zu vergessen, das kleine Lächeln, dass einige als gespielt andere als süffisant an Louis empfanden. Dieses Lächeln war zum Teil nicht mehr als ein dezentes Schmunzeln, wenngleich es auch der Schlüssel für so vieles in seinem zwar noch nicht sehr langem aber durchweg ausgefüllten Leben war.

Obwohl es meist wie ein Geheimnis schien warum jemand nur immer ein Lächeln auf den Lippen haben konnte, wenn es doch für jedermann keinen ersichtlichen Grund dafür gab, ja nicht mal eine rationale Erklärung, waren viele in seinem Umfeld davon angetan. Die ausdrucksstarke Freundlichkeit seiner stahlblauen Augen mit der Weichheit und Fröhlichkeit des Lächelns hatte ihren Reiz. Auf der anderen Seite jedoch waren genau diese Menschen auch mit einer gewissen Portion Ungewissheit behaftet, ob er sich jetzt über sie, über den Senffleck auf dem Hemd seines Gegenübers oder gar über die Welt selbst lustig machte. Der Einfachheit halber schob man es auf die Problemlosigkeit seines Lebens. „Wenn ich es so einfach hätte wie Louis, ja dann hätte ich auch viel zu lachen", oder „so ein Leben möchte ich auch haben."

Aber es war nicht einfach. Zumindest nicht mehr oder weniger einfach als bei allen anderen um ihn herum. Louis empfand sein Leben als schön, manchmal sogar als eines der schönsten das man haben konnte, aber es war nicht einfach. Und die empfundene Schönheit war mehr auf seiner Sicht der Dinge gegründet als auf die nackte Einfachheit und Problemlosigkeit.

Er scherte sich wenig darum wie andere sein Leben betrachteten, wenngleich ihm die Menschen um ihn herum nicht egal waren. Daher war eines der Dinge, die ihm immer wieder Kopfzerbrechen bereitete: „Warum macht ihr euch das alle selbst so schwer."

Mit den Jahren hinterließ dieses leichte Lächeln auch eine Falte in seinem Gesicht. Aber es war eine schöne Falte. Nicht groß – nur ein leichter Hinweis auf einen manifestierten Schwung im Leben, gepaart mit dem Willen sich nicht unterkriegen zu lassen.

Diesen Morgen gab es nicht viel zu Lächeln. Der Schlaf war kurz, der Wecker war laut, das Schlafzimmer war kalt, und die Überlegung ob er doch lieber noch etwas später aufstehen sollte und noch im Bett weiterdöst wurde nicht wirklich ausdiskutiert.

Bei dem ersten Blick in den Spiegel stellte sich die Frage, ob er heute jemals vollständig wach werden würde. Aber für den Griff zur Zahnbürste schien es zu reichen. Wenn es denn nur das einzige an diesem Tag sein könnte, das seine Gedanken sichtlich umhertreiben würde, in eine nicht endend wollende Rastlosigkeit …

II. Routine

(Zyklus 2.1)

Die Menschen liefen völlig durcheinander mit viel angedeuteter Eile. Aus dem Stimmengewirr ließ sich nichts Bedeutsames erkennen. Man konnte jedoch sehen, dass irgendetwas anders war. Anders als der ganz normale Tagesbeginn in der U-Bahn am Hauptbahnhof. Heute klappte es auch irgendwie nicht damit, die Umgebung um sich herum auszublenden. Normalerweise war es egal, wo sich Francis befand. Egal wie viele Leute da waren, egal wie laut es irgendwo war.

Sie hatte sich an die morgendliche Freakshow an der U-Bahn Haltestelle gewöhnt. So wie jeden Tag klammerte sie sich an ihren Coffee-To-Go Becher, gefüllt mit der lieblichen braunen Flüssigkeit, einen Schuss Milch und mit mal mehr mal weniger Wasser mit dem Sie den Espresso aufgegossen hatte. Die Freakshow begann immer mit dem Obstverkäufer in ersten Untergeschoss. Sie fragte sich jedes Mal wie diese Dornenhecke, die unter seiner Nase wuchs ihm nicht selbst wehtun konnte. Diese klobigen Augen kamen noch hinzu. Wenn das was er Schnurrbart oder Schnauzer nannte denn jemals einen Hauch von Pflege bekam, konnte dies wohl nur mit einer diamantgeschliffenen Heckenschere zur Einmalbenutzung passieren. Na ja, oft schien das ja sowieso nicht der Fall gewesen zu sein. Die Optik des Verkäufers hinterließ leider auch Spuren in der vorgestellten Geschmacksvielfalt des zu verkaufenden Obstes. Deswegen kam Francis nicht einmal ansatzweise auf die Idee dort ein Stück zu kaufen, auch wenn das Geschäft auf dem Weg lag. Obwohl tatsächlich die Ware noch so in den schönsten Farben leuchtete und manchmal den Eindruck erweckte, die Papaya hätte noch den Morgentau des Baumes an sich haften, an dem sie vor ein paar Minuten hing.

Platz zwei der morgendlichen Freakshow belegte ein junger Typ, der seinem Gang und dem inne liegenden Gesichtsausdruck nach sich gab wie der Vorstandsvorsitzende der Société Général. Das mögen seine Ziele gewesen sein. Na ja, für den Moment wäre es schon ein Fortschritt, wenn er einen Anzug kaufen würde, der ihm auch wirklich passte. Nicht das seltsam anmutende Stück, das ihm entweder eine findige Verkäuferin empfohlen hatte, da es schon seit Jahren aus dem Lager wegmusste. Eine weitere Möglichkeit wäre bei ihm auch noch, dass er den Anzug in seiner monatlich abonnierten Managerzeitschrift sah und er ihn ebenfalls unbedingt zur Geltendmachung seiner Kompetenz und hochklassigen Wichtigkeit haben musste.

Francis hoffte jedoch, dass er auch nicht in diesem Aufzug zu einem Vorstellungsgespräch als Pförtner bei der Société Général gehen würde. Vielleicht sollte man auch nicht die Frisurempfehlungen, Accessoirevorschläge und die Modebilder von verschiedenen Jahrgängen dieser Managerzeitschrift kombinieren. Das Gesamtbild lies anmuten, dass die Miles & More Frequent Traveler Card aus dem Farbdrucker selbst erstellt kam, aber mit einem Stolz getragen wurde, ein Stolz, als wenn der Präsident eines reich geschmückten Landes bei einem Staatsempfang in den Ballsaal schreiten würde.

Es hatte irgendwie seinen ganz eigenen Reiz die gewohnten Gesichter jeden Morgen wieder zu sehen. Und so kamen auch immer wieder neue Elemente in die Freak-Show. Francis Augen suchten den Bahnsteig nach Kandidat Nummer drei ab. Aber er war heute nicht zu finden. Nirgends auch nur ein Hinweis von ihm. Obwohl sie schon die Rangfolge korrigieren wollte und sie sich fragte, ob er nicht Platz 1 verdient hätte. Bisher hatte er noch nie gefehlt. Auch wenn Francis ab und zu im Urlaub war fragte sie sich, ob er nicht auch wie immer da wäre. Er war einfach immer da wenn sie morgens am Bahnhof stand. Nur heute nicht.

III. Perfektion

(Zyklus 3.1)

Die Sonne schillerte leicht durch die Wolken, sodass die weichen Kanten in einem wunderschönen hellem Goldgelb erglühten, weitergeführt von einem reinen Weiß, wie es selten zu sehen ist. In breiten, mächtigen Streifen schienen die Sonnenstrahlen sich durch die weiße feste Masse zu schneiden und den Erdboden wuchtig zu treffen. Ein Schaubild, dass ihm immer wieder die Brillanz der Natur vor Augen führte. Ein Eindruck, der alles andere verblassen ließ. Und bei seinem Lebensstil konnte es nicht viel geben, was daneben blass aussah.

Sein Streben nach Perfektion wurde von der Perfektion der Natur angetrieben. Es war das Einzige dem er sich öffnete, das Einzige, das ihm seine Menschlichkeit gewahr werden ließ.

Alles andere war zu kontrollieren. Nur der Himmel nicht. Alles andere ließ sich mit Geld oder anderen Mechanismen wie auf Knopfdruck regeln. Dabei spielte es keine Rolle um welche Person es ging, welche Rolle sie in der Gesellschaft spielten oder wie viel vermeintliche Macht sie innehätten. Alles konnte sich seinem Willen beugen – nur die Natur nicht. In der gleichen Intensität wie er es liebte wenn seine Pläne, die von ihm gestaltete Perfektion funktionierten, genauso genoss er die Ohnmacht davor, die Himmelsphänomene und die Naturschauspiele in der Hand zu haben.

Einmal wagte es doch jemand ihm zu widersprechen und den Menschen und die Fähigkeit zur vollständigen Beherrschung derselben zu erheben. Wer die Macht hat etwas zu zerstören, so war die Meinung dieses Wissenschaftlers, der würde die vollständige Macht der Kontrolle haben.

Er hörte diesem Wissenschaftler geduldig zu und mit einem teilnahmslosen Blick in Richtung des Fensters, hinauf in Richtung der Wolken, ließ er alles seinen natürlichen von ihm geplanten Gang gehen. Mit einem seichten Kopfschütteln schloss er die granatensichere Glaswand des Labors, dessen Motorunterstützung leise surrte und mit dem Einrasten diesen Bereich hermetisch abriegelte. Mit einem leichten Schmunzeln ging er den Korridor entlang und entfernte sich aus dem Labor Areal.

„Viel Freude mit Ihrer Fähigkeit die Natur zu kontrollieren Herr Wissenschaftler" - dachte er lautlos, so wie er sich langsam, aufrecht und würdig, fast schon schreitend immer weiter entfernte. „Lassen wir alles seinen natürlichen Gang gehen."

Der Wissenschaftler, der alleine im Labor verblieben war, interpretierte das als Ignoranz. War er doch das eine oder andere exzentrische Verhalten bereits gewohnt. Während er ihm durch die dicke Glaswand nachsah dachte er sich, es mache ihm nichts aus, jeder konnte seine eigene Meinung haben. Soll er doch denken was er will.

„Die Wissenschaft ist dafür da alles zu erklären und Kontrollmöglichkeiten zu schaffen. Natur, Natur …" Als er wieder einatmen wollte, war es, als ob er im Begriff sei zu verstehen, was sein Besucher ausdrücken wollte. Sehr zum Entsetzen des Wissenschaftlers, dessen Verständnis leider zu spät kam, was wirklich geschah.

IV. Zeremonie

(Zyklus 1.2)

Während die Zahnbürste so in seinem Mund hin und her wanderte, dachte er sich, dass der Tag eigentlich gar nicht so schlecht sei. Sicherlich, frei haben wäre schöner, aber es gab auch beträchtlich Schlimmeres als ihm heute bevorstand. Nach einem tief schwarzen Espresso sieht die Welt doch wieder ganz anders aus. Selbstverständlich besser, wesentlich besser. So als ob die Schwärze des Getränks als das dunkle dieser Welt sammelt, in sich vereint und man es einfach hinunterschluckt.

Aber es war nicht einfach nur ein Espresso. Jeder Einzelne für sich war ein Meisterwerk. Oh wie er doch diese Leute hasste, die „Expresso" sagten. Diese Menschen konnten tatsächlich die Leichtigkeit seines Lächelns aus seinem Gesicht verbannen. Und diese Kaffee-Pad-Trinker – alle mit einander ...

Ein Hoch auf die Psychologie des Marketings, das jeden völlig geschmackssinnlosen Menschen auf die Ebene eines Baristas erhob. Die meisten konnten doch noch nicht mal unterscheiden, ob das Pad das zweite oder das erste Mal durchläuft. Genauso wie wenn man Kindertraubensaft zu einem edlen Cabernet Sauvignon ernennen würde, so steht heute überall Espresso darauf. Nein, alleine daran kann man erkennen, in welche Abgründe die menschliche Gesellschaft geschwunden ist, fern ab jeglichen ehrlichen Selbstverständnisses, ganz zu schweigen von einem objektiven Selbstbild. Und überhaupt ist die wahre Seele eines Menschen an seinem ....

So lange wollte er gar nicht seine Elektrozahnbürste strapazieren. Bei diesem Thema gingen jedoch immer wieder dieselben Emotionen mit ihm durch. Aber er mochte es. Das Echauffieren über die

Kaffeegewohnheiten und Gourmetfähigkeiten seiner Mitmenschen, hat ihm schon so manche langweilige Zeit versüßt. Louis fühlte die Kräfte zurückkommen, noch bevor der erste Hauch eines Kaffeeduftes seine Nase erreichen konnte. Alleine das Thema erfüllte ihn mit einer Inbrunst, sodass der Tag nur noch gut werden konnte.

Nach einer, seiner Meinung nach ausreichenden Zeit der morgendlichen Körperpflege im Bad wechselte er das Stockwerk um in sein liebstes Reich zu gehen. Dort wo auch sein liebstes Möbelstück stand. Die La Pavoni®. Falls jemals das Haus einstürzen sollte, Louis würde sich auf den Kaffee-Siebträger stürzen und ihn mit seinem Körper und Leben beschützen.

Alleine die Vorbereitung für die eigentliche Zubereitung des Espresso würde für andere gefühlt Tage dauern. Für ihn ist es nur ein Augenblick. Als der heiße, weiße Nebel aus der kleinen dickwandigen Espressotasse nach oben schwebte um sich dann in nichts aufzulösen, wurde das liebliche Aroma mit Genuss von Louis aufgesogen. Eine Zufriedenheit und wieder das so für ihn typische Lächeln erschienen auf dem vom frühen Morgen gezeichneten Gesicht. Er hatte sich für die Mischung No. 27 entschieden und war sichtlich zufrieden mit seiner Wahl. So zufrieden wie ein Nashorn in Simbabwe, das seinen seit Monaten ausgetrockneten Tümpel nach einem plötzlichen Regenfall wieder aufsucht und sich genüsslich in das Nass wirft.

Wie es immer an solchen Tagen ist, klingelte genau in diesem Moment das Telefon. Was jeden anderen fürchterlich gestört hätte, das war nicht einmal mehr im Bereich des Wahrnehmbaren von Louis. Er hatte ausgiebig und exzessiv das Ignorieren des Telefons geübt und praktiziert. Es konnte nichts existieren, das sich nicht mit einem Rückruf klären lassen konnte. Und vieles war es nicht einmal wert sich davon unterbrechen zu lassen oder hatte sich bis zum Zeitpunkt des Rückrufes sowieso erledigt.

V. Arbeitsweg

(Zyklus 2.2)

Es war noch mehr anders als an den sonstigen Tagen, den wie gewöhnlich langweiligen Minuten während Francis auf die U-Bahn wartete, wenn nicht die Freak-Show immer wieder neue Überraschungen für sie bereithalten würde. Nicht nur das Freak Nr. 3 fehlte. Es lag eine Art Anspannung in der Luft die, wie sie dachte, nur sie selbst auffing. Sie hatte den Eindruck dass all die anderen um sie herum sich zwar von dieser Anspannung beeinflussen ließen, diese jedoch nicht bewusst registrierten. Es war, als ob die Menschenmassen fremdkontrolliert und ferngesteuert ihr Tagewerk verrichteten.

Es durchfuhr sie plötzlich. „Langsam wirst Du paranoid, Du solltest wohl aufhören immer so seltsame Filme zu schauen" sagte sie zu sich.

Sie hatte es wohl wirklich übertrieben. Jedoch konnte sie sich nicht des Gefühls erwehren, die Gewohnheit verlassen zu haben und sich einer Veränderung gegenüber zu stehen. Irgendetwas war heute anders. Sie fühlte sich deplatziert, nicht zugehörig, herausgerissen aus dem sonst so normalen morgendlichen Ablauf am Bahnsteig.

Als jemand sie anrempelte und sich freundlich im Weitergehen entschuldigte, wäre ihr fast der Coffee-To-Go Becher aus der Hand gefallen. Aber es holte sie wieder aus den Gedanken in die Realität zurück. Sie lächelte zurück „Nichts passiert!" - und dachte sich dabei „Wie kann man nur bei diesem Wetter einen Mantel tragen." Natürlich war es nicht mehr Hochsommer, aber ein sehr schöner warmer Tag. Francis hatte immer schon ein gutes Gespür dafür ihre

Umwelt und vor allem die Menschen darin wahrzunehmen, egal ob Große oder kleine Details.

Ihr Arm tat mehr weh, als sie erst zu Beginn bei dem Rempler vermutet hatte, aber insgesamt fühlte sie sich wacher und besser als zuvor. Als sie wieder an ihrem Kaffee nippte, durchfuhr sie nochmals ein Schrecken. „Mein Geldbeutel!!! Das war doch wohl kein Taschendieb, der mich angerempelt hat?"

Am liebsten hätte sie den Kaffee weitschwingend hinter sich geschleudert um beide Hände frei zu haben, damit sie wild in den Tiefen Ihrer Handtasche wühlen könnte. „Das darf doch wohl nicht wahr sein ... - dabei hat der Mann so freundlich ausgesehen ... und die ganze Zeit die ich brauche um wieder alle Dokumente zu besorgen ... das kann doch nicht sein."

„Also so etwas gemeines" das war das Letzte, was ihr durch den Kopf schoss während sie mittlerweile völlig aufgeregt alles in ihrer Handtasche von links nach rechts und von oben nach unten geräumt hatte. Von den Dimensionen und dem Füllvermögen erinnerte sie mehr an einen Wanderrucksack als ein eine kleine zierliche Damenhandtasche. Nur eben in schön und vom Design her weit weg von einem brachialen Rucksack.

Im nächsten Atemzug ertastete sie ihren Geldbeutel, was für einen Mann jenseits jeglichen Verständnisses ist in Taschen dieser Größe überhaupt irgendetwas finden zu können. Ein leichtes Aufstöhnen entfloh ihr, das die tiefe Erleichterung verursacht hatte. „Alles ok, da ist er."

Es ist ja nicht, dass es nicht schon 573 mal zuvor genauso gewesen wäre mit dem angenommenen panischen Geldbeutelverlust und dem schnellen Wiederfinden in der Handtasche, jedoch musste diese Aufregung erst einmal mit ein paar ordentlichen Schluck Kaffee hinunter gespült werden, bis der Becher leer war. Mit einem letzten Blick ob sich Freak Nr. 3 nicht doch noch irgendwo erblicken ließe, drückte sie auf den rot leuchtenden Knopf der U-Bahn Tür. Nachdem sie sich vergewisserte, dass nicht noch jemand die

Haltestelle verschlafen hätte, jetzt plötzlich aus der U-Bahn um die Ecke schoss und sie übersehen könnte, setzte sie zum Einstieg an.

Es war wohl doch nichts so anders heute. Mit dem Schrecken in den Gliedern ließ sie sich auf einen Sitzplatz nieder und zog die Luft in großen Zügen ein. Die Türen schlossen sich und die Bahn setzte sich mit einem dezenten Surren in Bewegung. Ihre Augen glitten teilnahmslos nach draußen, vorbeifahrend an den Leuten am Bahnsteig entlang. Kurz bevor das Schwarze des Tunnels begann, erhaschte sie nochmals einen Blick auf den Mann mit dem grauen Mantel, der sie angerempelt hatte.

„Warum ist er noch am Bahnsteig, wenn er es doch so eilig hatte?" Aber eigentlich war ihr das ja egal, es war nicht ein böser Taschendieb, der ihre Unachtsamkeit ausgenutzt hatte, sondern ein freundlicher Mensch, der sich für seine eigene Unachtsamkeit entschuldigte. Wie oft wird man sonst über den Haufen gerannt, als ob das Leben davon abhing zuerst in den Zug zu steigen, ohne Freundlichkeit und ohne Entschuldigung. Die Ansage der nächsten Haltestelle in mäßig bis schlechtem Englisch amüsierte sie ein weiteres Mal und lies sie an den Tag denken, der vor ihr läge.

VI. Zeitkontrolle

(Zyklus 3.2)

Der Triumph hätte sich nicht größer anfühlen können als er die E-Mail der Status Meldungen auf seinem Pad überflog. Wenn es einen triumphalen Triumph gäbe, dann wäre das jetzt der richtige Zeitpunkt dafür. Nicht, dass er nicht schon vom Erfolg verwöhnt gewesen wäre, aber dennoch liebte er das Gefühl, wenn alle Stücke sich nach und nach zusammenfügten.

Nur eine Person auf dem gesamten Planeten kannte den gesamten Plan. Nur er konnte ermessen auf was die Unternehmung selbst, und noch viel mehr die ganze Welt zusteuerte. Vertrauen war noch nie seine Stärke, außer dem Vertrauen zu sich selbst. Andere Menschen waren Ressourcen in seinem Leben die nach Belieben platziert, re-lokalisiert und auch manchmal aufgelöst werden mussten. Im besten Fall handelte es sich um neutrale Objekte, die seiner Beachtung nicht würdig waren. In diesem Fall hatten eben diese Objekte Glück.

Punkt für Punkt auf dieser Liste schien ihn noch mehr in das Hochgefühl zu treiben. Dass niemand ihn persönlich kannte, sondern nur das, was er seinen tausenden von Kontakten rund um den Globus Glauben machte, gab ihm das Bewusstsein unerreichbar zu sein und sich den Geschicken dieser Welt zu entziehen. Nicht mal seinen Namen kannten sie. Nur diese momentane Person, die für den Augenblick für eben diese Situation für seinen Plan gebraucht wurde. Diese Person tauchte auf und verschwand ebenso schnell wieder. Es sei denn ein paar Rollen, die er immer wieder in der Öffentlichkeit einnahm, welche sich wiederholten.

Sein Streben nach Perfektion war der Schlüssel der Glaubwürdigkeit der Vielzahl der künstlichen Personen. Wenn er in eine Rolle schlüpfte, dann war das keine Rolle. Er dachte - er fühlte - er lebte darin. Nur die reine Vernunft zwang ihn, sich dieser momentanen Person zu entledigen und nicht das Gesamtbild zu vergessen und gänzlich darin aufzugehen.

Der rote weiche Samt des Stuhles schmiegte sich an den Rücken. Jetzt war nicht die Zeit zum Nachdenken und zur Planung der nächsten Schritte. Jetzt war es an der Zeit den Fortschritt zu begrüßen und sich dessen zu freuen. Sicher, der Weg war noch weit, aber dennoch irgendwie greifbar. Und solange die Statusmails ein solches Ausmaß an Erfreulichkeiten beinhalteten, konnte er sich auch diese Zeiten der Erfüllung gönnen.

Der Blick weitete sich in die Tiefe des Raumes. Die über 3m hohen Fenster in fülliger Breite zu beiden Seiten des Raumes ließen so viel Sonnenlicht herein, dass man beinahe schon von der Helligkeit geblendet wurde. Auch wenn er die direkte Sonne auf der Haut nicht leiden konnte, so war es doch wunderschön für ihn, die Sonnenstrahlen, die wuchtig und schneidig eindrangen, anzusehen. Zu allen Fenstern entlang des 30m langen Raumes gesäumt von Wandmalereien- und Verzierungen schnitten sie sich ihren Weg durch das Glas und die seidenartigen Vorhänge.

Die Zeit arbeitete nicht für ihn, aber auch nicht gegen ihn. Deshalb konnte er auch hier den Moment genießen. Wann immer er wollte. Denn auch das war etwas, was er liebte – die Kontrolle. Und bei alle dem was er vorhatte, konnte ihm auch die Zeit keinen Strich durch die Rechnung machen.

Zeit – etwas von Menschen geschaffenes. Zyklen sind natürlich, aber die Zeit ist ein Auswuchs der Vergänglichkeit des Menschen. Zeit ist nicht natürlich. Zeit lässt sich kontrollieren oder zumindest durch hochgradig detailliertes planen weitestgehend kontrollieren. Die Zeit war auf seiner Seite und konnte sich nicht seinem eisernen Griff entziehen. Jetzt war es an der Zeit zu warten.

VII. Verwunderung

Das Telefon war eine Seuche aus seiner Sicht. Die ewig währende Erreichbarkeit. Natürlich hatte es auch Vorteile – aber was konnte schon von Vorteil sein gestört zu werden bei der Gelassenheit des Vergessens von Raum und Zeit, gepaart mit der mannigfaltigen Aufhäufung von Aromen die sich in jedem Mundwinkel anders entwickeln – oder was andere so einfach und banal Kaffee trinken nennen würden.

Nach einer nochmaligen ausgiebigen Würdigung seiner Wahl für diesen Tagesbeginn war Louis zwar nicht genervt, aber dennoch nicht gerade begeistert davon jemanden, wer es auch immer sei, zurückzurufen. Dieses Gefühl verbesserte sich nicht gerade, als er das Handy in die rechte Hand nahm, die Bildschirmsperre mit einem gekonnten Wisch mit dem Daumen entfernte und die Nummer erblickte. Es war nicht schlimm. Eigentlich mochte er Marie sogar. Aber sie hatte auch das Potential ihm auf die Nerven zu gehen. Na ja, nicht wirklich, er nannte es nur manchmal etwas anstrengend.

Mal sehen, was sie diesmal auf dem Herzen hatte. Ein einfacher Klick auf das hübsche Bild mit dem Namen, das sie damals im Regen machten und was ihm immer wieder ein Schmunzeln in das Gesicht trieb, genügte und schon erklang das Wartezeichen. Während er still die Anzahl der Wartezeichen zählte, überlegte Louis warum er sich denn nicht freute, wenn Marie anrief. Als freier wissenschaftlicher Berater konnte er schließlich selbst wählen, zu welchen Aufträgen er „Ja" sagt. Marie vermittelte nur und kümmerte sich um Papierkram, damit er sich um seine Tätigkeit und um sein Leben kümmern konnte und nicht mit den administrativen Dingen belegt wäre.

Mehr, als die dafür notwendige Zeit, fürchtete er seine Liebe zum Detail und seinen freien Geist mit solchen Routinen zu belegen, was dadurch den Kopf völlig vernebelte.

„Sie sprechen mit Marie ..." Er würde es später nochmals probieren. Mailboxnachrichten waren nur semi-brauchbar. Keiner weiß ob und wann die Nachricht abgehört werden würde. OK, bei Marie wusste man es. Sie war immer sehr schnell im Beantworten von Nachrichten, unabhängig davon, über welchen Kommunikationskanal sie sie erreichen würden. Wenn man Marie auf dem Mond ohne jegliche Technik und Strom aussetzen würde, könnte man sich immer noch sicher sein, dass sie bald antwortet. Außerdem wusste Louis überhaupt nicht, was er denn auf der Mailbox hinterlassen sollte. Schließlich wollte sie ja etwas von ihm.

Na ja, die Neugierde hielt sich in Grenzen und somit war die Verschiebung des erneuten Rückrufes keine große Sache für ihn. Und, er hatte bereits einen Auftrag angenommen. Nichts Bewegendes, aber auch nicht ganz trivial. Er hätte gar nicht gedacht, so bekannt zu sein, sodass man ihn doch nun ausdrücklich wünschte.

Louis hatte sich schon seit ein paar Jahren aus dem akademischen Leben zurückgezogen. Sollten die nur machen. Er empfand es als wesentlich befriedigender die kulinarischen Dinge und andere Besonderheiten des Lebens zu genießen als sich um die verbalen Rangeleien und die politisch-strategischen Spielchen zu kümmern, die es sonst in diesen Kreisen gab. Die tägliche Pflege und Zurschaustellung seines Egos behagte ihm nicht. Obwohl fachlich ohne weiteres dazu in der Lage, hat er dennoch schnell damit aufgehört in Fachzeitschriften zu veröffentlichen.

Zu viel Zwischenmenschliches war damit verbunden. Er mochte Menschen, der soziale Umgang war eine Leichtigkeit für ihn. Auch das empathische Empfinden für die Gefühle und Bedürfnisse der Menschen um ihn herum war wie ein weiterer Sinn in ihm herangereift. Aber er wollte es auf einen freundlichen, aufrichtigen Kontakt belassen. Kein berechnendes psychologisches Ausloten von Möglichkeiten, kein sammeln von Punkten bei anderen, kein künstliches Aufpolieren des eigenen Images.

Selbstverständlich war er stolz auf seine Leistungen. Und es waren einige Beträchtliche. An Projekten, an denen zuvor schon ganze Teams versagten und Spezialisten aufgaben, da hatte er seine großen fachlichen Stärken bewiesen. Aber das Profilieren und herausstellen wie toll er denn sei, damit wollte er nichts anfangen. Manchmal reizte es ihn natürlich, da sein freundliches Auftreten und sein smarter Umgang mit anderen oft als unwissend, einfach und selten auch als Dummheit missinterpretiert wurde.

So mancher Spezialist dachte, als er Louis das erste Mal sah „schon wieder einer, der die Welt nicht versteht." „Dem muss man mal wieder sagen, was zu tun ist." „Der ist nicht sehr clever, den stecken wir gleich in die Tasche."

Louis erachtete es nicht als notwendig den Beweis anzutreten. Er bemühte sich immer nur, wenn er es als Wert ansah, als sinnvoll. Sein Leben sprach Bände, dass er die Welt versteht, dass nur wenige etwas beitragen konnten, was ihm wirklich weiterbrachte und dass er sehr taschenresistent war. Wenn es um die Sache ging, zeigte er, was in ihm steckte, und die, die es seiner Meinung nach Wert wären, würden ihn zu schätzen wissen. Aber nur für das Ego oder zum Zeigen, das war nicht sein Stil. Und es waren einige, die es wussten und ihn schätzen. Andere klammerte er bewusst aus seiner Wahrnehmung aus.

Es war irgendwie nett, dass der neue Auftraggeber so sehr an ihm hing. Obwohl der Markt an freien wissenschaftlichen Beratern doch nicht so klein ist, hat sich sein Auftraggeber sehr ins Zeug gelegt. Dass das Finanzielle eine kleinere Rolle bei dieser Art von Tätigkeit spielte, war ja normal.

Aber es hatte den Eindruck gemacht, dass der Auftraggeber gerne und ohne zu zögern den ganzen Projektplan verschieben würde, nur um Louis Steinwald zu bekommen. Sein Teil schien gar nicht so elementar zu sein. Natürlich auch nicht zu gering - war die Hoffnung auf seine Erfahrung und Expertise doch groß.

In diesen Preisklassen jedoch geht es um etwas Größeres als um eine einzelne Person, die fachlich ersetzbar wäre. Umso mehr noch, da die Beziehungskarte nicht gezogen werden konnte, denn Louis war ja kein Freund der Unterhaltung von nutzbringenden, technischen Beziehungen.

Vielleicht hatte einfach das letzte Quäntchen, die letzte Feder auf der Waage sein immerwährendes leichtes Lächeln bewirkt. Der Auftraggeber wird ja wohl ökonomisch und planungsvoll vorgehen. „Er wird das schon wissen und alles unter Kontrolle haben" entfuhr es ihm leise.

Bislang war es einfach schön zu wissen, versorgt zu sein, eine neue Herausforderung vor sich zu haben und geschätzt zu werden. Das Vertragliche erledigte wie immer Marie. Vielleicht war es ja das, weswegen sie ihn heute Morgen anrief.

Bisher gab es wenige Informationen. Es ging um organische Oberflächentechnik und ein paar weitere Parameter, die bislang an ihn übergeben wurden. Nicht viel – aber alles was man eben für eine Vertragsverhandlung und eine fixe Buchung benötigte.

Nachdem es keinen engen Zeitplan gab mit Abzeichnungsfristen und Daten zur Zwischenberichtsübergabe, störte es ihn nicht. Wo es keine Fristen gab, da konnte auch kein Stress aufkommen. Da war es auch nicht wichtig, wann welche Information floss. Es ist nur von Bedeutung, alle notwendigen Informationen zu haben, wenn es an die Arbeit ging. Doch bis dahin gab es noch so viele große und kleine Dinge des Lebens zu genießen, die nur darauf warteten gepflückt zu werden.

Nachdem Louis den Vormittag mit einigen Belanglosigkeiten verbracht hatte, machte er einen weiteren Versuch Marie zu erreichen. Ein Druck auf das Handydisplay, ein weiterer auf das hübsche Bild im Regen und wieder der gewohnte Ton.

Und wieder ... , und wieder.

„Sie sprechen mit Marie ..."

Nun reicht es aber, sie hat nun zwei unbeantwortete Anrufe auf dem Display, das muss reichen. Mehr kann man jetzt wohl wirklich nicht von ihm erwarten. Schließlich ist sie ja selbst schuld, wenn sie etwas von im wollte und dann aber nicht erreichbar ist.

„Eine Seuche, diese Erreichbarkeit" - murmelte er vor sich hin. Dabei störte ihn im Moment eigentlich mehr die Unerreichbarkeit.

„Na ja, das ist ihr Problem" und damit war das Gewissen wieder reingewaschen und die Bringschuld in eine entspannende Holschuld getauscht.

Sollte er nochmals einen Spaziergang zum Fluss machen?

VIII. Erster Kontakt

(Zyklus 2.3)

Francis hatte ein sehr aufgewecktes, einnehmendes Wesen, das aber niemals in eine Art Aufdringlichkeit umschwenkte. Im Gegenteil, die Kurzweil war sehr angenehm wenn sie anwesend war. Im Großen und Ganzen hatte sich immer jeder gefreut, wenn sie in den Raum trat. Diese fröhliche Beschwingtheit war ansteckend. Der Scharfsinn, der sich hinter dieser Leichtigkeit verbarg, konnte ebenfalls im Leuchten ihrer Augen bemerkt werden.

Heute leuchteten die Augen nicht ganz so wie sonst. Normalerweise wurde sie immer sehr zügig wach - auch ohne Kaffee. Spätestens wenn sie die Bürotür aufstieß war nichts mehr von der Sehnsucht nach dem Bett zu sehen. Heute war der Kaffee die letzte Hoffnung um in Schwung zu kommen. Manche Hoffnungen treffen nie ein.

Nichtsdestotrotz ging ein wohlgeformtes „Morgen" durch das geräumige Büro, in dem alle Mitarbeiter in würfelförmigen Schreibtischkombinationen zusammensaßen. Sie erntete viele freundliche Begrüßungen und Lächeln als sie in schnellem Schritt den Raum durchquerte und zu ihrem Reich an der Seite zum Fenster hinging.

„Du glaubst nicht, was mir heute passiert ist" platzte es plötzlich aus einer Kollegin heraus.

Als Francis sich ihrer Tasche entledigte und sie auf den Schreibtisch abstellte, bemerkte sie einen Augenblick dass der Arm immer noch wehtat.

„Du wirst doch nicht, …"

„Nein, natürlich nicht. Wo denkst Du hin. Gerade, als ich heute Morgen die Bio-Cornflakes wieder zurück in den Schrank stellte, hat doch tatsächlich mein Nachbar zum Fenster hereingewunken und mich gefragt, ob ich zu der Schulanfangsparty seines Sohnes komme, die ein einem krönenden Grillfest endet. Kannst Du Dir das vorstellen?"

„Neeeeiiiiinnn"

Francis dachte sich „oh Mann, ich hätte das Nein noch länger ziehen sollen. Ich bin doch müde, können wir nicht einfach in einer Stunde dieses sehr wichtige Thema erörtern?"

Aber sie kannte ihre Kollegin schon sehr lange. Das war die Kollegin, die immer mit einem sehr schrillen und nervenaufreibenden „Morgääääääään" das Büro willkommen hieß. An sich mochte Francis sie. Wenn man die vielen vielen unwichtigen Worte und die unglückliche sägende Stimmlage wegstrich, hatte Ihre Kollegin ein gutes Herz und war nett. Was wollte man mehr. Jeder Mensch wünscht sich einfach nette Kollegen.

Heute wünschte sich Francis nette und leise Kollegen.

„… und das, obwohl er doch seit Jahren weiß, dass ich Veganerin bin. Also so etwas. Wie kann er nur unser so gutes nachbarschaftliches Verhältnis aufs Spiel setzen."

„Das hat er doch bestimmt nicht so gemeint – er wollte einfach freundlich sein und Dich einladen."

„Aber wie kann er erwarten, dass ich zu einem so blutrünstigen Spektakel komme, wie einer Grillfeier."

Das Telefon klingelte und da dröhnte es wieder das „Morgääääääään." Aber diesmal hatte es für Francis einen fast schon melodischen Klang. Denn es bedeutete das Ende dieser etwas abstrusen Erzählung vom unsagbar bösen Nachbarn und schlimmen Erlebnissen ihrer Kollegin. Etwas Sarkasmus konnte Francis Ihren Gedanken nicht verwehren.

Während sie den Startbildschirm ihren Notebooks am Schreibtisch in der Dockingstation anstarrte, entschloss sie sich, nach der Eingabe des Passworts zur Festplattenverschlüsselung gleich den Weg in die Küche anzutreten. Ein zweiter Kaffee sollte nichts schaden. Wenn sie schnell ist, dann schaffte sie den Weg, die Auswahl des Pads, den Espresso zu extrahieren und wieder zurück in 3 Minuten. Bis dahin ist das System hochgefahren und bereit zur Eingabe des Passwortes. Der ebenselbe Weg mit Kollegin in die Kaffeeküche würde ein Minimum von 15 Minuten benötigen. Aber die war ja gerade am Telefon.

Seitdem die Firma in den Kaffeeküchen auf Padmaschinen umstellte, waren alle gezwungen ihre eigenen Kaffeemaschinen am Fensterbrett, auf dem Schreibtisch oder in sonstigen mehr oder weniger passenden Lokalitäten abzuschaffen. Für sie war es ein Gewinn. Sie liebte die Einfachheit. Pad rein, Kaffee raus, fertig. Als sie nach dem Pad griff, glitt es ihr aus der Hand.

„Mann bin ich müde heute, wird wirklich Zeit für den zweiten Kaffee." Francis krümmte immer wieder ihre Finger, um den Hauch von Taubheit, den sie meinte zu empfinden abzuschütteln, griff nach dem Pad mit der stärksten Koffein Klassifizierung und steckte es in den Schlitz. Die tiefschwarze Flüssigkeit kam fast schon ölig aus dem Automaten. Recht schnell war die Espressotasse bis zur Hälfte gefüllt und sie genoss den weichen aber starken Geschmack mit einem kurzen Schluck - es tat gut.

„Hier bist Du!"

„Ja, suchst Du mich wegen etwas bestimmten?"

„Nein nein, ich wollte nur fragen, ob Du die Papiere für Kuala Lumpur von der Logistikabteilung schon fertig hast. Ich hätte heute sowieso eine kurze Mail geschrieben." Paul war einer dieser netten Kollegen, die …. die einfach nett waren. Er wusste genau, was er wollte, aber er hatte die Fähigkeit es in so einem angenehmen weichen Ton rüberzubringen, dass man ihm nicht böse sein konnte. Sein Aussehen tat natürlich nichts zur Sache. Außer dass er durchaus recht ansehnlich war, und sich die Herzfrequenz der meisten Frauen zwischen 19 und 60 Jahren erhöhte, wenn er mit seiner tiefen, weichen Stimme etwas anmerkte.

Francis Chef hätte gesagt: „Heute Nachmittag liegen die Dinger auf meinem Schreibtisch, wäre schön gewesen, wenn sie gestern schon fertig geworden wären." Aber nicht Paul. Paul wollte einfach mal kurz fragen. Das Ergebnis wäre das gleiche. Die Papiere lägen ganz ganz sicher nachmittags auf seinem Schreibtisch - sogar noch früher.

„Klar, kein Problem, ich bringe sie gleich vorbei." Damit trennten sich ihre Wege, denn auch sein Espresso war dank Pad-Technologie in 27 Sekunden fertig. Sie merkte gar nicht, dass auch ihre Herzfrequenz zunahm. Etwas was sie sich aber auch nie eingestehen würde. „Einfach nett."

An ihrem Schreibtisch angekommen war das Telefonat der Kollegin schon beendet, aber so schnell sie auch Gesprächsthemen aufwarf, so schnell waren sie wieder vergessen.

„Und, wie war Dein Wochenende so?"

„Oh, ganz ok – nichts Weltbewegendes. Ich hatte endlich einmal Zeit das Fotobuch für meine Freundin anzufangen."

„So eine Freundin hätte ich auch gerne, die sich das Wochenende um die Ohren schlägt, um mir ein Überraschungsgeschenk zu machen ... oh dreh Dich um, der Chef kommt ... Morgääääääään."

„Wertes Team, ich möchte die Gelegenheit gleich beim Schopf packen, wenn alle da sind, und eine kurzfristige Teambesprechung halten. Cecilia, bitte stellen Sie den Beamer an. Ich habe ein paar Folien vorbereitet."

Mittlerweile hatte sich Francis eingeloggt und öffnete Outlook um abzusehen, wie sie die Zeit heute hier in der Firma am nutzbringendsten einsetzen würde. Sicherlich wäre es genug Zeit die ersten Mails zu überfliegen bis der Chef endlich mal zum Punkt käme und der Aufmerksamkeit würdig wäre. Aus dem Winkel Ihres

Schreibtisches und der Schrankkombination konnte sie sogar unbemerkt tippen und Mails beantworten, solange sie immer wieder nach oben blicke und das eine oder andere zustimmende Raunen unterstützte. Selbstverständlich müssten noch ein oder zwei Standardfragen zu einem Detail folgen. Damit könnte sie sich am Gespräch beteiligen, ohne, dass sie den Inhalt groß mitbekäme.

„Es sind einige beunruhigende Entwicklungen, die wir feststellen mussten, weswegen das Senior-Management entschieden hatte ...."

Und schon tauchte Francis in die erste Mail ein. Nichts Schlimmes, allerdings wieder etwas, was sie zirka eine Stunde Zeit kosten würde. Drei bis vier Meeting Einladungen zu denen Sie maximal zu einem einen wirklichen Beitrag leisten könnte. Jedoch musste sie erst noch abwägen, wer eingeladen wurde und ob es um ein politisches Thema ging. Nichts war schlimmer als zu diesen Anlässen nicht zu erscheinen. Es mag sein, dass man sich Stunden im Detail ergoss ohne Ausblick auf ein Ergebnis oder eine Richtung. Jedoch nicht in den richtigen Meetings vertreten zu sein, wenn auch nur visuell, konnte verheerende Folgen haben. Vorzugsweise könnte man einen zahlenden Großkunden verärgern oder einen größeren Teil des Budgets in den Sand setzen. Aber bei einem politisch-strategischen Meeting zu fehlen wäre ein Desaster. Ein nicht wieder gut zu machendes Ereignis, das tiefe Furchen im Lebenslauf innerhalb dieser Firma ziehen würde. Francis vertagte die Entscheidung ob und wie auf später. Sie war kein Freund von diesen Dingen, aber fand sich ganz galant auf dem Parkett zurecht.

„... Des Weiteren sind folgende Punkte zu beachten, die mit unserer diesjährigen Mitarbeiterbefragung nicht abgedeckt werden konnten ... ." Solange der Chef noch im Referenten Modus war, konnte nicht viel passieren. Sie hatte die Ohren offen, wenn sich im Raum etwas tat und unterstützte die allgemeine Reaktion der Kollegen, damit ihre Unkonzentriertheit auf das Gesagte nicht auffiel.

„Ok, die nächste Mail." Die kam von extern. „Diogenes ... , nie gehört."

Wieder an diesem Tag stieg die Herzfrequenz. Völlig ungewollt und unkontrolliert. Plötzlich verschwamm alles um sie herum. Nur der hell erleuchtete Monitor blieb klar. Der Atem stockte, ob sie aufgehört hatte zu atmen oder einfach die Luft anhielt, wusste sie später sowieso nicht mehr. Ungeachtet des Inhalts verklang die Rede des Chefs zu einem dezenten Hintergrundrauschen – kaum wahrnehmbar. Überhaupt hörte sie nur noch rauschen. Es fühlte sich an, als ob sie von einem Wildbach mitgerissen wurde. Die Gliedmaßen, die nach etwas Halt suchen, jedoch wild im Wasser hin und her geschleudert werden. Ein Rauschen, das fast schon ein Tosen war. Voller gewaltiger Stöße. So laut, dass sonst nichts mehr zu vernehmen war. Sie starrte nur noch atemlos auf den Bildschirm, während ihre Augen beinahe regungslos an den Buchstaben vorbeiglitten.

Von: Diogenes

An: francis@outlook.com

Betreff: Zur Kenntnisnahme

Meine liebe Francis,

ich bitte Sie, sich auf diese Nachricht zu konzentrieren und vollständig zu lesen, da diese nach dem Öffnen in 90 Sekunden unwiederbringlich aus Ihrem System verschwinden wird.

Wenn Sie ihren hübschen blassvioletten Pulli am rechten Arm hochziehen werden Sie feststellen, dass sich an der Unterseite des Ellbogens ein leicht rötlicher Fleck gebildet hat. Dieser wird sich im Laufe des Tages tellerförmig auf eine Größe von ca. 10 cm ausweiten. Es mag sein, dass Sie bereits die eine oder andere motorische Einschränkung feststellen konnten.

Wir lassen Ihnen mit der Hauspost Ihres Unternehmens ein temporäres Gegenmittel zukommen und bitten Sie, sich dieses regelmäßig alle 8 -12 Stunden zu verabreichen. Andernfalls werden sich innerhalb von 24 Stunden an dieser Stelle leichte zackenartige Äderchen bilden. Wenn das Mittel über einem Zeitraum von 48 Stunden nicht verabreicht wird, ist die Ausbreitung der Mutation auf den Torso nicht mehr einzudämmen. In 72 Stunden ist der gesamte Körper davon betroffen und die Mutation lässt sich bis zum vollständigen Abschluss nicht mehr aufhalten.

Sie erhalten weitere Instruktionen.

Hochachtungsvoll

Diogenes

IX. Mentor

Was genau Herzog Carl Eugen dazu trieb das Schloss in der zweiten Hälfte des 18. Jahrhunderts bauen zu lassen sei dahingestellt. Schließlich war er vor seiner Heirat im Jahre 1785 mit Freifrau Franziska Leutrum von Ertingen recht lebhaft und ungestüm. Sein Lebensstil und die Liebe zur Selbstdarstellung brachten wohl nicht nur einige Personen in seiner Umgebung an den Rand des Wahnsinns, sondern die ausschweifenden Feste, Jagden und Oper-Aufführungen brachten auch die Wirtschaft des Herzogtums an den Rand der Unerträglichkeit.

Dennoch oder vielleicht gerade deshalb war dieses Schloss ein Zeitzeuge, ein einzigartiger Beweis der Fertigkeiten der Baukunst zu dieser Zeit.

Einige, deren Aufgabe darin bestand den Reiz der Dinge, sowie das Geheimnis des Sagenumwobenen durch eine gnadenlose und kalte Definition zunichtezumachen, hätten das fürstliche Lustschloss am Übergang zum Rokoko zum Frühklassizismus beschrieben. Natürlich hatten diese Leute Recht. Jedoch war das seiner Meinung nach eine recht dürftige Beschreibung des Werkes von Herzog Carl Eugen.

Die weitreichenden pflegeintensiven Gärten um das Schloss herum, die geräumige Ausgestaltung, die Liebe zu Details in sämtlichen Räumen die mehr von Dekadenz als von Purismus zeugten – einfach jeder Winkel wies auf eine Person hin, die sich aller realistischen und normalen Überlegungen entledigt hatte. Ein Mensch, der die Erreichung seines Zieles mit einer Hingabe und

Perfektion vorantrieb, welche die größten und ästhetischsten Ergebnisse hervorbrachten.

„Wie passend" hauchte es im Palmenzimmer.

Er liebte es in der Vergangenheit, in der Geschichte der Räume in denen er sich befand zu schwelgen. Besonders, wenn es einer der sehr sorgfältig ausgewählten Räume war in denen er sich befand, wie gerade eben. Nicht das er es nötig gehabt hätte sich nach einem Vorbild auszurichten, geschweige denn gar einen Mentor zu küren - so konnte er dennoch angenehme Parallelen zu Herzog Carl Eugen ziehen.

Wie man sich so der Wirklichkeit entledigen und aus den herkömmlichen Gedankenmustern ausbrechen konnte. Das war etwas, was ihm ebenfalls lag. Alles um sich herum loslassen. Gerade an Tagen wie heute einer war. An denen er voller Bewunderung die Lichtspiegelungen der in den Raum fallenden Sonne beobachtete, wie die feinen Wandverzierungen sowohl Schatten als auch goldene Glanzlichter so vielfältig zurückwarfen, so dass es ein temporäres Kunstwerk für sich ganz alleine war.

Ein Kunstwerk, das immer wieder neu gezeichnet wurde und andere Facetten aufwies. Genauso wie Himmel, Wolken und Sonne.

Sich der Wirklichkeiten entledigen, um an etwas Großem zu arbeiten. Allem woran sich die allgemeinen Leute so klammerten. Die angeblichen Sicherheiten, denen jeder Mensch scheinbar genetisch veranlagt hinterherjagte und sich jeder wieder von neuem über den Scherbenhaufen wunderte, vor dem er stand.

Das Bekannte hinter sich lassend. Neue Wege, neue Wirklichkeiten finden. Verständnis konnte er für seine Überlegungen und Pläne nicht ernten. Aber das würde er auch niemandem abverlangen. Vielleicht war das auch ein Grund, warum nur er das Ziel und den gesamten Plan kannte. Würde Herzog Carl Eugen heute noch leben, dann könnte die Möglichkeit bestehen einen anderen Menschen zu finden, der das Ziel verstehen würde. Aber das waren ein paar zu viele Jahrzehnte dazwischen.

In diesem Wissen genügte er sich selbst. Abhängigkeit würde wieder sein Verständnis von Perfektion stören. Für ihn hieß es nicht Wirklichkeiten zu akzeptieren, sondern Wirklichkeiten anhand seiner Vorstellungen von Neuem zu schaffen.

Schließlich machten es Marketing und Politik nicht anders. Künstliche Sicherheiten werden aufgebaut, die real doch wieder nicht existieren. Nur weil die Masse der Bevölkerung es gerne glauben möchte und mit mehr oder weniger Nachdenken diese Worte als Sicherheiten akzeptiert, heißt es nicht, dass es zu einer Wirklichkeit oder Sicherheit wurde.

Alternativlosigkeit erhebt eine Sache nicht zur wirklichen Wahrheit.

Er kannte das Spiel. Schon seit Jahren. Das Spiel der Großen. Er hatte sich schon immer aus dem, was andere für Wirklichkeiten ansahen herausgezogen. Über Enthüllungs-Skandale und Überwachungs-Stories der Zeitungen konnte er nur amüsiert und überheblich lächeln. Er wusste genau, was möglich war. Er wusste was oder wer hinter John Snowden stand und warum eine Regierungschefin in den Medien sich pikiert und überrascht darüber äußerte, dass wie aus dem Nichts ihr Mobiltelefon scheinbar abgehört wurde. Das waren Wirklichkeiten für andere - für die Masse. Nicht für ihn. Er war nicht bereit, das zu akzeptieren, was andere für ihn bereitlegten und ihn glauben machen wollten. Er nutzte ähnliche Mechanismen. Nur nicht in diesem Ausmaß. Das wäre doch viel zu auffällig und würde nicht seinem Bild der Perfektion entsprechen.

Als er sich aus seinem Stuhl erhob um den Geist in der wunderschönen Allee vor dem Domizil frei zu bekommen, wischte er den durch das Sonnenlicht sichtbaren Staub von dem großzügig gestalteten Sekretär. Makellosigkeit war eines der Luxusgüter, die er sich nicht nur gönnte, sondern von sich und auch anderen regelrecht forderte.

Mit schwungvollem Schritt trat er ins Freie. Um diese Jahreszeit waren wenige Besucher und Wanderer auf dem riesigen Areal mit angrenzendem Wald zu finden. Dadurch dass dieses Schmuckstück von einem Lustschloss früher von der Regierung genutzt wurde und zwei, drei Ministerialämter dort vertreten waren, fiel er nicht wirklich auf. Auch wenn sein edler Kleidungsstil hätte auffallen müssen.

Nachdem niemand so genau wusste, wie die Innenräume genutzt wurden oder zumindest nicht diejenigen wussten, die hier spazieren gingen oder das Schloss von außen besichtigen wollten, stellte auch niemand Fragen. Eine seiner Firmen hatte über viele Umwege das Areal gemietet. Wer genau gemietet hat, war nicht wirklich wichtig. Es wurde ein Vertrag unterschrieben und plötzlich war kein freier Termin mehr im Veranstaltungskalender des weißen Saales oder dem weiträumigen Gebiet drumherum. Solange das Geld pünktlich floß, würde auch niemand Fragen stellen.

Er wählte diesen Ort nicht nur wegen seinem Hang zu Herzog Carl Eugen. Es hatte noch weitere Vorzüglichkeiten, von denen nur wenige wussten. Bauliche Gegebenheiten, die nicht auf den herzoglichen Plan zurückzuführen waren. Veränderungen nicht äußerlicher Art, die nach den Luftangriffen am 21. Februar und am 2. März 1944 - mitten im Zweiten Weltkrieg - hinzukamen. Nützliche und erweiterungsfähige Gegebenheiten, von denen nicht einmal die Verwaltungsgesellschaft wusste.

Die Frische der Luft umfing ihn als er die Treppen hinunterglitt, wobei er weder Geräusche von sich gab, noch in den Erinnerungen der Handvoll Touristen, die die Geometrie des Bauwerks bewunderten, Spuren hinterließ. Sein wacher Blick war in Sekundenbruchteilen scharf genug um von allen Seiten darauf zu achten nicht auf einem zufälligen Schnappschuss eines Amateurfotografen zu erscheinen.

Diese Allee die links und rechts mit riesigen Bäumen gesäumt war, welche Herzog Carl Eugen pflanzen ließ, gab ihm immer wieder ein erhabenes Gefühl. Die Welt vergessend und sich an der makellosen Schönheit dieses Tages berauschend, kroch in ihm langsam ein dünner leicht grauer Schatten hervor. Kaum wahrnehmbar und doch vorhanden. Das Leuchten der Sonne und die Schönheit des Details hatten es fast geschafft diesen Schatten für immer zu verbergen und wie den morgendlichen Nebel in den Berghängen Südtirols aufzulösen.

Dieser leichte Schatten schien auch etwas aus dem Schwung der Schritte zu nehmen und die Frische der Luft einzuengen.

„Makellos ..."- tatsächlich wurden die Schritte gemächlicher und gedankenversunkener.

„Makellos ..." - wären Spaziergänger da gewesen, er hätte sie nicht mehr wahrgenommen. Es war niemand da. Nur eine Person. Er. Vor ihm die Allee in voller Pracht. Hinter ihm ebenfalls.

„Makellos ... zu Makellos ..." Es war, als ob die Bäume nun auf ihn herabzublicken schienen. Herunter auf IHN. Als ob aberwitzige Kobolde von ihnen herunterlachten.

Plötzlich drehte sich alles um ihn herum wie in einem Kinderkarusell – und er stand in der Mitte.

„Viel zu Makellos ..."

Er wusste, dass es ein schmaler Grat war zwischen Selbstvertrauen und Größenwahn. Selbstverständlich war er größenwahnsinnig und narzisstisch. Das musste ihm niemand sagen, das wusste er selbst nur zu gut. Alle Männer der Geschichte, die die Geschicke der Menschheit bewusst zu steuern suchten, waren größenwahnsinnig. Aber er ließ dieses Element nur innerhalb der von ihm festgesteckten Parameter und Grenzen zu. Der Größenwahn war Triebfeder, ausführende Kraft, Kreativität, Freiheit und mehr. Aber nur solange, wie er nicht zu Leichtsinn führte oder der Perfektion abträglich war.

Der leicht schwarze Schatten wuchs zu tief schwarzer Nacht. Aus der ihn auch nicht die harmonische und friedvolle Umgebung herausreißen konnte. Selbst das Licht von zwei Sonnen hätte diese Nacht nicht aufbrechen können.

Da er sich grundsätzlich ohne jegliche technischen Geräte bewegte, war es unvermeidlich, den Rückweg anzutreten. Er arbeitete zwar mit der neuesten Generation von Technik, die teilweise noch Jahre zur allgemeinen Marktreife für den Massengebrauch benötigte, wenn sie denn überhaupt frei verfügbar werden würde, jedoch hinterließ er niemals ein vollständiges Bewegungsprofil.

Durch gute Planung war es ihm möglich dafür zu sorgen, an allen Orten an denen er sich auf der Welt befand handlungsfähig zu sein und die notwendige Technik platziert zu wissen. Aber diese Dinge bewegten sich nie. Falls es jemanden gelingen würde ein von ihm genutztes Gerät anzupeilen, so würden sie sich immer im gleichen Gebäude befinden. Das was andere als sicheres „Thor-Netzwerk" für das Internet betrachten, um unbemerkt surfen zu können, das war Kinderkram für ihn. Nichts mehr als Lego-Bausteine für einen 20-jährigen.

Sofort musste er diese dunkle Nacht vertreiben. Diesen Schatten niederkämpfen, um sich erneut seiner eigenen Überlegenheit und der Kontrolle bewusst zu sein. Umgewandt in Richtung des Schlosses trieb es ihn mit einer Zielstrebigkeit voran, wie er sie nur selten an den Tag legte. Nur wenn es ihm gewahr wurde einer dieser vermeintlichen Wirklichkeiten aufgesessen zu sein, dann kam in einem Augenblick der Wut genau diese Zielstrebigkeit hervor.

„Wer wagt es ... zu makellos ... wo war der Einstieg ..."

Nur Wortfetzen der Gedanken blieben übrig. Zu schnell wurden im Kopf Kommunikationsprotokolle abgespielt, Situationen erneut sukzessive analysiert und Schlussfolgerungen gezogen.

X. Vergangenheit

(Zyklus 1.4)

Briefe, immer nur Briefe. Nachdem er sich sowieso dem digitalen Kommunikationszeitalter verschloss, war dies wohl der schnellste Weg um ihn zu erreichen. Louis verwünschte die Post, dass diese das Briefporto nicht auf horrende Summen erhöhte, nur um die Flut der Briefe einzudämmen.

Aus seinem Wunsch wurde nichts. Na ja, für was beschäftigte er eine Sekretärin. Solle sie sich um die Briefe kümmern. Als er das ganze Paket schwungvoll auf den Schreibtisch gleiten lassen wollte, fiel ihm der sonnengelbe Umschlag auf. Ein sattes sonnengelb auf blickdichtem, wasserfestem Papier.

Als Spezialist für organische und biologische Oberflächentechnik hat er beruflich mit ganz anderen komplizierten Strukturen und Verbindungen zu tun. Doch gefiel ihm das Wortspiel, das Paradoxon darin schon immer. Wasserfestes Papier. Wie kann etwas, was mit Wasser gewonnen wird und sich doch im Wasser auflöst wiederrum wasserfest sein. Louis war das natürlich klar. Nun aber mochte er immer wieder mal ein paar sinnlose Gedankenspiele, um seinen Geist ruhen zu lassen.

Das Geheimnis seines beruflichen Erfolges lag darin, immer aufs neue die kindliche Faszination zu spüren über Dinge, die andere als belanglos, unwichtig, selbstverständlich oder normal abhandelten und somit kaum wahrnahmen.

Wäre der kräftige sonnengelbe Umschlag nicht von dieser Beschaffenheit gewesen, dann hätte es kaum seine Aufmerksamkeit erregt. Louis überlegte, ob er sich erst noch einen Espresso gönnen oder zuerst dem Umschlag widmen sollte. Die Neugier war größer. Er riss an einem Ende und öffnete die Überraschungstüte. In diesem Moment durchfuhr es ihn kalt – was bei Louis ausnahmslos selten passierte. Drückte er doch zumeist eine unglaubliche Ruhe und Tiefenentspannung aus.

„Marie" entfuhr es ihm. Sie hatte sich immer noch nicht gemeldet, schon seit zwei Tagen. Dafür, dass man sonst das Gefühl hatte, sie schläft neben dem Handy, wenn sie denn überhaupt schliefe, war dies sehr ungewöhnlich.

„Was macht sie denn nur."

So etwas war bisher nur einmal passiert seitdem er sie kannte und sie als rechte Hand für alles, wozu er keine Lust hatte, einstellte. Einmal war sie knapp eine Woche wie vom Erdboden verschluckt. Völlig ohne Rückmeldung, ohne Reaktion, einfach aus dem normalen Leben in die Leere.

Das war, als sie vom Tod ihrer Eltern erfahren hatte die damals bei einem Autounfall ums Leben kamen. Es war ihre Art damit fertig zu werden. Heute da - plötzlich weg und nachdem sie wieder aufgetaucht ist, war alles so wie vorher. Kein Wort darüber - keine Entschuldigung. Keine Träne. Die Tränen sind in der Woche völliger Abgeschiedenheit geflossen. Aber nicht vor anderen.

Louis war schon immer jemand, der anderen Menschen gerne große Freiheiten zugestand. Deshalb machte er keine große Sache daraus. Nachdem mehrere Versuche fehlschlugen, über die Sache zu reden, beließ er es dabei, und versicherte Marie nur noch, dass sie jederzeit zu ihm kommen könne, wenn sie denn irgendwann darüber sprechen möchte.

Sie kam nicht.

Er fragte nicht.

Der Unterschied zu damals aus seiner Sicht war nur ein leichtes Drücken in der Magengegend, das ihn jetzt befiel. Das hatte er beim ersten Mal nicht. Louis hasste dieses leichte Drücken, denn es verhieß selten etwas Gutes, wenn sich sein Magen zu Wort meldete.

Na ja, falls sich heute im Laufe des Tages nichts tun sollte, würde er auf jeden Fall etwas unternehmen. Nun gut, er lenkte sich erstmals mit dem sonnengelben Etwas in seiner Hand ab.

Als er die beiden Seiten des Kuverts auseinanderhielt, kamen ein Brief und ein Ticket zum Vorschein. Über die Airline, von der das Ticket ausgestellt wurde, ließ sich streiten. Aber es gab wesentlich Schlimmere. Dass das Ticket auf First Class statt auf Business Class ausgestellt wurde, machte einiges wieder wett. Ohne Business Class im Aufdruck wäre das Ticket sowieso umgehend in den Mülleimer gewandert. Alles weiter als 2 Flugstunden wäre eine Zumutung in der Economy gewesen.

Schließlich flog er nie zum Spaß oder zur Unterhaltung, sondern nur, wenn er musste. Wenn es eben seine Arbeit erforderte – und leider tat sie das öfter, als ihm lieb war. Glücklicherweise war das Monetäre in seiner Berufssparte nicht wirklich wichtig. Bei seinem Beruf ging es um andere Ziele. Nicht unbedingt wichtigere Ziele, aber anders. Meist war es die Stärkung der Produktüberlegenheit, strategische Ziele oder die Sicherung der Wirtschaftsmacht – daher war Geld hier nur zweitrangig. In diesen Bereichen ist es einfach vorhanden.

Das Flugziel rang ihm doch wieder eines seiner berühmten Lächelns ab. Kuala Lumpur. „Hübsch – ja, recht hübsch – warm aber hübsch."

Das Flugdatum ließ das Schmunzeln jedoch gleich drastisch abnehmen, sodass nur noch eine kleine Andeutung davon übrigblieb.

„In zwei Tagen?" - raunte über die Maßen laut durch das Zimmer. Dies passte irgendwie doch nicht so ganz zu dem ersten Eindruck, den Louis von seinem Auftraggeber hatte. In den beginnenden Kontakten hatte es doch den Anschein, dass Zeit nur sekundär wäre - und jetzt das. Ohne Vorwarnung oder offiziellen Start sollte er nun in zwei Tagen in Kuala Lumpur auftauchen. Und das, wo auch noch Marie nicht aufzufinden ist. Er hasste es sich um so banale Dinge wie Reiseplanungen und Packen zu kümmern. Das war wirklich nicht seins.

Er beschloss kurzerhand, ohne Marie würde es wohl darauf hinauslaufen nur das nötigste ins Handgepäck zu nehmen und den Rest vor Ort zu kaufen oder kaufen zu lassen. In der Firma seines Auftraggebers gab es sicherlich eine nette Bürokraft, die sich freuen würde während der Arbeitszeit shoppen zu gehen und für den Auslandsbesuch alles Notwendige zu besorgen.

Nachdem Louis die Kanten des leichten Kartons mit den Fingern langsam abtastete bis er an den abgerundeten Ecken ankam, legte er das Ticket zur Seite und widmete sich dem Begleitschreiben. Es war kürzer als ein Standardbrief und mittig zusammengefaltet. Als er es berührte um es vom Schreibtisch aufzuheben war wieder ein leichtes Drücken in der Magengegend zu vernehmen.

Was sollte denn das!

Louis konnte sich immer auf seinen Sinn für Feinheiten, sowie seine feinfühligen Reaktionen verlassen. Manchmal gab genau das den Ausschlag, in welche Richtung er innerhalb seiner Projekte vorwärtsging. Sein Bauchgefühl, natürlich gestützt mit wissenschaftlichen Fakten - aber das Zünglein an der Waage, war das Bauchgefühl. Manchmal waren die Forschungsergebnisse so, dass man es nicht sicher sagen konnte was schwarz oder weiß ist, was gut oder fehlerhaft war. Da kam es rein auf seinen Spürsinn an, um nicht zu viele Ressourcen für einen falschen Weg einzusetzen.

Aber heute schienen ihn seine Sinne nicht die präzisen Dienste zu leisten wie er es gewohnt war, heute waren sie etwas über-empfindlich.

Er faltete das Blatt auseinander und es war ganz und garnichts daran mit einem Standardbrief eines Konzerns zu vergleichen.

Sehr geehrter Herr Dr. Steinwald,

wir freuen uns sehr, dass Sie sich entschieden haben Ihre Expertise und Ihre Erfahrungen in unsere Dienste zu stellen.

Da wir vertraglich gesehen für die nächste Zeit Ihr Exklusivpartner sind, haben wir uns erlaubt die Zeit nach unseren Vorstellungen zu planen. Wir bitten um ihr Verständnis dafür.

Gerne kompensieren wir entstehende Unannehmlichkeiten schnellstmöglich.

Aus diesem Grund erachten wir es als notwendig, dass Sie den beigelegten Flug ohne Umbuchung auf einen späteren Zeitpunkt antreten. Für die Zeit in Kuala Lumpur wird ihnen ein Personal-Assistant zur Verfügung stehen, sodass Sie sich vollständig auf die Projektarbeit konzentrieren können. Sobald sie ankommen, wird sie Sie abholen lassen und in eines unserer Labors bringen, in dem Sie die technische Ausstattung prüfen und gegebenenfalls aufstocken können. Dabei verlassen wir uns auf Ihre Expertise, je nachdem was Sie als notwendiges Arbeitsgerät für das Projekt ansehen.

Des Weiteren bitten wir um Ihr Verständnis, dass die Geheimhaltung mit dem Öffnen des vorliegenden Briefes beginnt, gemäß den vereinbarten Vertragsbestandteilen.

Zum jetzigen Zeitpunkt können wir Ihnen noch keine inhaltlichen Details über einen solch unsicheren Weg mitteilen. Im Flugzeug werden Sie einen Tablet-PC mit allen Informationen auf Ihrem Platz vorfinden. Bitte lassen Sie diesen am Sitz zurück, da er nach der Landung unbrauchbar sein wird.

Als Initialpasswort verwenden Sie bitte die Wurzel aus dem Geburtsdatum ihrer Sekretärin Marie Carpentie. Multiplizieren Sie diesen Wert mit der Anzahl der Nukleonen im 27. Element der Perioden.

Wir sind uns sicher, dass wir alle notwendigen Vorbereitungen getroffen haben um Sie zur Höchstleistung motivieren zu können.

Mit freundlichem Gruß

Louis Magendrücken nahm zu. Das Erste was ihm in den Sinn kam, war: „Eine dekadente Selbstverständlichkeit für die Bestimmung anderer."

Überhaupt, die Schwere des Briefpapiers, das Wasserzeichen darin. Alleine das Aussehen des Briefes strahlte eine Überheblichkeit aus, die nicht gerade von Seriosität zeugte. Es war nicht das, was er von bisherigen Auftraggebern gewohnt war. Das hier war anders. Und das lag nicht nur am leichten Magendrücken. Langsam wurde er sich gewahr, dass sein Sinn doch korrekt funktionierte.

Stolz war das eine. In der Liga in der er sich beruflich aufhielt, war er Stolz gewohnt, auch wenn nichts weiter entfernt von ihm war als diese Eigenschaft. Egopflege und psychologische Spielchen waren an der Tagesordnung. Die einen waren stolz darauf, was sie alles erreicht hatten oder welcher Fähigkeiten sie sich rühmen durften, die anderen darauf woher sie kamen. Die nächsten brüsteten sich mit irgendwelchen Belanglosigkeiten. Dinge, hätte man sie im Kindergarten zu einer Mittagschlafgeschichte erzählt, so würden diese nach maximal fünf Minuten, süßen Schlaf in die Augen der Rasselbande treiben.

Leere Worthülsen gut verkauft und mit einer Selbstgerechtigkeit präsentiert, das war ein gewohntes Umfeld. Aber da Louis das Spiel recht gut verstand, und obwohl er gerne in diesen Situationen den naiven Neuling mimte, konnte er gut trennen was oberflächlich und was stichhaltig war, was Bluff und was eine reelle Bedrohung war, was heiße Luft und richtig verstandene Psychologie war.

Aber das hier hatte einen tieferen Nachgeschmack. Etwas was weit mehr war, als das nervige Wichtiggetue – etwas Dunkleres. Alleine der letzte Satz drohte unangenehm zu werden.

Zum jetzigen Zeitpunkt, an dem noch weder Projektinternas noch sonstige Details klar waren, hatte dieser Satz nichts zu tun.

Maximal ein freundliches, oberflächliches Tätscheln, und ein standardisiertes Businesslächeln wäre zu diesem Zeitpunkt korrekt gewesen.

Auch eine kühle analytische Aufzählung von Fakten ist annehmbar. Aber so etwas … er las den letzten Satz nochmals Wort für Wort, wobei ein leichtes Säuseln über seine Lippen kam, als er jeden Satz für sich zu durchdenken begann:

„Wir sind uns sicher, dass wir alle notwendigen Vorbereitungen getroffen haben, um Sie zur Höchstleistung motivieren zu können."

Wenn es heißen würde, „wir haben für alle Annehmlichkeiten gesorgt" oder „In unserer Zusammenarbeit machen wir alles möglich um zu Höchstleistung motivieren zu können", dann hätte es eine gewisse Freundlichkeit in sich getragen.

Aber so.

Louis wusste, woran er war. „Vorbereitungen getroffen" bedeutete keinerlei Auswahl, keine Mitbestimmung und völlige Kontrolle.

„Wer sagte denn, dass er motiviert werden müsste?" - monierte Louis von sich in der dritten Person. Es wäre ja nicht so, dass schon die erste Deadline überschritten wäre und das Ergebnis nur noch an einem Mangel an Motivation auf sich warten ließ.

Nun gut. Damit waren die Fronten geklärt. Die Zeitplanung ohne Absprache stellte kein Problem dar. Die Freigiebigkeit bei der Ausstattung – sozusagen seinem Werkzeug war Standard, genauso wie die Geheimhaltung. Über welche Wege die Kommunikation lief - ob als Pad im Flugzeug oder als erstes Briefing mit Unterlagen, die den abgeschlossenen Laborbereich nicht verlassen hätten dürfen, war gleichgültig.

Bei allen seinen Aufträgen ging es um viel Geld für die jeweilige Firma, deshalb konnten sie sich auch gerne das Mittel zur Geheimhaltung und zur Informationssicherung selbst wählen. Damit hatte er schon mal nicht die Verantwortung für den Fall von Industriespionage oder evtl. politisch getriebenen Wirtschafts-spionageangriffen. Wer die Techniken zur Geheimhaltung bereitstellt, haftet auch dafür, dass nur befugte Personen Zugriff darauf haben.

Und da war es wieder, das leichte Lächeln im rechten Mundwinkel. Leicht amüsiert redete Louis vor sich hin:

„Also wenn jemand meint, er müsste ein Pad mit geheimen Informationen in einer öffentlich zugänglichen Passagiermaschine auf einem Sitz an dem ein paar Menschen vorbeilaufen ablegen, der soll sich nicht wundern, wenn die Stewardess sich entweder über ein neues Pad freut, oder selbiges zum Fundbüro der Airline bringt."

War es eigentlich schon Zeit für den nächsten Espresso?

„Unangenehme Neuigkeiten müssten an sich doch gleich mit einem besonderen und bereits gewohnten Genuss kompensiert werden" hörte er sich selbst mit Bestimmtheit sagen.

Louis entschied sich jedoch dazu, den Brief weiter zu analysieren um sein Bild abzurunden. Er machte das immer so, denn damit musste er sich keine Details merken, sondern es genügte die Essenz aus dem Ganzen, die Schlussfolgerung und damit die Handlungsinformation, die er daraus ableitete. Selbstverständlich musste daher die Analyse komplett sein. All zu leicht wird man durch Halb-Informationen oder auch durch eigene Emotionen in eine Ecke gedrängt, die bei einer nicht sachlichen oder gar einseitigen Analyse zu Fehlinterpretationen führt.

Davor hatte Louis insgeheim immer Angst, dass seine Sachlichkeit beeinträchtigt sein und er somit falsch Ableitungen treffen könnte. Nun gut, er wippte mit dem Brief zwischen Zeigefinger und Daumen auf und ab, während er sich das Gelesene nochmals durch den Kopf gehen ließ.

Er reduzierte die Worte Satz für Satz zu Stichpunkten und Ableitungen:

„wir freuen uns sehr, dass Sie sich entschieden haben Ihre Expertise und Ihre Erfahrungen in unsere Dienste zu stellen."

= Standardgeplänkel = fachlich auf mich angewiesen.

„Da wir vertraglich gesehen für die nächste Zeit Ihr Exklusivpartner sind, haben wir uns erlaubt die Zeit nach unseren Vorstellungen zu planen. Wir bitten um ihr Verständnis dafür."

= geschönt geschrieben = Wir haben Dich gekauft – Du hast zu tun was wir wollen = Besitzergreifung = Kontrolle = Vorsicht!

„Gerne kompensieren wir entstehende Unannehmlichkeiten schnellstmöglich."

= Businessfreundlichkeit = ohne Bedeutung

„Aus diesem Grund erachten wir es als notwendig, dass Sie den beigelegten Flug ohne Umbuchung auf einen späteren Zeitpunkt antreten."

= gespielte Freundlichkeit = Nachdruck = Ich Chef Du nix!

„Für die Zeit in Kuala Lumpur wird ihnen ein Personal Assistant zur Verfügung stehen, sodass Sie sich vollständig auf die Projektarbeit konzentrieren können."

= persönliche Kontrolle zu jeder Zeit = Überwachung auf projekt- und privater Ebene = Vorsicht!

„Sobald sie ankommen, wird sie Sie abholen lassen und in eines unserer Labore bringen, in dem Sie die technische Ausstattung prüfen und gegebenenfalls aufstocken können. Dabei verlassen wir uns auf Ihre Expertise, je nachdem was Sie als notwendiges Arbeitsgerät für das Projekt ansehen."

= Standard = soll, trotz Kontrolle, den Anschein einer seriösen Zusammenarbeit geben.

„Des Weiteren bitten wir um Ihr Verständnis, dass die Geheimhaltung mit dem Öffnen des vorliegenden Briefes beginnt, gemäß den vereinbarten Vertragsbestandteilen."

= Standard = unnötig

„Zum jetzigen Zeitpunkt können wir Ihnen noch keine inhaltlichen Details über einen solch unsicheren Weg mitteilen. Im Flugzeug werden Sie einen Tablet-PC mit allen Informationen auf Ihrem Platz vorfinden. Bitte lassen Sie dieses am Sitz zurück, da es nach der Landung unbrauchbar sein wird."

= ungewöhnlich viel Aufwand für den Datentransfer = gut vernetzter Auftraggeber = Kontakt wird nur mit unwichtigen Personen zugelassen = Hintermann bleibt unerkannt = Vorsicht!

„Als Initialpasswort verwenden Sie bitte die Wurzel aus dem Geburtsdatum ihrer Sekretärin Marie Carpentie. Multiplizieren Sie diesen Wert mit der Anzahl der Nukleonen im 27 Element der Perioden."

= Berechnung ist Spielerei = Selbstverliebtheit des Auftraggebers = Hintermann manipuliert gerne = kein Team, sondern Einzelperson = Variable 1 und 2

Immer wenn Louis in einfachen Dingen Variablen erkannte, werden diese nach hinten gepackt um im Nachgang weiter darüber nachzudenken.

„Wir sind uns sicher, dass wir alle notwendigen Vorbereitungen getroffen haben, um Sie zur Höchstleistung motivieren zu können."

= fragwürdig = Druck aufbauen = stark unseriös = Auftraggeber ist für gesetztes Ziel zu seltsamen Methoden bereit, evtl. auch mit berechnetem Kollateralschaden an Dingen oder Personen.

Als Louis aufblickte und sich selbst an seinem großen dunkelbraunen Holzschreibtisch im Fensterglas spiegelte, war ihm klar, dass eines nicht möglich war. Zurückziehen.

Es ging vorrangig nicht um das Geld. Das hatte er nicht unbedingt nötig. Aber alles in allem, so wie er seinen neuen Auftraggeber einschätzte, bestand niemals eine

Rückzugsmöglichkeit in diesem Arbeitsverhältnis. Entweder hätte sich der Auftraggeber mehr ins Zeug gelegt um die Arbeit noch attraktiver zu machen oder eine andere Verpflichtung herbeigeführt. Jetzt wurde Louis auch klar, was er anfänglich als angenehm empfand, nämlich unbedingt mit allen Freiheiten gewünscht zu werden - das hier hatte aber andere Gründe. Gründe die sich noch nicht ganz für ihn erschlossen, welche jedoch schon zu diesem frühen Zeitpunkt nicht gerade angenehm waren.

Er betrachtete seine Silhouette in der leicht spiegelnden Fensterscheibe.

Waren da noch Variable 1 und Variable 2.

Variable 1 = Was sollte der persönliche Bezug auf seine Sekretärin Marie Carpentie bei so etwas unwichtigen wie einem Initial-Passwort?

Hier schien mehr Psychologie drin zu stecken, als es auf den ersten Blick den Anschein hatte. Etwas Unwichtiges wird mit etwas Persönlichem verbunden. Das ist ein Hinweis auf Narzissmus oder Größenwahn. Wobei das eine das andere nicht ausschließen würde.

Variable 2 = Woher kannte eine Auftragsfirma das Geburtsdatum seiner Mitarbeiterin. Dies implizierte, dass weit mehr Anstrengungen und Nachforschungen unternommen worden sind, als es normalerweise üblich wäre. Das ist ein Pad für ihn, er ist der Vertragsteilnehmer, warum also nicht sein Geburtsdatum – das hätte zumindest einen Bezug zur Sache. Aber so? Diese Auswahl wurde bewusst getroffen und sollte eine Botschaft an ihn sein. Eine Botschaft, die jedoch wieder ein leichtes Magendrücken in Louis hervorrief.

Während er die Gedanken schweifen ließ um seine Situation und vor allem seine nächsten Schritte abzuwägen, wippte er leicht auf dem Stuhl hin und her.

„Nun, lasst uns auf die Kampfansage reagieren."

XI. Ausgeliefert

(Zyklus 2.4)

Auf Francis´ Schreibtisch im Büro befand sich leider kein Spiegel, sonst hätte sie sich vergewissern können welche Farbe gerade ihr Gesicht hatte. Dem Gefühl nach mussten es alle Farben dieser Welt gewesen sein.

Nachdem Francis die Mail zu Ende gelesen hatte, fühlte sie sich als ob sie träume. Es war wie ein Traum, in dem man abgetaucht war und strampelt und strampelt um wieder an die Wasseroberfläche zu kommen. Sekunde um Sekunde wird das Brennen in den Lungen stärker. Der natürliche Drang einzuatmen wird durch das Gehirn unterdrückt – das Gehirn sagt: „Du bist im Wasser und kannst nicht atmen."

Es brennt wie Feuer und jeder Schlag mit dem Fuß in Richtung Licht, in Richtung Oberfläche, in Richtung Leben und Sauerstoff lässt die Lungen nur noch mehr brennen. Ein Schlagen und Treten – nur noch Zentimeter von der Freiheit entfernt, aber irgendwie noch viel zu weit. Ein Aufbäumen und noch eines – aber zu weit entfernt.

Der Übergang in eine kurzzeitige Lethargie verläuft nahtlos. Die Selbstaufgabe – ein Gefühl des Bezwungenseins, völlige Gleichgültigkeit, Schwerelosigkeit. Nur noch ein dumpfes Rauschen ist zu vernehmen, dass Welle für Welle abnimmt. Empfindungslos – kraftlos.

Diese starken Empfindungen raubten Francis jegliche äußere Wahrnehmung in diesem Moment.

Natürlich hätte man auch auf die Idee kommen können dass dies ein Scherz war. Ein dummer Jungenstreich aus einer anderen Abteilung. Wenngleich dies auch eine Möglichkeit wäre, welche gar nicht so abwegig schien, so war irgendwie eine innere Stimme in Francis vorhanden die dem Inhalt dieser Mail Glauben schenkte.

Ein kaum vernehmbares Flüstern glitt über ihre Lippen. „Wer macht den so etwas!" – „warum ich!"

Und diese Frage war tatsächlich berechtigt. So war Francis doch an sich durchweg geschätzt. Von vielen wurde sie als Sonnenschein gesehen, sobald die Tür aufging. Ob es im Büro war oder im privaten Leben, sie sorgte immer für Harmonie zwischen einzelnen Personen. Und jemand der sie nicht leiden konnte, war wohl grundsätzlich recht sozial verkrüppelt und beratungsresistent wenn es um Tugenden wie Freundlichkeit, Miteinander und positive Einstellung ging.

Sie nicht zu mögen, musste man schon bewusst entscheiden – auch wenn die Gründe unklar schienen. Wenngleich es auch einen hohen innerlichen Kraftakt darstellen musste diese Entscheidung zu treffen. Einen Kraftakt, der nur durch jahrelanges Training einer verbitterten und negativen Einstellung mit leichten Züchtungen einer destruktiven Meinung und dem Hang zur Verweigerung jedweden Frohsinnes zu bewältigen war.

Das schafften nicht viele Menschen. Zum Glück.

War Francis doch eher bemüht, einen gemeinsamen Konsens zu finden, statt sich ihrer eigenen Meinung ungebührlich hinzugeben und diese auf aggressive Art zu vertreten. Im Gegenteil, wenn sie das Gefühl hatte dass es ihrem Gegenüber guttat, dann war sie ohne zu zögern bereit auf etwas zu verzichten, selbst wenn sie das Recht dazu hätte.

„Wer macht den so etwas."

Sie krümmte erneut die Finger ihrer rechten Hand. Dieser leichte Schmerz den sie vorhin verspürte, so als ob sie sich den Ellbogen gestoßen hätte. Sehr zögerlich zupfte sie etwas an der rechten Ärmelseite ihres hübschen blassvioletten Pullis. Es war eigentlich einer ihrer Lieblingskleidungsstücke.

Sie hatte ihn erst diesen Monat im Schlussverkauf ergattert, als ihr eigentlich gar nicht zum Shoppen zumute war. Sie streunte einfach durch die Stadt. Zwischendurch machte sie kurz Rast in einem schönen Café mit französischer Musik und als sie sich die Sonne ins Gesicht schienen ließ, hing dieses wunderschöne Kleidungsstück im Geschäft direkt über der Fußgängerzone, ihr gegenüber. Der Cappuccino fand schneller sein Ende als gewöhnlich und schon wurde die Freude vervollständigt, als in dem leicht gestickten V-Ausschnitt ein schmaler Aufnäher mit der ihr passenden Kleidergröße hervorblitzte.

Von der Magie dieses Moments war gerade eben leider nichts mehr zu spüren.

Ganz zaghaft, so wie ein Chirurg bei einem operativen Eingriff das Skalpell in den Händen hält und langsam ansetzt, so rupfte Francis ganz zögerlich den Ärmel hoch.

Es war ein roter Fleck.

Er war tellerförmig – nur noch keine 10 cm groß.

„Wer macht sowas?" - „Warum ich?"

Sie versuchte, sich an die Situation in der U-Bahn Haltestelle zu erinnern. Was ist passiert? Wer war das, der sie angerempelt hatte? Wie sah er aus? Was hatte er an? Stimmt das wirklich mit dem Gegenmittel? Was passiert gerade hier?

Zu wirr waren die Gedanken um auf irgendetwas Vernünftiges kommen zu können. Und wieder stieg das Gefühl des Traumes in ihr auf. Die Lungen brennen – der Kampf nach oben – und dann völlige Leere und Empfindungslosigkeit.

„Jetzt haben wir es den oberen aber mal so richtig gezeigt" – platzte Sicilia heraus, als sie ums Eck auf Francis Schreibtisch zusteuerte.

„Die ganze Zeit sagen wir, dass etwas passieren muss. Die ganze Zeit. Und jetzt endlich begreifen sie, dass sie nicht so weitermachen können. Nicht mit uns. Wir wehren uns. Hast Du gesehen – die Meinungsumfrage, hast du gesehen." Sicilia bemerkte gar nicht, dass ihr keine Aufmerksamkeit geschenkt wurde und die Begeisterung über das Teammeeting nur einseitig war.

„Rot, alles Rot. Hast Du gesehen? Die ganzen Graphiken in der Präsentation waren Rot aufgrund der negativen Ergebnisse der Meinungsumfrage. Endlich sehen sie, dass wir als Mitarbeiter auch eine Meinung haben und die Großköpfigen müssen diese respektieren. Du musst Dich genauso gefreut haben wie ich – alles Rot. So negative Ergebnisse hätte keiner erwartet. War das nicht ein wunderschönes Rot?

Übrigens der Fleck an Deinem Arm sieht hässlich aus. Ich würde da mal zum Arzt gehen und mir ein Mückengitter vor das Schlafzimmerfenster kaufen.

Du wirst sehen, meine Freundin, jetzt passiert etwas. Solche Umfrage-Ergebnisse können sie nicht vertuschen. Ich werde gleich mal Peter aus der anderen Abteilung anrufen und fragen, wie die Besprechung bei ihnen verlief. Da passiert etwas ganz großes – ich sage es Dir. Da bin ich etwas ganz Großem auf der Spur."

Nach all den Jahren, war Francis ja den Redeschwall von ihrer Kollegin gewohnt, und doch fiel es ihr noch nie so leicht wie heute, ihn über sich ergehen zu lassen. Diese Geschichten waren ja noch nie interessant. Es war lediglich Francis´ Freundlichkeit zuzuschreiben, dass Sicilia sie als Freundin betrachtete. Zugegeben ein einseitiges Gefühl – aber für den Büroalltag hatte es gereicht.

Jetzt hatte sie nicht einen einzigen vollständigen Satz vernehmen können. Alles waren irgendwelche Worte ohne Bedeutung – ohne

Sinn. Wenn Sicilia eine Mischung zwischen Chinesisch und Tagalog gesprochen hätte, wäre es das gleiche Ergebnis gewesen.

Flux war Sicilia um den Schreibtisch herum wieder weg – voller Euphorie über die von ihrem Chef weniger angenehm verlaufende Teambesprechung mit den Ergebnissen der diesjährigen Mitarbeiterbefragung. Sie hatte gar nicht bemerkt, dass sie immer noch am Sprechen war, als sie sich wieder von Francis Schreibtisch entfernte.

Der Nachhall ihrer Stimme klang für Francis etwas dumpf. Alles war dumpf im Moment. Lediglich zwei Fragmente drangen zu ihr durch. Arzt und Mückengitter. Vielleicht war das gar keine schlechte Idee. Einfach mal einen Arzt darauf schauen lassen. Wer sagt denn, dass nicht ein normaler Arzt ebenfalls den Fleck behandeln könnte? Was immer das für eine bösartige Person wäre, die sich das überlegt hat. Wer sagt, dass es nur ein Gegenmittel gäbe um aus der Situation zu entkommen und das Leben wieder gewohnt verlaufen zu lassen?

Wut kam in ihr auf. Ein Gefühl dass sie nur selten kannte. War sie doch mehr ein „Harmonietierchen" wie sie ihre Freunde immer liebevoll nannten. Doch ihre Gutmütigkeit, die manche als Naivität oder Dummheit missverstanden hatte auch Grenzen. Gesagt, getan.

Mit einem Mal gab ihr der Hoffnungsschimmer wieder neue Kraft. Sie nahm ihren Telefonhörer in die Hand und wählte.

3-5-5-3 - „Simon hier, was gibt es Francis? Hast Du noch Fragen zwecks den Auswertungen der Mitarbeiterergebnisse? Das Ganze schlägt ja höhere Wellen als gedacht. Irgendwie habe das Gefühl, dass jetzt jeder meint er müsste mitbestimmen, nur weil man mal drei Kreuzchen in einem Fragebogen gemacht hat. Das kann doch nicht wahr sein. Eine Firma ist nun mal keine Demokratie."

„Chef – es geht um was anderes, mir geht es nicht so gut, ich …"

„Kann ich verstehen Francis, nach der Besprechung war mir auch nicht ganz wohl. Ich weiß ja, dass Du nie Stimmung schüren würdest, das schätze ich sehr, aber vielleicht kannst Du so die Grundstimmung im Büro etwas aufhellen. Du hast ja sowieso ein Händchen dafür.

Verbieg dich nicht, einfach ein bisschen positive Stimmung. Ich bin mir sicher, nach maximal einer Woche ist wieder alles beim Alten. Das Management wird ein paar Placebo Veränderungen bekanntgeben. Und die nächste Jahresabschlussfeier wird etwas großzügiger gesponsert und dann kräht kein Hahn mehr danach.

Francis, ich rechne mit Deiner Unterstützung. Wir sind ja hier nicht in einer militanten Revolution. Du weißt ja, meine Tür steht immer offen. Wenn irgendetwas ist, ob mit oder ohne Mitarbeiterbefragung – jeder kann jederzeit kommen und mit mir sprechen. Man kennt mich ja, dass ich jederzeit zuhöre, wenn einer meiner Leute etwas auf dem Herzen hat. Sofort höre ich zu und tue mein Bestes."

„Simon, entschuldige, aber…"

„Umso mehr ärgert mich diese unglückliche Beurteilung hier. Das soll jemand verstehen."

„Simon – Simon ich gehe zum Arzt, mir geht es nicht gut. Ich nehme den Nachmittag frei!"

Selten konnte man Francis mit so robuster Stimme auftreten hören, aber dennoch drückte der Tonfall immer noch Freundlichkeit aus.

„Ach so, ja ok, dann Gute Besserung. Ruf an, wenn ich etwas für Dich tun kann." – piep piep piep

Simon war ok. Gut, Zuhören und Aufmerksamkeit war mit einer glatten 5- bewertet worden, und das auch völlig zurecht. Aber zumindest konnte man sich auf seine Menschlichkeit verlassen. Er gab sich auch für sein Team Mühe. Sobald man den ersten Redeschwall, der zwischen 10 und 30 Minuten dauern konnte, geschafft hatte, konnte man durchaus den Eindruck gewinnen, dass man zu ihm durchdrang. Etwas mehr Rückgrat hätte man sich zwar gewünscht, aber dafür war er menschlich in Ordnung und sympathisch, auch wenn der erste Wunsch für immer unerfüllt bleiben würde.

Was soll's, Francis hatte zurzeit wahrlich andere Probleme. Sie nahm ihre Umwelt immer noch recht dumpf wahr. Jedoch die vorhin gewonnenen Streifen der Hoffnung gaben ihr Kraft. Sie spürte ein leichtes Pochen am rechten Unterarm. Nicht viel. Aber natürlich waren ihre Sinne jetzt sehr stark auf den circa 5 cm großen rötlichen Fleck gerichtet.

„Schlüssel, Geldbeutel, Handy" murmelte sie, wie jedes Mal, wenn Sie das Büro verlassen wollte. Sie sperrte den Bildschirm und stand auf. PC herunterfahren, dauerte immer viel zu lange. Klar beschwerte sich die IT regelmäßig über dieses überaus technikfeindliche Verhalten, da Updates ohne Neustart nicht korrekt installiert werden konnten, aber das war ihr recht egal.

Fast wie ein MP3 in der Endlosschleife sagte sie sich immer wieder „wenn ich beim Arzt war, gibt er mir ein Medikament und dann ist wieder alles gut."

Und da war wieder das Quäntchen Wut. „Wehe wenn ich herausfinde, wer dahintersteckt!"

„Wenn ich beim Arzt war ..." sie überrannte fast Peter aus der Logistikabteilung und strebte eifrig zum Hauptausgang. Als sie die Straßenbahn gleich gegenüber sah, freute sie sich kurz, sodass sie die Situation fast vergessen würde. „Wunderbar, in 15 Minuten bin ich da."

Sie kratzte immer wieder leicht über die Stelle, jedoch ohne den Pulli hochzuziehen. Irgendwie wäre es beschämend für sie gewesen, hätte jemand anderes den Flecken entdeckt.

„Ich grüße Sie mein Fräulein – was haben wir denn heute?"

Dr. Litriggio war das perfekte Bild des freundlichen Opas. Er hatte immer einen so zufriedenen und gütigen Gesichtsausdruck. Allein die Vorstellung er hätte während seines Medizinstudiums

Frösche oder anderes Getier seziert wäre undenkbar gewesen. Er war der der freundliche gütige Opi auf der Veranda mitten im Grünen neben dem Haus am See. Nichts außer das Rauschen der Blätter im Wind und fröhliches, angenehmes Vogelgezwitscher war in dieser Kulisse zu vernehmen. Vielleicht noch ein leichtes Quietschen seines Schaukelstuhles, aber es konnte auf der Erde kaum ein friedlicheres Plätzchen geben als bei Opa Litriggio.

Es quietschte tatsächlich der Stuhl von Dr. Litriggio. Zwar kein Schaukelstuhl, aber der schon in die Jahre gekommene Bürostuhl vor dem gigantischen Schreibtisch, der so wuchtig war, dass man meinen könnte, er habe das Möbelstück direkt vom Thronsaal einer Mafiafamilie zu sich in die Praxis geschleppt. Alleine der Anblick und die sanfte Stimme von Dr. Litriggio gaben Francis wieder Kraft weiter zu machen.

„Ich habe irgendeinen Fremdkörper oder einen seltsamen Stich hier am Unterarm. Seitdem fühlen sich der Arm und die Finger etwas komisch an.

Der Fleck wird größer."

Wenn man die Hände von Dr. Litriggio ansieht, hätte man den Eindruck gewinnen können, dass er sein ganzen Leben Möbelpacker gewesen war. Hände waren das falsche Wort – mehr Pranken.

Er untersuchte Francis Arm mit einer Sanftheit, als ob er einem Schmetterling einen Knoten aus seinen Fühlern machen wollte.

„Ein roter Fleck – nicht geschwollen – kein Schmerz bei Berührung – hmmm. Wurde Fräulein von einer Mücke oder Wespe gestochen?"

„Nein – kein Tier" entfuhr es ihr plötzlich. Jedoch war sie sich sicher, wenn sie ihm die Geschichte erzählen würde, könnte sie sich hier nie wieder blicken lassen. Wer glaubt denn schon so etwas bei einem roten Fleck.

„Sooo, kein Tier - aber ein hauchfeiner Einstich ist zu sehen. Na Fräulein, machen Sie sich keine Sorgen. Wir beobachten das mal, ich schreibe ihnen eine Cortison-Salbe auf. Die ist sehr sehr hilfreich bei Stichen und Hautreizungen. Höchstwahrscheinlich ist es morgen wieder weg. Und falls es in drei, vier Tagen immer noch da sein sollte, dann sehen wir uns das nochmal an."

„… und können Sie mich nicht impfen oder irgend sowas?" warf Francis leicht nervös ein. Irgendwie kam ihr eine „Hula-Hula"-Salbe etwas wenig vor. Bedachte man die E-Mail, von der bisher nur sie wusste.

„Eines nach dem anderen mein Fräulein. Wenn sich der Fleck ausbreitet oder die motorische Fähigkeit der Hand oder des Unterarms beeinträchtigt ist, dann kommen Sie einfach morgen nochmals ohne Termin. Wir werden uns darum kümmern. Nur keine Angst. Aber ein Impfstoff gegen rote Flecken wäre revolutionär. Was glauben Sie wie mir Teenager den Impfstoff aus den Händen reißen würden, wenn sie eines lieben Tages die ersten Anzeichen von Akne am Morgen vor dem Spiegel feststellen."

Sein sanftes Lächeln bei diesem Satz, während ihm eine schneeweiße Haarsträhne in die gesund gebräunte Stirn fiel, unterstrich seinen milden Humor.

Francis konnte es ihm nicht verdenken. Für ihn war es nur ein roter Fleck. Ein Fleck ohne irgendwelche Symptome. Vielleicht hatte sie sich einfach zu sehr einschüchtern lassen. Vielleicht ist es doch nur ein Scherz gewesen und der rote Fleck wurde nur größer weil sie ständig daran herumkratzte. Der Rempler heute Morgen in der U-Bahn war vielleicht bedeutungslos, und irgendwo sitzt jetzt jemand und amüsiert sich über so viel Dummheit. Ein schlechter Scherz - zugegeben.

Es stimmt. Eigentlich konnte sie den Arm und die Finger ganz normal bewegen. Kein Grund für so viel Aufregung. Sie überlegte, ob sie einfach nach Hause gehen sollte, eine Packung Schokoeis auf dem Heimweg besorgen, sich damit zusammen mit einer DVD auf das Sofa zurückziehen und etwas schlafen sollte.

„Mein liebes Fräulein, alles in Ordnung?"

„Jaja, alles ok – entschuldigen Sie Dr. Litriggio, ich war nur in Gedanken wegen etwas in der Firma."

„Dann passt es ja. Also wie gesagt, verwenden Sie diese Creme heute zweimal auf dem roten Fleck und wenn es sich verändert, dann kommen Sie morgen einfach zu einer Zeit, zu der es Ihnen passt, unangemeldet in meine Praxis."

Und da war er wieder, der gütige verständnisvolle Opi von der Veranda des Hauses am See. Vielleicht hatte er Recht.

Der Gedanke an den vor ihr liegenden Nachmittag mit Eis und DVD ließ sie etwas ruhiger werden. Sie nahm dankend die Creme entgegen und verabschiedete sich nett von Dr. Litriggio, wobei ihre Hände in den riesigen Fleischpranken von ihm zu verschwinden schienen. Jetzt war der Gedanke an das Schokoeis endgültig gefasst und schon wurde dieser zielstrebig verfolgt.

Nachdem sie die Praxis verlassen hatte, war dies nur noch eine Sache von Minuten, ging es bei der Eisauswahl doch mehr um die Menge als um die Marke. Und Schokostückchen mussten drin sein. Wäre nicht der Schrecken der E-Mail noch so tief in den Knochen gesteckt, wäre das vor ihr liegende als ein Traumnachmittag zu bezeichnen.

Kaum war sie zu Hause, streifte sie sich die Kleidung ab, legte die Gemütlichkeitsklamotten an und sofort war die DVD eingelegt. Sie sah den Film schon bestimmt zum dreizehnten Mal, jedoch waren die romantischen Szenen immer wieder aufs Neue zum Heulen.

Was wollte man mehr an so einem Tag. Noch im Vorspann trug sie die Creme auf die rote Stelle auf, massierte diese kurz ein und nahm keinerlei Schmerz wahr. Das beruhigte sie. Denn ihrer Meinung nach, musste alles was schlimm wäre sehr wehtun, wenn man darauf drückt.

Schon alleine das leichte Knacken der Schokosplits zwischen den Zähnen machte so viel wieder gut. Sie merkte gar nicht, wie der Löffel immer mehr sank und durch die Gleichförmigkeit der Musik im Film und den beinahe auswendig gekonnten Dialogen die Augen immer schwerer wurden.

Glücklicherweise hatte sie den Eisbehälter schon abgestellt, wenn auch noch einiges in ihm enthalten war, und versank in das Reich der Träume.

Die ganze Aufregung hatte sie doch sehr viel Kraft gekostet. Die Angst, die Nervosität, hatten an ihr gezerrt.

Nun lag sie friedlich hier. Eigentlich fing der Tag gar nicht so schlecht an. Sie wollte noch gar nicht schlafen, sondern den Film und das Eis ganz bewusst genießen. Und wenn sie noch ein zweites Schokoeis wollte, würde sie ohne zu zögern noch einmal losziehen und auf Beutefang gehen. Heute musste das sein.

Sie hatte einen leichten Schlaf und wälzte sich hin und her. Der Traum war einer ihrer liebsten: ein Strand mit Palmen, vor ihr das Meer, einzelne, über jahrzehnte rundlich geschliffene Felsen stiegen aus dem Wasser hervor. Sie genoss die Sonne auf den Schultern und steckte die Zehen ins warme Salzwasser. Mit einem genüsslichen Seufzer atmete sie aus, die Idylle genießend.

Als sie voller Zufriedenheit einatmen wollte, kam nichts. Innerhalb von Sekundenbruchteilen fand sie sich umspült und orientierungslos unter der Wasseroberfläche. Wo war oben oder unten? Sie saß doch gerade so friedvoll am Strand. Die Lungen brannten – sie waren schließlich leer. Immer dem Hellen entgegen! Mit höchster Kraftanstrengung strampelte sie dem hellen Licht entgegen, so als ob es nur noch 5 Sekunden bräuchte bis sich die Lungen wieder mit dem erfrischenden wohltuenden Sauerstoff füllen konnten. Aber sie kam nicht weiter. Zwar zerrte nichts an ihr, doch all das Strampeln all die Anstrengung hatte keine Wirkung. Und es brannte, als ob sie über offenem Feuer liegen würde.

Der Schmerz rief ungeahnte Kräfte hervor. Die Lungen wollten einfach an Sauerstoff kommen, aber das Gehirn war vorsichtiger. Du bist unter Wasser – Du kannst nicht atmen. Fast unerträglich wurde der Schmerz in der Brust. Ein Aufbäumen. Jetzt oder nie. Mit einer überwältigenden Kraft strampelte sie dem Licht entgegen.

Das Klirren des Glases das auf dem Boden fiel, während sie mit dem Fuß gegen den Couchtisch trat, ließ sie aufwachen.

Ein paar Sekunden brauchte Francis, bis sie sich gewahr wurde, wo sie sich wirklich befand. Sie genoss das Einatmen auf ihrer Couch, als ob sie den Durchbruch durch die Wasseroberfläche geschafft hätte. Sowohl ihre Atemfrequenz, als auch ihre Herzfrequenz erinnerten an eine Stunde Jogging, statt an einen Nachmittag mit Eis und DVD.

Erleichtert stellte sie fest, dass der DVD Player bereits in den Standby Modus gefahren war.

„Oh neiiiiinnnnnnn" – der Schrei war lauter, als sie eigentlich gedacht hatte. „Oh nein"

Das Schokoeis war gänzlich geschmolzen und bestand nur noch aus einer braunen Suppe, die nun langsam vom Tisch auf den Lang-Floor Teppich tropfte. Es würde eine Ewigkeit dauern den Flecken aus der hellbeigen Teppichfarbe zu reiben. Wenngleich man dabei die weichen Schokostückchen erst noch viel tiefer in den Teppich treiben würde.

Sie rieb sich den Fuß, der gegen den Tisch geknallt war. Das würde ja einen schönen blauen Flecken ergeben.

Apropos Fleck.

Francis schob sich den rechten Ärmel ihres flauschigen Gemütlichkeitspullis hoch. Atemfrequenz und Herzfrequenz stiegen mit einem Mal. Die Hand zitterte – sie konnte das Zittern nicht unter Kontrolle bringen. Sie fühlte sich zurück in ihren Traum versetzt und Machtlosigkeit ergriff sie. Der ganze Körper bebte. Wäre es doch so schön gewesen einfach aufzuwachen und alles war wieder beim Alten. Das funktionierte doch im Film auch so.

Sie nahm all ihren Mut zusammen und versuchte bewusst langsam zu atmen. Um den Fleck genauer betrachten zu können, hielt sie den rechten Unterarm mit der linken Hand von unten und schob die Schulter nach vorne, bis der Fleck direkt vor ihren Augen war.

„Größer, noch größer … " - eine Mischung aus Gedanken und vor lauter Unfassbarkeit ausgestoßenen Worten. Es waren feine Äderchen an dem mittlerweile acht bis zehn Zentimeter großen Fleck zu sehen. Blaue Äderchen die sich über die gesamte Stelle zogen, so wie Blitze in einem Gewitter. Francis meinte ein Pochen zu sehen, jedoch waren die blauen Zacken viel zu fein, als dass man es hätte erkennen können. Tiefblau, fein aber tiefblau. Was sollte das denn. Gut venöses Blut hatte oft eine sehr dunkle Farbe, da ja der ganze Sauerstoff entzogen und das Blut angereichert mit Abfallstoffen waren, die abtransportiert wurden.

Plötzlich viel es ihr ein, wie ein Schleier von den Augen, wie die Umhüllung einer Statue, die in der Sekunde der Einweihung fällt. Die Mail! Äderchen – nicht auf zu halten – Gegenmittel.

Sie wusste nicht, was sie mit ihren Gefühlen anfangen sollte. Wurde sie doch immer wieder zurückgeworfen. Gegenmittel - der Puls raste. Sie begriff, alles was in der Mail stand wurde zu ihrer neuen Realität.

„Mist – was stand in der Mail? Was stand drin!!! Was stand drin!!!" Sie kreischte diesen Satz fast vor lauter Angst.

„Aber ich bin doch nur kurz eingenickt." Sobald Francis den Satz beendet hatte, stellte sie fest, dass die Sonne auf der falschen Seite der Wohnung war. Schon beim Einzug bemerkte Sie mit Wohlwollen, dass der Makler mit dem Stichwort sonnendurchflutete Wohnung nicht übertrieben hatte. Bis auf das Bad waren alle zwei Räume mit Fenstern auf fast jeder Seite ausgestattet.

Nun merkte sie, dass das keine Nachmittagssonne aus westlicher Richtung war, die durch das Fenster auf den Couchtisch schien, sondern die Morgensonne aus dem Osten – aus dem genau gegenüberliegenden Fenster. Anscheinend hatte sie die ganze Nacht durchgeschlafen. So erschöpft hatte sie sich gefühlt.

6:15 Uhr – „Mist, die Arbeit"

„Die Mail, das Gegenmittel – Anweisungen – warum ich?"

Francis unterdrückte die Tränen, doch ein paar kullerten über ihre vom Schlaf zerknautschte Wange. Eine Mischung aus Opfergefühlen und Wut. Auch Angst ob sie Schmerzen haben würde, spielte eine tragende Rolle.

Sie drückte sanft mit dem rechten Zeigefinger auf die blauen Äderchen. Sie fühlte sich jetzt schon wie ein Ebola Opfer.

6:28 Uhr – die Tür fällt ins Schloss.

„Die Mail, ich brauche unbedingt die Mail."

Normalerweise ging sie nie aus dem Haus ohne Zähneputzen und Wimperntusche. Doch heute verschwendete sie keinen Gedanken daran. Einfach die Klamotten von gestern übergestreift verließ sie die eigenen vier Wände. Die Handtasche, die gestern einfach neben der Tür landete, war noch gepackt. Schlüssel, Handtasche und fertig. Nie würde sie jemanden erzählen, dass sie vom Aufwachen zum Verlassen der Wohnung nur 13 Minuten gebraucht hat.

Auf die U-Bahn zu warten erschien ihr als eine endlose Tortur. Obwohl die Anzeige 3 Minuten in strahlend gelben Leuchtziffern anschrieb, überlegte sie im 10 Sekunden Takt, ob sie nicht doch lieber laufen sollte. Stehen und nichts tun trieb ihr nur noch mehr die Angst in das Bewusstsein. Beinahe schon Todesangst.

„Was stand drin, was stand genau drin – Mensch erinnere Dich" gebot sie sich selbst.

Diesmal rempelte sie die anderen in der U-Bahn beim Einsteigen an. Aber sie nahm es kaum wahr. Nicht einmal entschuldigt hatte sie sich. Eine weitere gefühlte Ewigkeit, bis sich die Türen des Wagens schlossen.

7:12 Uhr – Eingang an der Hauptpforte des Büros

7:19 Uhr – Der Schreibtisch.

Statt auf den Fahrstuhl zu warten, rannte Francis von der Hauptpforte zum Treppenhaus über den langen Gang in den Westflügel des Bürotrakts.

Um diese Uhrzeit war sowieso noch keiner da. Die meisten starteten den Tag um 9:00 oder 9:30 und blieben dafür länger. Noch einmal war sie glücklich den PC nicht heruntergefahren zu haben, um sich wertvolle Sekunden zu sparen. Noch einmal schwor sie sich, niemals auf die IT zu hören.

Das Login – Aus Angst und Zittern benötigte Francis 2 Versuche, bis der Bildschirm freigegeben wurde. Das Mailprogramm stand von gestern noch offen. Ihre Augen gingen von oben nach unten. Und wieder von oben nach unten. Jetzt langsamer, von oben nach unten.

Atemlos ging sie Zeile für Zeile durch.

Wortfetzen rissen Furchen in ihre Gedanken.

„Ich brauche die Mail – das Gegenmittel – wo – was tun – zu spät!"

Zeile für Zeile wurde es ihr kälter, „das gibt es doch nicht."

Sie gab Suchbegriffe ein, dabei hatte sie die Mail doch weder verschoben noch sonst irgendwie angefasst, nachdem sie die Schreckensbotschaft gelesen hatte.

Sie erstarrte. Wieder waren Sekunden wie Stunden. Wieder das Gefühl der brennenden Lungen.

Die Mail war weg!

XII. Makellosigkeit

(Zyklus 3.4)

Überheblichkeit, das war nichts für ihn - in seinen Augen. Überheblichkeit war etwas für Leute, die die Kontrolle verloren hatten und damit die eigene Unfähigkeit für sich selbst oder für andere zu übertünchen suchten. Er brauchte keine Überheblichkeit, er hatte die Kontrolle – vollständig. Denn wenn nicht, könnte er keinen Morgen mehr aufstehen um im Spiegel sein eigenes Selbst zu erblicken.

Wenn es jemanden gab, der für andere die Realitäten festlegte, dann er. Es war eine Selbstverständlichkeit für ihn, frei zu sein. Frei im Denken und Handeln. Jede Zusammenarbeit oder jeder Gedanke, sich nach jemanden anderen richten zu müssen, beziehungsweise sich auch nur an andere anzulehnen, würde er als eine Vergewaltigung seines Geistes empfinden.

Und genau damit kämpfte er in diesem Moment.

Die Makellosigkeit mit der sein Plan von der ausführenden Kraft bestätigt wurde war etwas zu deutlich. Klar war sein Streben nach Perfektion auch der Auslöser dafür, dass er seine Tätigkeiten mit der Präzision eines Mondfluges sowohl plante, als auch ausführte. Und er kam der Perfektion immer näher.

Während andere zusätzlich zum Hauptplan A, noch Plan B und C erwägen, um definitiv sicher zu gehen, da hatte er bereits verschiedene ineinandergreifende Pläne A entwickelt und kalkulierte immer unabsehbare Entwicklungen fest mit ein.

Sicherlich lag darin sein Erfolg begründet.

Eine kochende Wut bestimmte seinen Schritt zurück zum weißen Salon. Frühere Personen die er kannte, die sich jedoch leider nicht mehr zu Wort melden können, hätten ihn als cholerisch verurteilt. Er beschrieb es als Quelle seiner Kraft, um Großes zu vollbringen. Eine andere Art der Wahrnehmung wie sie auch damals Herzog Carl Eugen besaß.

Im weißen Salon angekommen war er schier zerrissen von dem Gedanken, dass sich eine andere Person erdreistet haben könnte ihn zu manipulieren. Das war seine Handlungsweise, sein Geschäft, seine fehlende Würdigung der anderen. Keine niedere Kreatur durfte sich das erlauben. Und leider betrachtete er beinahe alle Lebewesen als niedere Kreaturen.

Er stürmte in den weißen Salon hinein und versuchte wieder Ruhe in der Schönheit dieses Ortes zu finden. Seine Wut, die von der Verletztheit getragen wurde, schien zu explodieren. Am liebsten würde er die geballte Macht seiner Wut und Stärke an der nächstbesten Kreatur auslassen, die dieses Spektakel wahrscheinlich nur einmal zu Gesicht bekäme. Noch ein Grund warum es gut war, dass er weder Haustiere hatte, noch mit Menschen als Team zusammenarbeitete.

Die Ruhe und die Schönheit der langen Fenster die links und rechts des Saales eine wahre Flut von Helligkeit ermöglichten, die filigranen Stuckverzierungen an den Deckenrändern, als auch diejenigen die zu jeweils beiden Seiten der Fenster bis zum Boden rankten, erhoben das Gefühl von Reinheit und Würde.

Im gegenwärtigen Gefühlssturm konnte er sowieso keinen klaren Gedanken fassen, das war er sich mit jeder Faser seines Körpers bewusst. Nur Verrückte ließen sich von ihren Emotionen leiten und trafen auf dem Tiefpunkt der Logik Entscheidungen. Also blieb es ihm nichts anderes übrig als den samtroten Stuhl in der Mitte des Raumes zu zentrieren und sich dort mit ruhigen Atemzügen zu setzen. Leichtes Sonnenlicht traf auf seine Wange.

Langsam ließen sich die Gefühle der unbarmherzigen Wut bändigen.

Dort in der Mitte, mit all dem Majestätischen um ihm herum, kam das geliebte wie auch das gewohnte Gefühl zurück dass sich die Welt um ihn drehte. Sie musste sich einfach um ihn drehen. Dabei gab es weder Zweifel noch eine andere Wahl.

Über eine Stunde verging. Mittlerweile verschwanden die Sonnenstrahlen hinter den Baumwipfeln der über Jahrhunderte gewachsenen Roteichen. Nun war es an der Zeit seinen Gedanken zu prüfen und entsprechende Maßnahmen zu ergreifen. Kein Plan, wie durchdacht er auch immer sein würde, funktioniert tadellos. Dies läge weniger an dem Planenden als an der Unfähigkeit der damit verbundenen und aktiv beteiligten Personen.

Doch die letzten Bestätigungen seiner Anweisungen waren leider alle durchweg positiv ohne Zwischenfall, ohne Improvisation - eben makellos.

Und genau das war der wunde Punkt.

Irgendwer reagiert immer so, wie er es nicht sollte. Und damit wurde wieder eine Gleichförmigkeit sichtbar, die allen Lebewesen zu Eigen war und die er so sehr verabscheute. Mal ganz davon abgesehen welche Konsequenzen es für jemanden haben würde sich in die Pläne von ihm einzumischen, musste er das Loch finden. Wo war das engmaschige Netz durchtrennt worden?

Bereits auf dem Weg hatte er sämtliche Kommunikations-protokolle im Kopf wieder und wieder ablaufen lassen. Da er maximal einmal mit einer Person arbeitete und es bevorzugte den höheren Aufwand einer Neuakquise zu betreiben bevor eine Person zu viele Informationen besaß und selbsttätig Vernunftschlüsse zog, konnte man das Fehlerpotential sehr schnell sehr eng schnüren.

Er sah genüsslich in die Weite des Raumes. Inspiriert von den Jagdszenen auf dem überdimensionalen Deckenfresko war seine innere Ruhe nun gänzlich zurückerlangt. Wenn eine unwürdige Person meint, dass man ihn jagen sollte, dann drehen wir den Spieß einfach um.

Die Jagd, die Herzog Carl Eugen so liebte, sie würde ihn ebenfalls aus dem schwarzen Tal des Schreckens führen – dem, von anderen manipuliert zu werden. Genau in dieser Kraft traf er alle Entscheidungen und strukturierte in Gedanken erst einmal die Hauptaktionen bevor er in Details ging.

1. Neue Instruktionen für Ressource 1 bereitstellen
2. Organisation für Vertrauenssicherung mit Ressource 2
3. Köder auslegen, um das Jagdziel zu ändern
4. Köder 2 konzipieren, um Zusammenhänge aufzudecken.

Er mochte nicht das imperfekte Gefühl des Hungers. Es machte seinen Organismus schwach. Und doch musste er sich fügen. Eine weitere Unannehmlichkeit. Erst würde er in der großräumigen und doch nie genutzten Gastroküche im Untergeschoss dieses Bedürfnis stillen, bevor er an die Ausarbeitung ging.

Im Untergeschoss angekommen verköstigte er sich mit den Spielereien aus der Natur. Obwohl Essen für ihn einen reinen Zweck erfüllte um die innere Schwäche des Körpers zu kompensieren, wäre selbst ein Scheich über die Auswahl der im großen zweiflügeligen Kühlschrank und im daneben angebauten Kühlhaus enthaltenden Dinge beinahe erblasst.

Das Puristische ohne viel drumherum, das authentische ohne Gewürze. Nur Salz und Pfeffer. Er aß gleich hier. Wenn der reine Vorgang der Nahrungsmittelaufnahme als Schwäche gesehen wird, dann sei die Platzwahl auch so willkürlich wie möglich.

Der Ort hätte nachteiliger sein können, als ein geräumiger Gewölbekeller mit Weißputzelementen zwischen den großen wuchtigen, grob geschlagenen Pfeilern und Torbögen. Dazwischen Edelstahltische, fein säuberlich gereinigt, ohne eine einzige Schliere, sodass sich das Neonlicht darin spiegelte und falls vorhanden jegliches Staubkorn zum Erscheinen brächte.

Wie immer sollten keine Spuren von ihm zurück verfolgbar sein, was die Versorgung mit erlesenen Nahrungsmitteln nicht immer einfach machte. Auch dies musste guter Planung unterliegen. Er achtete immer auf genügend Kühlmöglichkeiten, um den Zeitraum der Nachbestellung so lange wie möglich hinauszuzögern. Mal ließ er all die Köstlichkeiten von einem Studenten in sperrige Holzkisten gut gekühlt verpacken, der diese dann zu einer Garage liefern musste. Der Paketdienst holte diese zwei Stunden später ab und lieferte zu einer weiteren Stelle. Dort haben für normale Verhältnisse zwielichtige Gestalten die Aufschrift „Museum of Art" mit Schablonen aufgesprüht und wieder über zwei Positionen mit unterschiedlichen Personen die damit beauftragt waren die Ware an den Bestimmungsort geliefert. Selbstverständlich zu einer Zeit, in der er niemals dort anzutreffen gewesen wäre.

Ein anderes Mal ließ er einen Catering Service die benötigte Ware für ein Bankett am Schloss liefern. Zur Ablenkung wurden entsprechende Veranstaltungskalendereinträge in diversen Internetforen gesetzt und indische Blogger beauftragt im Internet über mögliche geladene Gäste zu referieren, sowie Klatsch und Tratsch darüber zu streuen.

Nur einer wusste, dass das hochwertige Bankett für 100 Personen, dessen Buffet einen Tag zuvor ins Kühlhaus der großen Gastroküche geliefert wurde, leider kurzfristig abgesagt werden musste. Und so war es auch. Das Ziel wurde erreicht.

Sobald das Gefühl der Überlegenheit wieder in ihm aufstieg, fühlte er auch eine gewisse Art abstrakter Freude, sich an das Tagewerk zu setzen. Kurz flimmerte die Verwunderung darüber auf dass er, der doch die Perfektion über alles andere setzte, immer wieder den niederen Instinkten der Wut erlegen ist. Aber bald würde dies anders sein. Wenn sein Plan gelingt - und selbstverständlich würde er das, dann wäre die Menschheit einen gewaltigen Schritt weiter.

Selbst die Mondlandung wäre nur ein Puppentheater dagegen. Die Perfektion würde mit ihm an der Spitze die Oberhand gewinnen. Die Menschheit in ein neues Zeitalter in eine neue Entwicklungsstufe zu führen. Das hatte vor ihm noch keiner geschafft.

Wieder oben angekommen, hatte er sich an dem Blick durch das Fenster erfreut und die Wolkengebilde an sich herankommen lassen.

"Zur Tat" - hallte es im weißen Salon.

Disziplin war eine Tugend.

1. Informationen für Ressource 1

An: Louis Steinwald

Herr Steinwald,

Aufgrund ihrer weitreichenden Erfahrung gerade im Bereich biogenetischer Oberflächenumwandlung freue ich mich sehr, eine Kapazität auf diesem Gebiet, in meine Dienste aufnehmen zu können.

Mit Ihrem Schritt, tatsächlich in das Flugzeug zu steigen, der ihnen ermöglicht hat diese Informationen zu erhalten, möchte ich die Rahmenbedingungen für unsere Zusammenarbeit betonen. Aufgrund Ihres anzunehmenden Intellekts erwarte ich kein Verständnis des Großen und Ganzen sowie der

Hintergründe für die zwingende Notwendigkeit zur Durchführung des Projektes.

Wie Sie sicherlich bereits feststellen konnten, ist das Ergebnis entscheidend und Verzögerungen sowie Erklärungen werden nicht akzeptierbar sein.

Auch weiteres belangloses Geschwätz sehe ich als verzichtbar bei einem Mann Ihres Formates.

Ich erwarte bedingungslose Kooperation. Da Ihr psychologisches Profil einige Mängel in dieser Hinsicht aufweist, möchte ich dies einmalig klarstellen:

Der Zusammenhang mit dem Passwort zur Öffnung dieses Pads in Verbindung mit den persönlichen Daten ihrer Sekretärin wurde nicht zufällig gewählt. Anstrengungen Ihrerseits müssen nicht unternommen werden, um das seltsame Kommunikationsverhalten Ihrer Mitarbeiterin zu untersuchen. Im Gegenteil möchte ich vielmehr, dass sich Ihre Konzentration auf das Fachliche fokussiert weswegen wir eine Zusammenarbeit mit Ihnen in Betracht gezogen haben.

Ihre Mitarbeiterin ist zurzeit lediglich ihrer Kommunikationsmöglichkeiten beraubt, jedoch wohl in einer sicheren Umgebung verwahrt. Zum jetzigen Projektstand ist es daher hinfällig, weitere Kräfte in diesen Umstand zu investieren. Sie werden verstehen, dass Zuwiderhandlungen Ihrerseits Folgen haben werden. Bei einem erfolgreichen Projektabschluss trennt sich unsere Zusammenarbeit und Sie werden Ihr bisheriges Leben gemeinsam mit der Unterstützung Ihrer Verwaltungskraft weiter führen können.

Bitte verstehen Sie die etwas drastische Formulierung, jedoch würde ich mir gerne den Aufwand für spätere Erklärungen sparen und gleicherweise Ihren Geist damit ehren, dass

Sie das Gesagte sowie das nicht Erwähnte feinsinnig abschätzen können um für das Projekt entsprechend motiviert zu sein.

Sehen Sie dies nicht als eine Einmischung in Ihren Sicherheitsbereich an, da ich Ihre Dienste über die Maßen schätze und Sie in jeglicher nur denkbaren Hinsicht unterstützen werde. Die Motivationsgrundlage bleibt jedoch diskussionsfrei.

Konkret geht es um die Aufgabe, eine leichte Änderung des Genoms durch die Zirkulation im Blutkreislauf ohne Stich oder Reizung des Kontaktelements, sowie Kontaktorganes hervorzurufen. Sie können sich denken, dass damit ein Großteil der zurzeit unheilbaren Krankheiten im Keim erstickt werden können. Stellen Sie sich vor, dass die kodierte Substanz in die Blutbahn gelangt und damit durch einfache Berührung von darin enthaltenen Krebszellen oder durch Kontakt mit von Krebs befallenen Organen die Umprogrammierung derjenigen bedeutet.

Des Weiteren sehen Sie sicherlich das ehrenvolle Ziel das damit verfolgt wird, was hoffentlich Ihre primäre Motivationsgrundlage darstellen sollte.

Da Sie nur ansatzweise in Genetik firm sind, haben wir von einem entsprechenden Spezialisten den Programmcode in Lösungen injizieren lassen, die im Labor in entsprechender Anzahl zur Verfügung stehen werden. Ihre Aufgabe wird sein, eine biologische Oberflächengrundlage zu schaffen damit die Reaktion selektiv durch Oberflächenkontakt hervorgerufen wird, jedoch auf die Kontaktstelle eindämmbar bleibt. Hierbei spielt der Trägerstoff keine Rolle sofern er blutverträglich und entsprechend den vorgesehenen Parametern funktional ist. Technische Einzelheiten finden Sie im Anhang.

Zu Ihrer Beruhigung kann ich Ihnen versichern, dass ein Missbrauch nicht möglich ist und Sie gerne das Trägerelement auf die genetischen Komponenten in den Versuchsproben abstimmen können.

Es genügt, wenn die im Labor vorhandenen Proben den Erfordernissen entsprechen.

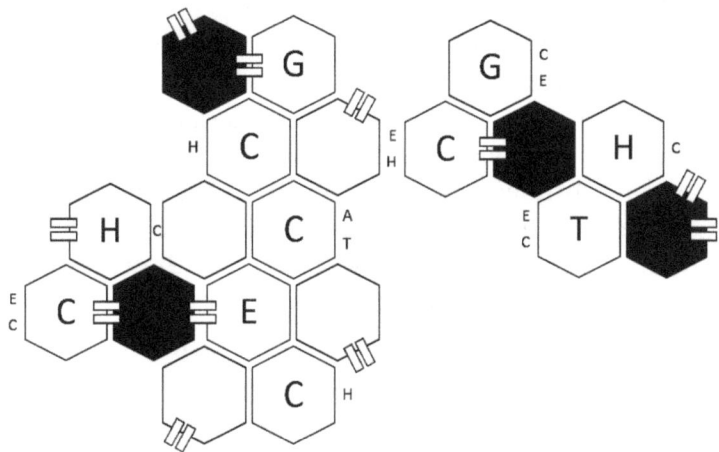

Die Kommunikation wird über den Ihnen zur Verfügung gestellten Personal Assistant laufen. Sehen Sie von jeder weiteren Untersuchung oder Kontaktaufnahme ab.

Ich freue mich sehr auf unsere gemeinsame und fruchtbare Zusammenarbeit.

Mit freundlichen Grüße

Diogenes

Er war zufrieden mit den Formulierungen und wiegte seinen Kopf langsam hin und her um das Funkeln der Goldverzierungen am Deckenfresko zu erhaschen. Zufrieden damit, die Person die er für seine Ziele brauchte genau am Ansatz zu packen. Wenn er an die Ehre und die Tapferkeit, an all die hehren Ziele appellieren würde, dann hätte Louis keine andere Chance als das auszuführen was für ihn gedacht war.

"Selbst Schuld" - wer ein Ehrenmann sein wollte, musste auch mit den Einschränkungen und den damit verbundenen Zwängen leben. Eine einzige Unabwägbarkeit war der Zeitpunkt, das „Ass" Marie Carpentie auszuspielen. Auf der anderen Seite konnte man einen Mann namens Louis Steinwald nicht stückchenweise füttern. Ein späteres „unter Druck setzen" würde nur seine ehrenhaften Verhaltensnormen unberechenbarer machen. Um dieses Risiko zu dezimieren, hatte er sich für klare Fronten entschieden.

Außerdem war das Ass noch nicht gespielt - nur angesagt. Somit waren ausreichende Möglichkeiten offen. Des Weiteren hatte er die Chance eröffnet, die Welt von einer Seuche zu befreien, welche tragisches Leid in jede Familie, sei sie noch so nett, bringen konnte. Er würde Louis ausstatten die Welt zu retten. Somit hatte er, rein finanzielle Aspekte impliziert, eine gelungene Ausrede. Die Welt vor Krebs zu retten würde einen ausreichend hohen finanziellen Ausblick eröffnen um die Wahrheitstreue für realistisch zu erachten, dafür eine Entführung auf sich zu nehmen und dafür notwendige Geldinvestitionen als Kleinkram zu betrachten.

Nur einer wusste, dass die Proben eine andere Umprogrammierung enthielten. Die zur Perfektion. Dass maximal 30% der Menschheit von der genetischen Grundlage aus dazu in der Lage wären diese Mutation zu überleben war ein für ihn kalkulierbarer und annehmbarer Fakt. Große Dinge erfordern große Entscheidungen.

Die Probefläschchen enthielten G-C-C-H-G und durch eine Kontaktreaktion in der Blutbahn konnten genau die Genome verändert werden, die für die Mutation notwendig waren. Eine neue Rasse von Menschen unter seiner Führung.

Diese Information würde niemand erfahren. Der letzte der das wusste war der Genetiker, der die Lösung herstellte. Dieser hatte versucht, mit der Natur zu konkurrieren, und fühlte sich der Natur überlegen.

„... nicht für lange ..."

Auf jeden Fall war sicher, dass Louis Steinwald, der zwar für normale Verhältnisse ein enormes Wissen über Genetik in sich trug, die tatsächliche Wirkungsweise jedoch nicht feststellen würde. Denn erste Testreihen würden ergeben, dass sofort Krebsmutationen angegriffen und verändert werden, welche dann verschwinden und selbst auf zellulärer Ebene nichts mehr davon vorzufinden wäre.

Dies war eine der größten Herausforderungen für den Genetiker. Somit würde die Prüfung, die ein Mann von Louis Format als erstes durchführen würde den bisherigen Erklärungen standhalten und einen weiteren Motivationsschub für ihn bedeuten. Wenn alles den Berechnungen entsprechend verläuft, würde die Sorge um Maries Wohlergehen überwiegen, weswegen er sich mit größter Wahrscheinlichkeit vom ersten Trugschluss in Sicherheit wiegen lassen und sich sofort an die eigentliche Arbeit machen würde.

Viel zu spät, wenn überhaupt wird Ressource 1 herausfinden, dass einen Tag später die eigentlich erwünschte Mutation einsetzen wird. Die Krebszellen wären nur Beiwerk, unwichtig für den Zweck aber notwendig um die Bereitschaft zur Mitarbeit zu sichern. Und überhaupt wer benötigt schon unkontrollierbare Wucherungen im Körper, wenn dieser die nächste Entwicklungsstufe zur Perfektion erklimmen sollte.

Jeder Satz erinnerte ihn noch mehr daran, wie nahe er seinem Ziel wäre.

Mit Genugtuung ging er über zu Punkt zwei.

2. Organisation für Treffen mit Ressource 2

An: Francis

Meine Liebe Francis,

Gerne gebe ich Ihnen, jedoch ausschließlich zur Vertiefung des Vertrauens zu mir und ein letztes Mal, dieselben Informationen erneut.

Ich möchte Sie auffordern den Anweisungen unbedingt Folge zu leisten, da die Auswirkungen Ihres sicherlich unbewussten und von Gefühlen getragenen Ungehorsams leider nicht rückgängig zu machen sind. Jeglicher weitere Ungehorsam gegenüber meinen Anweisungen würde geahndet werden, bis Sie Ihren Wert uns gegenüber verlieren werden. Sie können sich die Folgen sicherlich selbst denken.

Ihr Versuch, das Problem über einen konventionellen Arzt zu lösen drückt nur noch mehr Ihre Abhängigkeit zu mir aus und ist, hoffe ich lehrreich gewesen für unsere weitere Zusammenarbeit.

Da wir bisher zu Beginn unserer freudigen Kooperation stehen, vergebe ich Ihnen gerne dieses widerspenstige Bemühen.

Wie sie sicherlich verstehen werden, hat mein Verständnis jedoch Grenzen, deren Überschreitung nicht lange geduldet werden wird.

Falls in Ihnen die Frage des „Warums?" immer wieder kehrt, begnügen Sie sich bitte mit der Erklärung, dass Sie sorgfältig wegen vielseitigen Faktoren von mir ausgewählt wurden. Eine detaillierte Erklärung wird es nicht geben und weitere Anstrengungen in dieser Richtung würden nur eine Verschwendung von Kräften und Potential bedeuten.

Als weiteren letzten Hinweis möchte ich Sie nochmals freundlichst dazu auffordern, dass Sie das Gegenmittel entsprechend den Ihnen gegebenen Informationen regelmäßig einnehmen werden. Ansonsten wird sich unsere, wie ich mir vorstellen kann, sehr erfolgreiche Zusammenarbeit kürzer erweisen als gedacht und gewünscht.

Nachdem Sie ihre Aufgaben für mich erfüllt haben, geht Ihr Leben wieder den gewohnten Gang. Bei entsprechenden Engagement fühle ich mich bewegt, Ihnen zudem noch eine gewisse Zuwendung für aufgetretene Unannehmlichkeiten zukommen zu lassen. Einen Teil werden Sie sicherlich zur Verarbeitung des Erlebten in Schokoladeneis investieren.

Sie sehen, dass ich Ihnen sehr wohlgesonnen bin, jedoch auch auf eine bedingungslose Folgeleistung meiner Anweisungen bestehen muss.

Da Sie die Hauspost bisher nicht abgeholt haben, werde ich Ihnen ein weiteres Gegenmittel über einen Expressdienst zustellen lassen.

Wie bereits erwähnt, ist die regelmäßige Einnahme unabdingbar. Es wird sich um genau eine Medikation handeln, die für einen Einzelzeitraum von weiteren 12 Stunden Wirkung trägt. Da die Mutation am Anfang steht, ist eine leichte Verzögerung, wie sie gegenwärtig geschah, noch tragbar. Dies ist mit zunehmenden Fortschritt jedoch nicht mehr der Fall.

Meine liebe Francis, sie sehen, dass ihr Verhalten sowie Ihr Leben ein offenes Buch für mich sind, weshalb ich Sie bitte von jeglicher Eigenmächtigkeit und Kreativität abzusehen.

Sobald Sie diese Mail gelesen und sich das Gegenmittel verabreicht haben, möchte ich, dass Sie den Flug des beigefügten Tickets unmittelbar antreten. Verzögerungen werden nicht toleriert. Ihr Arbeitgeber hat bereits eine Arbeitsunfähigkeitsbescheinigung erhalten, die postalisch zugestellt wurde. Diese umfasst einen Monat und würde bei Bedarf verlängert werden.

Weitere Informationen erhalten Sie im Flugzeug. Bitte richten Sie sich beim Packen darauf ein, dass Sie mehrere Wochen abwesend sein werden. Als zeitweilige Erklärung geben Sie bitte eine geschäftliche Reise an, um Dienstleistungspartner Ihrer Firma für anstehende Outsourcing Projekte zu begutachten.

Erwähnen Sie zu keiner Zeit Hintergrundinformationen, außer ich ermächtige Sie ausdrücklich dazu. Was bei Zuwiderhandlungen geschieht, muss nicht explizit erwähnt werden.

Auch wenn die Zusammenarbeit einseitig und unfreiwillig initiiert wurde, möchte ich Ihnen nochmals versichern, dass mir an Ihrem Wohlergehen sehr viel gelegen ist.

Meine geschätzte Francis, seien Sie einfach sie selbst und verdrängen Sie negative Emotionen. Diese Episode Ihres Lebens kann, wenn Sie sich mit Genauigkeit an meine Anweisungen halten ebenso ein Happy End beinhalten, wie in Ihren allseits geliebten DVDs.

Nochmals möchte ich darauf hinweisen, dass die gegebenen Anweisung aufs Peinlichste genau, jedoch authentisch wie Sie sich normalerweise geben, einzuhalten sind.

Mit freundlichem Gruß

Diogenes

Dieses Schmalzige, Gefühlvolle widerte ihn an.

Es war Zeit diesen Widerwillen mit einem wohltuenden öligen guten Tropfen hinunterzuspülen. Gefühle waren so unbrauchbar wie eine Energiesparlampe bei Sonnenschein auf der Dachterrasse. Aber er kannte genau die Mechanismen, die für eine Manipulation von anderen Menschen notwendig waren.

Mit aufrechten und doch behäbigen Schritten ging er hinüber zum zirka ein Meter großen Globus aus Mahagoniholz, dessen

Schnittkante nur sehr schwer zu entdecken war. Dieses altehrwürdige Holz beherbergte schon zu Herzog Carl Eugens Zeiten die besten Liköre und weitere Annehmlichkeiten. Dieser Globus zeige noch ein altes Weltbild, in dem die tiefbraun gehaltenen Kontinente mehr zusammenlagen und Amerika noch als Indien galt. Über die Jahre hinweg wurde er mehrmals neu lackiert und poliert, was aber der Schönheit des Objekts nur noch mehr zur Geltung verhalf.

Mit leichtem Druck auf das Gebiet, das die Antarktis markierte, öffnete sich die Halbkugel und ließ die erlesensten Tropfen erscheinen. Es hatte einen Hauch von Magie, dass sich der Globus öffnete, da es zum Zeitpunkt des Entstehens doch keine Technik im eigentlichen heute verständigen Sinne gab. Kein Touchpad, kein Berührungssensor, und doch reichte ein leichter Druck auf die Antarktis, um den Mechanismus auszulösen.

Als der Cognac langsam die Speiseröhre hinunter lief und sich das wohlige Gefühl im Magen ausbreitete, konnte er seine Abscheu wieder im Zaum halten. Bei Charakteren wie Francis musste man immer wieder Freundlichkeit und Verbundenheit heucheln, ansonsten würde das ihr so eigene Harmoniebedürfnis gleichsam in Widerspenstigkeit umschlagen und selbst ungeahnten Kräfte heraufbeschwören. Zudem war es wichtig, dass Sie ihre natürliche Beschaffenheit weiterhin pflegte, um ihren eigentlichen Zweck erfüllen zu können.

Wie es ihrer Natur zu Eigen war, würde sie sich schwertun etwas falsch darzustellen, beziehungsweise für etwas zu plädieren wovon sie wusste, dass es falsch war.

Bei einem Charakter wie Francis konnte man bei einem Pokerspiel die Karten in geordneter Reihenfolge von Ihrem Gesicht ablesen, so fern war Falschheit oder Trug. Genau das war der Grund, warum er sie ausgewählt hatte.

In der von ihm geplanten sozialen Umgebung war dies eine rudimentäre Anforderung. Genauso wichtig, wenn nicht sogar wichtiger als Flugtickets oder andere organisatorischen Beschaffenheiten.

Er wusste sehr genau, dass Authentizität wichtig war, besonders in komplexen sozialen Strukturen. Je intelligenter die Person, desto wichtiger war es, authentisches Verhalten zu imitieren oder aufgrund von mangelnden Fähigkeiten dieses Verhalten zumindest nach außen zu tragen.

War erstmals die Glaubwürdigkeit mit Schaden behaftet, sei er auch noch so klein, desto schwieriger und unkalkulierbarer wären weitere Verhaltensmuster. Und so passte Francis perfekt in das von ihm erdachte Muster. Auf der einen Seite das Feingespühr und auf der anderen Seite eine gewisse Tollpatschigkeit würde genau den Grund Ihrer Auswahl erfüllen.

Ein weiterer wichtiger Punkt waren die Hoffnung beizubehalten und aus allem unbeschadet zu entfliehen. Ebenfalls wichtig um eine vernünftige Mischung zwischen Drohung, Abhängigkeit aber auch inneren Frieden beizubehalten. Eine gewisse Gutmütigkeit würde ihr Übriges tun.

Was Francis jedoch nie erfahren würde ist, dass es nur für eine Person ein Happy End in diesem Plan geben sollte. Alles andere wäre einberechneter Kollateralschaden, dessen Preis um ein vielfaches geringer wäre als das damit erreichte Ziel. Es machte ihm eine gewisse Freude die Ursache als Gegenmittel darzustellen. Wichtig war den Glauben daran aufrecht zu erhalten. Alles Weitere würde sich fügen.

Francis hatte keinen Schimmer davon, dass das Gegenmittel, auf das der Fremde vor lauter Gutmütigkeit und Sorge um das Wohlergehen so viel Wert legte, die Mutation nicht nur aufrechterhalten, sondern im Gegenteil sogar noch weiter fördern würde. Da noch kein passender Trägerstoff entwickelt wurde, mussten in berechneten Abständen weitere Dosen zu sich genommen werden - auf die DNA des entsprechenden Probanden abgestimmt.

Eine Probe für die Abstimmung des Serums war leicht zu bekommen, holte sich Francis doch für sie willkürlich, für andere beobachtende Personen regelmäßig, einen Kaffee kurz vor der U-Bahnstation bei einer Espressobar, die wie alle anderen ebenfalls einen Coffee-To-Go in Pappbechern bereitstellte.

Bei der Menge an Flaschensammlern die durch öffentliche Parks, Bahnhöfe, Einkaufsmeilen und U-Bahn-Haltestellen streifen, war es ein Leichtes, unbemerkt statt eine 25 Cent Pfandflasche einen kleinen Pappbecher mit Francis Lippenstift aus dem Mülleimer zu holen. Dies geschah schon viele Wochen, bevor überhaupt jemand der Hauptakteure nur den Hauch dessen spüren konnte, was auf ihn zukam.

So eingeschüchtert und voller Angst würde Sie sich hüten, auch nur eine Stunde die Einnahme des sogenannten Gegenmittels zu verzögern. Damit hatte er gleich zwei Ziele mit Gewinn fokussieren können. Die Angst und damit die Genügsamkeit, sowie das Testergebnis der in Francis ausgelösten Mutation. Dies würde eine weitere Grundlage für die Erreichung des Zieles sein. Nur einer wusste, dass hierzu Punktionen an Körperorganen notwendig waren, die leider nicht ohne bleibende Schäden des Probanden erfolgen konnten.

Der sichtbare Teil am Unterarm war dabei das Geringste aller Probleme.

Er wiegte seinen Kopf hin und her, und wollte am liebsten eine Ode an seinen Geist und die Höhe seiner Gedanken beginnen. Aber er begnügte sich die Würde und Reinheit des Saals in dem er sich befand aufzusaugen und durch leichtes Nicken das Funkeln der Goldziselierungen an der Decke in sich wirken zu lassen.

War Schönheit doch das Einzige, was er zu erlangen suchte. Die Schönheit der Perfektion nach den von ihm aufgestellten Regeln.

Der wirklich interessante Teil kam jetzt. War das Bisherige doch bereits in Gedanken fixiert und nun zur Ausführung gebracht, so wurde nun neues Terrain beschritten. Noch war er sich nicht gänzlich im Klaren, ob der Schein trüge oder ob tatsächlich ein niederes Geschöpf die Dreistigkeit besaß über ihn bestimmen zu wollen.

3. Köder auslegen, um das Jagdziel zu ändern

An: Marie Carpentie

Frau Carpentie,

Ich wünsche Ihnen einen angenehmen Tag.

Kurzfristige Erfordernisse zwingen mich dazu, Sie um eine Gefälligkeit zu bitten. Wir stehen nahe davor, das Geheimnis zu lüften und Herrn Steinwald die von ihm begangene Ungerechtigkeit vor Augen zu führen. Falls er danach auf Sie zukommt und Sie jedoch dabei Unterstützung benötigen, kommen Sie gerne auf mich zu.

Aufgrund einiger Ereignisse ist es unabänderlich einen meiner engen Mitarbeiter heranzuziehen, der die in diesem Kuvert enthaltenen Informationen empfangen sollte. Da ich normalerweise andere Wege beschreite um mit meinen Mitarbeitern zu kommunizieren, verstehen Sie sicherlich die Dringlichkeit.

Aufgrund der Kürze der Zeit wird der Informationsaustausch über Sie laufen. Ich untersage Ihnen jedoch jegliche Kontaktaufnahme. Der Erfolg des Planes hängt maßgeblich von der Zusammenarbeit des neuen Mitarbeiters ab, weshalb ich auf die Dringlichkeit nicht erneut hinzuweisen gedenke. Aufgrund einiger Faktoren werden die Erstinstruktionen dafür durch Ihre Hände laufen, was nicht meiner normalen Arbeitsweise entspricht.

Hinterlegen Sie die Anweisungen im ungeöffneten Originalzustand an folgende GPS Koordinaten und entfernen sich innerhalb der nächsten zwei Stunden davon.

GPS KOORDINATEN: 51.625838,12.367800

Halten Sie sich bei der Platzierung sekundengenau an das Timing um von öffentlichen Sicherheitskameras, sowie von weiteren Überwachungsmechanismen unentdeckt zu bleiben.

Bitte benutzen Sie die beigefügten Zugtickets für die Reise und aktivieren das Handy für weitere Instruktionen erst nach Abschluss der Aufgabe an Ihrem neuen Aufenthaltsort erstmalig.

Ich möchte mich in aller Form für Ihre Mithilfe bedanken.

Kommunikationsende

Es gab keinen weiteren Mitarbeiter. Es wird auch keinen geben. Aber es war eine gute Möglichkeit die Treue zu testen. Es war einfach. Musste doch nur sowohl das Paket als auch die potentielle Person überwacht werden, schon würde man mögliche Zuwiderhandlungen aufspüren beziehungsweise auch erkennen ob unbekannte Personen in diesem Spiel impliziert sind oder nicht.

Marie war an sich auf der sicheren Seite, denn die Bereitschaft zum Gehorsam hatte er sich schon seit langem gesichert. Auch eine gewisse gefühlsmäßige Bindung war unweigerlich festzustellen. Nicht an ihn, aber ein gewisser Hass gegen Louis Steinwald.

War es doch ein Leichtes, nach dem Autounfall von Maries Eltern vor zwei Jahren, ein paar gut platzierte Informationen zu setzen, die die Schuld auf einen gut aussehenden Mann namens Steinwald lenkten, der öfter beruflich um die Welt zieht.

Selbstverständlich musste eine begabte und intelligente Frau wie Marie selbst eins und eins zusammenrechnen, was jedoch kein Problem darstellte. Nach kurzer Zeit stand fest: Es gab einen Schuldigen – ihren Chef Louis Steinwald, der den Unfall verursacht hatte. Jemand Vertrautes, der Marie den letzten Rest ihrer Rückzugsmöglichkeit vollends nahm.

Ihm zugute kam, dass die Behörden damals sich erst nach ca. 2 Wochen bei Marie Carpentie meldeten - als nächste Verwandte. Zum einen hatte es über eine Woche gedauert, bis das Autowrack gefunden wurde. Zum zweiten war der ortsansässige Ermittlungsleiter nicht gerade jemand, den man für mehr als einen Pförtnerjob an einem stillgelegten Zementwerk empfehlen würde. Daher dauerte es entsprechend lang.

Louis kam während dieser Zeit von einer Geschäftsreise zurück und nutzte die Stadt, in der Maries Eltern lebten, als Umsteigestation für einen Gabelflug, mit zwei Übernachtungen vor Ort. Somit war alles gegeben um die Gunst der Stunde zu nutzen und mit nur ein paar Handgriffen sich den beinahe bedingungslosen Gehorsam von

Marie zu sichern. Leider zu Lasten von Louis Steinwald. Ein erneuter Sieg seines Geistes, der ihm ein wohliges Gefühl bescherte.

War doch diese Art des Gehorsams die einfachste und treueste. Denn er konnte davon ausgehen, dass diesmal nicht nur Einem am Gelingen des Planes gelegen war. Dies förderte auch zu Tage, dass bei nicht zu erwartenden, aber möglichen kurzfristig auftretenden Komplikationen eine gewisse Kreativität zur Lösung angenommen werden konnte. Nicht wie sonst bei anderen Handlangern, die sich mehr oder weniger als geistlose Befehlsempfänger erwiesen.

Das war auch bewusst so gesteuert. Ist es doch meist dem Ziel abträglich, wenn von seinem Standpunkt aus Wesen mit unterentwickelten logischen Fähigkeiten beginnen würden selbstständig zu denken. Es würde dem Großen und Ganzen widersprechen und das Erfolgspotential minimieren.

Jedoch hin und wieder hatte es seinen Reiz, auch annähernd intelligente Wesen zu manipulieren und für seine Zwecke zu gebrauchen.

Und Marie war intelligent, vielleicht nicht für seine Maßstäbe, jedoch für den Rest der Welt durchaus. Ansonsten hätte sich Louis Steinwald nie in Ihre Hand begeben und sie als Verwaltungskraft nicht nur angestellt, sondern ihre Dienste auch zu schätzen gewusst.

Dessen ungeachtet ist eine andere Person immer ein Sicherheitsrisiko, weshalb gehandelt werden musste. Die vormals aufwallende Wut hat sich mittlerweile in eine Art Euphorie verwandelt. War er sich doch sicher, alle vorhandenen Möglichkeiten damit abzugreifen und wieder die Oberhand zu gewinnen. Er präparierte die Informationsumschläge, die Marie an den entsprechenden Koordinaten hinterlegen sollte.

Es würde sich von ganz alleine erweisen ob Marie entweder bewussten Kontakt zu einem unbekannten Dritten Individuum haben würde, oder ob sie selbst, sowie ihre Aktionen unbewusst überwacht werden würden.

Deshalb musste er nochmals subtil Nachdruck auf die Wichtigkeit der Mitarbeit des imaginären Freundes legen, für dessen Informationsversorgung nun Marie verantwortlich gemacht wurde. Für Marie als auch für einen etwaigen Dritten musste klar sein, dass die in den Umschlägen enthaltenen Informationen von erheblicher Tragweite wären. Somit musste, falls vorhanden, eine Reaktion erfolgen.

Und darauf war er bestens vorbereitet.

In den gelben Umschlägen, wie auch einst Louis Steinwald einen erhielt, würde alles Notwendige enthalten sein.

Gelb deshalb, da er die Sonne mit all ihrer Kraft als ein perfektes Stück Natur ansah und sich jederzeit an ihr erfreute.

Durch die entsprechende Papierstärke, deren Außenseite hauchdünn gewachst war, konnten sich viele mögliche Mechanismen dort einfügen lassen. Im vorderen Teil waren ein Röntgen- sowie ein Ultraschallsensor, die durch Mikrobedampfung nicht spürbar waren. Auch die feinsten Hände würden keine Erhebung bemerken, da der Umschlag als solches schon von deutlicher Festigkeit zeugte.

Sensor war vielleicht etwas übertrieben ausgedrückt. Bei Kontakt mit der entsprechenden Strahlung würde er nur ein GPS Signal in einer begrenzten Reichweite aussenden. Nur ein einziges Mal, danach wäre die Funktion erschöpft. Aber das würde ja genügen. Er würde davon ausgehen, dass der Umschlag sowieso nicht geöffnet werden wird, da sich solche Spuren immer nachvollziehen lassen. Jemand, der solche Mühen auf sich nimmt um ihn hinter das Licht zu führen, der würde doch nie so einen leichtsinnigen Fehler begehen.

Da Perfektion aber auch ihre Schwächen haben konnte und manchmal das Einfachste dennoch probiert wird, sprühte er noch einen Kontaktsensor auf die Brieföffnung.

In den Informationen würde er glaubwürdige Aufträge erteilen, die als Ziel eine Übergabe an Koordinaten vorsah, die selbst Google nicht verzeichnet hatte. Einzig und alleine Satelliten des Pentagon, würden dieses Fleckchen Erde kartographieren und das nur bei Bedarf und auf Anfrage von höherer Stelle.

Bis die Übergabe des sonnengelben Kuverts wirklich stattfinden sollte, wäre dort, fernab jeglicher offiziell installierter Technik, sein Equipment gut getarnt vorbereitet worden. Somit könnte er alle Arten der Überwachung sofort, jedoch unbemerkt aufdecken, was ihm wieder weiteren Handlungsspielraum eröffnen würde.

Falls Marie Carpentie nicht der Einstiegspunkt einer dritten Macht wäre, die versuchte sein Spiel an sich zu reißen, so würde einfach nichts passieren. Keine Sensorik würde Alarm schlagen und das Loch müsse deshalb an einem anderen Ort zu stopfen sein.

Nun käme der schwierigste Teil.

4. Köder 2 konzipieren, um Zusammenhänge aufzudecken.

Dies würde wieder einen Standortwechsel notwendig machen. Da es sonst keine denkbaren Lücken in seinen Überlegungen gab, wäre da noch die, wenn auch sehr unwahrscheinliche Möglichkeit, dass er unter Umständen doch entdeckt oder unterwandert worden war.

Hatte er sich doch gerade an diesen monumentalen Ort gewöhnt – wenn nicht aufgrund der Größe des Schlosses, jedoch von der Geschichtsträchtigkeit und der von ihm erdachten Seelenverwandtschaft zu Herzog Carl Eugen. Dennoch bedurfte es drastischer Mittel um nicht Risiken einzugehen, die er sich offen nie eingestehen würde.

Grundsätzlich waren zwei Phasen notwendig. Erstens: Die Trennung von bisher verwendeten Technikkomponenten, sowie die Aufgabe des jetzigen Aufenthaltsortes. Zum Zweiten eine erneute Kontaktaufnahme mit dem Personal, das, wie andere sagen würden, die Drecksarbeit erledigt. Dies würde mit einer codierten Datei passieren, die einen Hintergrundcode beinhaltete, welche jegliche Aktion sofort weiterleiten würde. Damit konnte er genau feststellen, ohne dass es der Benutzer merken würde, was mit dieser Datei passiert - würde sie angezeigt, gelöscht, kopiert werden, oder Weiteres damit geschehen.

Selbst wenn das digitale Bilddokument mit einer Kamera vom Monitor oder von einem Ausdruck abfotografiert werden würde, könnte er es durch das für das menschliche Auge unsichtbar enthaltene Wasserzeichen jederzeit aus dem Datenstrom des Internets identifizieren und zurückverfolgen – sozusagen, ein Stempel, ein Siegel, ein untrüglicher Satz aus digitalen Daten.

Die eigentliche Technik hierzu lieferte ein asiatischer Programmierer, der sich leider kurz vor Fertigstellung des Mechanismusses tragischerweise mit militanten regierungsfeindlichen Gruppen zusammentat.

Das auf dem Handy des Programmierers gefundene Material war völlig ausreichend, um vom Militär seines Landes abgeholt und sicher, wenn auch für ihn persönlich unangenehm und ungesund, verwahrt zu werden.

Dieser blasse schwarzhaarige Mann wusste tatsächlich nicht, wie ihm geschah. Er log nicht einmal, wenn er die bei ihm gefundenen Tatsachen abstritt. Aber es half ihm auch nichts. Diese digitale Welt machte doch so vieles einfacher. Musste man jemanden loswerden, reichte es, für die jeweilige Situation brisante Daten als dessen persönliche auszugeben und schon lief die Maschinerie los. Die Grundidee dazu existierte schon viele Jahrtausende und wurde seither immer wieder von Regierungen und Geheimdiensten praktiziert.

Ausnahmslos alles von dem schweigsamen Asiaten wurde konfisziert und an geheimen Orten eingelagert. So konnte man ebenfalls eine nicht funktionsfähige Version dieses unsichtbaren Kodierungs-Mechanismusses finden. Die Originalvariante wurde sorgsam, zurzeit im weißen Salon eines wunderschönen und reichhaltig ausgestatteten Schlosses aufbewahrt und würde seinen Zweck erfüllen.

Damit könnte der Rest der Kontaktpersonen einfach überprüft werden, ob außerhalb ihres Wissens Informationen weitergegeben werden würden. Die Vorbereitung kostete ihn jetzt noch zwei zusätzliche Tage. Da der hauptsächliche Teil sowieso bereits anlief und Zeitspannen der Ruhe beinhaltete, war die Suche nach einer undichten Stelle kein wirklicher Störfaktor im Gesamtgebilde.

Einzig und alleine sich von diesem Ort trennen zu müssen, brachte etwas Wehmut in sein Herz.

XIII. Informationsbeschaffung

(Zyklus 1.5)

Wenn nicht jetzt, wann wäre dann der richtige Zeitpunkt um die Gedanken mit einem Espresso zu reinigen und sich der Welt und der Dinge die darin geschahen kurzzeitig zu entziehen. Die neuen Informationen seines Auftraggebers trübten sehr Louis momentanen Gemütszustand.

„Wo ist diese Welt nur hingekommen. Kann man nicht einmal mehr seiner Beschäftigung nachgehen, ohne in zwielichtige Dinge hineingezogen zu werden?" Mit Schwung warf er den Brief fort.

Auf dem Weg, den er in behäbigen Schritten die mehr an Schlurfen als an Gehen erinnerten kam ihm immer wieder der Gedanke, wie Marie nur da hineingeraten konnte. Als reines Druckmittel war sie doch viel zu weit von ihm entfernt, also familiär gesehen. Wie konnte sich der unbekannte Auftraggeber nur so darauf verlassen, dass ihm dermaßen viel an Marie liegen würde. War sie doch nur eine Angestellte und jegliches Interesse darüber hinaus wäre rein spekulativ und durch nichts haltbar gewesen.

Von beiden Seiten, wohl bemerkt.

War der Unbekannte vielleicht doch nicht so gut organisiert oder sogar sentimental bei den Vorbereitungen, sodass er dies aus dem Blickwinkel verlieren hätte können und an die niedersten aller Beweggründe appellierte?

Die Zeit wird es zeigen.

Das Schleifen der Socken war nicht auf dem tiefbraunen Parkettboden zu hören.

Sicherlich, es verband sie beide etwas. Die jahrelange Zusammenarbeit verband sie zu einem Team auf das man sich immer verlassen konnte. Aber das machte ihn nicht so emotional abhängig dass jemand Unbeteiligter irgendwelche Schlüsse zu einer engeren Beziehung knüpfen hätte können.

Bei nur einem Hauch von Zwielichtigkeit hätte Marie niemals den Auftrag angenommen. Egoismus und auch eine Art Effektivität, die nicht auf unseren Globus oder auf Menschen Rücksicht zu nehmen schien, kannte er. Das war bei allen mit denen er geschäftlich zu tun hatte ab einer gewissen Größenordnung der Fall.

Ein Auftrag, der jedoch in so einer unglaublichen Geschwindigkeit regelrecht Mafiamethoden zur Stützung des Eigenzieles hatte, war jedoch etwas Neues. Bisher beschränkte sich das, was Louis als Mafia bezeichnete doch mehr auf Kartellabsprachen oder das vorgelogene Umweltbewusstsein von Konzernen. Aus den allgemeinen Medien kannte er nur allzu gut Firmen die ausschließlich aus Imagegründen Umweltaktionen sponserten und sich ganz genau überlegten, was für das Unternehmen teuer wäre - eine normale TV-Kampagne oder ein paar Greenpeace Aktivisten beim Plastiksammeln zu unterstützen. Selbstverständlich begleitet von umfassender Ausschöpfung der digitalen und sozialen Medien um diese vermeintliche Umweltfreundlichkeit beim Endkonsumenten publik zu machen. Unter dem Strich war es meist günstiger als ein Werbespot, da dann das neue mit diesen Rohstoffen gewonnene Produkt ebenfalls mit einer höheren Marge kalkuliert werden konnte.

Es geht doch kaum etwas über Konsumenten die aus einer künstlich geschaffenen Ideologie heraus gerne mehr zahlen, sich bei der Nutzung noch gut fühlen und diese Botschaft völlig uneigennützig weitertragen. Dass die Wiederverarbeitung jedoch mehr Chemikalien und Abfall bescherte welche wieder in die Umwelt zurückflossen, sowie ein höherer Energieaufwand dazu benötigt wurde als die simple Neuproduktion aus den Rohmaterialien, darüber wollte niemand nachdenken. Auch der Konsument nicht. Würde es doch seinen Glauben an sich selbst erschüttern, dass die Umwelt nicht durch seinen Beitrag wieder erstarken könne.

Genauso wie die Urlauber die sich darüber echauffierten, dass ein Thailänder mit viel Handarbeit an dem Strand, an dem er aufwuchs, eine Hai-Fang-Sehne mit Haken ins Wasser wirft und einen einzelnen Hai fangen möchte womit er und seine Familie einen halben Monat leben können und an dem nichts, aber auch garnichts im Müll landet, sondern verkauft oder selbst genutzt wird.

„Das geht ja wohl gar nicht – was ist mit Tier- und Naturschutz!" Dann aber abends genüsslich im Sushi Restaurant für 8 EUR All-You-Can-Eat bestellt und sich an den mit riesigen Fischfangflotten und Schleppnetzen an Land gezogenen Fischen erfreut, ohne einen weiteren Gedanken daran zu verschwenden, dass über die Hälfte des Beifangs tot und ungenutzt wieder im Wasser landet. Ganz zu schweigen von der Massenabschöpfung und Überfischung, sowie der Zerstörung des Meeresbodens.

Alles eine Frage der Wahrnehmung.

Und da war es wieder das leichte Schmunzeln bei diesem Gedanken.

„Mafia Methoden" raunte es in der zum Wohnzimmer hin offenen Küche, deren Glanzstück in fein poliertem Metall erstrahlte.

Die La Pavoni ®.

Wenngleich die Mafia teilweise noch eine gewisse Ehre verspürte, so konnte doch von seinem unbekannten Auftraggeber diese nicht zu erwarten sein. Entführung einer Verwaltungsangestellten, um die Motivation ohne jeglichen Druck zu sichern, das war ein seltsames Geschäftsgebaren. Dass er das Thema Polizei nicht anschneiden durfte, war Louis auch ohne Worte klar. Das klappte immer nur im Fernsehen.

Außerdem war zurzeit doch noch ein gewisser Ehrgedanke zu vermuten, wenn auch nur ganz gering. Zudem würde Louis selbst dafür sorgen, dass das von ihm zu erstellende Endprodukt für das Projekt nur im Austausch gegen Marie übergeben werden würde.

Alles andere wäre diskussionsfrei. Dazu kannte er sich gut genug in seinem Fachgebiet aus, um entsprechende Möglichkeiten schaffen zu können. Solange noch keine Gewalt im Spiel war, konnte sich Louis davor zurückhalten sich zu viele Sorgen zu machen. Der Wortwahl zu urteilen, würde Marie zwar der Freiheit beraubt sein, jedoch in einem annehmlichen Umfeld mit hochklassiger Verpflegung verweilen. Nur eben mit der Tatsache verbunden, dass vor dem Zimmer in einer Villa oder in einer Hoteletage mindestens ein bis zwei sogenannte Freunde sitzen, die darauf achten würden dass alles dortbliebe wo es im Moment gedacht war.

Und damit tauchte Louis wieder in die Tiefe seines Hobbys ab. Eine Befürchtung grub sich jedoch unweigerlich und ohne Rücksicht auf die damit verbundenen Qualen in sein Bewusstsein.

„Hoffentlich setzt man Marie nicht diesen entsetzlichen Pad-Maschinen-Espresso vor" zischte es kurz, als ob es der Inbegriff menschlicher Schmerzen wäre. Schlimmer noch als die unbetäubten Geburtsschmerzen bei der Entbindung.

Während er den langen silbernen Hebearm der La Pavoni ® nach oben stemmte und die Kaffeepulver-Halterung zum Vorschein kam, traf er flink mit der linken Hand auf den grünen Einschalt-Knopf der sofort erstrahlte. Optisch wie damals bei den alten russischen Tupolevmaschinen die Ladekatenverriegelung, ein starkes leuchtendes Grün durch das geschliffene Plastik.

Das war etwas, was Louis am meisten liebte. Keine Technik – nur ein Schalter, ein Heizstab im Edelstahltank und eine Mechanik zum Erzeugen des Druckes über den großen schweren und am Handknauf leicht geriffelten Hebearm.

Nun kam die Krux an der ganzen Sache. Musste man doch fast schon in Materialwissenschaften promoviert haben um ein gleichbleibendes Ergebnis zu erhalten, so war es gerade für Louis der Reiz, nahe daran zu liegen. Etwas, das jedoch nicht immer exakt funktionierte. Ein gewisser Unperfektionismus machte das Leben interessanter. Nichtsdestotrotz nahm er seine Feinwaage, die bis auf 5 Nanogramm genau wog, stellte sie vor sich auf und begann das Kaffeepulver durch Drehbewegungen mit seiner Handmühle zu mahlen.

Dieser Espresso war kein Getränk - es war ein Kunstwerk.

Plötzlich klingelte das Telefon. Doch das Klingeln ging an Louis vorbei. War er doch gerade dabei etwas Bedeutsames zu schaffen. Er freute sich, dass die Portionierung mit nur neun Nachbesserungen genau die gewünschte Menge enthielt. Es war ein wahres Schauspiel, sofern weitere Personen anwesend gewesen wären.

„Der neue Auftraggeber ist sicher ebenfalls so ein Pad-Trinker", jemand der so missachtend mit Personen umgeht, konnte nur in die von Louis am schlimmsten anzunehmende Kategorie eingereiht werden.

Mit dem Ergebnis sichtlich zufrieden, genoss er noch den letzten Tropfen der schwarzbraunen Flüssigkeit, als das Telefon erneut klingelte. Gedankenversunken nahm er ab.

„Mr. Steinwald? Spreche ich mit Mr. Steinwald?"

„Bitte löschen Sie meine Nummer aus Ihrem System, ich schließe keinen Vertrag ab, möchte nichts kaufen und möchte nicht weiter von Callcentern angerufen werden."

Als sich die Hand schon langsam senkte um aufzulegen, hätte man schon fast meinen können, der Gesprächspartner schrie panisch am anderen Ende der Leitung.

„Mr. Steinwald, bitte warten Sie, wir sind kein Callcenter. Mr. Steinwald, Mr. Steinwald, ich rufe Sie im Auftrag der Airline an. Ihr Shuttleservice wird Sie inklusive Gepäck übermorgen um 9:30 abholen, so wie es ursprünglich von Ihnen angefordert und gebucht wurde. Ich wollte Ihnen nur die Uhrzeit bestätigen." Mit jedem Satz schien die Stimme etwas ruhiger zu werden.

„Können wir sonst noch irgendetwas anderes für Sie tun oder für Sie organisieren?"

Die Sinne geschärft vom kürzlich zu sich genommenen Koffeinschub reagierte Louis sofort. Einschüchterung und Freundlichkeit funktionierte meistens bei Dienstleistern.

„Punkt eins, die Uhrzeit wurde bereits bei der Buchung bestätigt" – lehnte sich Louis aus dem Fenster, mit der Hoffnung, dass sein Gegenüber genauso wenig darüber Bescheid wusste wie er selbst.

„Punkt zwei, sind sie natürlich in einem Callcenter tätig um diese Terminkoordination und Kontaktaufnahme zu bewältigen."

Das war genug zum Thema Einschüchterung. Jetzt Freundlichkeit:

„Aber sehen Sie mir meine Spitzfindigkeit nach, Sie haben mich leider gerade nur auf dem falschen Fuß erwischt."

„Das war nicht meine Absicht Mr. Steinwald, bitte entschuldigen Sie."

„Kein Problem, das passiert uns allen doch mal." Für die nächste Bitte brauchte Louis die Freundschaftsschiene.

„Vielleicht können Sie mir einen Gefallen tun. Die Buchung wurde von meinem Sekretariat durchgeführt, jedoch haben wir zurzeit Computerprobleme. Die Buchungsbestätigung, sowie die Rechnung ist nicht zugreifbar. Diese würde jedoch unser Steuerbüro schnellstmöglich für einen wichtigen Abschluss benötigen. Wären Sie so freundlich und senden mir nochmals die Bestellanfrage sowie die Rechnung an meine E-Mail Adresse: steinwald@outlook.com? Das wäre nett von Ihnen", fuhr er in einem Schwung fort.

„Übrigens, aus welcher Zweigstelle wurde die Buchung vorgenommen? Nur zwecks der Abrechnung."

Louis erkannte sofort dass dies die erste Möglichkeit war Hintergrundinformationen zu erhalten um so etwas Licht in die ganze Sache zu bringen. Zumindest ein Name, eine Adresse, sei es auch nur eine Briefkastenfirma, oder eine Kreditkartennummer zum Ausgleich der Rechnung, wäre schon mal ein Ansatz.

Vielleicht nicht vielversprechend, aber zumindest mehr, als er jetzt Licht im Dunkeln hatte. Der Schachzug mit der Zweigstelle war ebenfalls sehr gut, falls tatsächlich mit einer One-Way/ prepaid Kreditkarte gezahlt wurde.

„Senden Sie mir die Informationen einfach alle an die zuvor genannte Mailadresse, können Sie das für mich tun?"

Der freundliche Mitarbeiter hätte es natürlich nicht tun müssen jedoch nagte noch etwas das schlechte Gewissen für den unprofessionellen Auftritt zu Beginn des Telefonates, weshalb er doch gerne etwas mehr tat um wieder alles ins Rechte zu bringen.

„Sehr gerne Mr. Steinwald. Ich werde mich sofort darum kümmern. Leider habe ich diese Informationen nicht direkt vorliegen, ich gebe es jedoch sofort weiter. Im Laufe des Tages sollte Ihnen die Mail vorliegen" erklang es recht untertänig.

„Kann ich sonst noch etwas für Sie tun?"

Oh wie hasste Louis diesen standardisierten Callcenter Satz. Aber schließlich wollte er die Helfer-Stimmung seines Gegenübers nicht schmälern.

„Ich denke, das war alles. Vielen Dank. Aber bitte bemühen Sie sich, dass ich die Informationen bis spätestens 16:00 Uhr erhalte, damit in unserem Steuerbüro noch alles pünktlich beendet werden kann."

„Jawohl, ich kümmere mich persönlich darum. Vielen Dank für ihr Verständnis und dann wünsche ich Ihnen noch einen guten Flug Mr. Steinwald. Auf Wiederhören."

Jeder der schon einmal etwas mit Steuern, einer Steuerkanzlei oder Abrechnungen zu tun hatte, würde wissen, dass so eine Flugrechnung keinerlei Auswirkung auf ein etwaiges Ergebnis hätte, zumindest nicht in der von ihm erklärten Gewichtung. Was wäre denn eine einzige Flugbuchung im Kontext eines ganzen Unternehmens?

Selbstverständlich würde auch kein professionelles Steuerbüro auch nur eine einzige Überstunde machen, wegen einer fehlenden PDF Rechnung. Und die Zeit nach 16:00 würde Überstunden bedeuten.

Doch die Tatsache als Solches läge nicht als Gewicht auf der Waagschale, mehr das, was glaubwürdig und wahrnehmbar ist. Und dabei hatte Louis alles richtig gemacht: Einschüchterung, Freundlichkeit, Kumpel-Schiene und dann Forderung. Dies würde bei über 80% der Menschen funktionieren, besonders bei so vom Schicksal gebeutelten Persönlichkeiten wie Callcenter-Mitarbeitern, denen tagtäglich so viel Unmut und Ungerechtigkeit entgegengeschleudert wird, und das zu einem völlig unakzeptablen Stundengehalt und ausufernden Arbeitszeiten.

Aber es funktionierte. Schließlich suchte Louis nicht seinen eigenen Vorteil, sondern den seiner Verwaltungsangestellten Marie Carpentie, weshalb es ihm schon die Rechtfertigung einbrachte, sich die Psychologie zur Hilfestellung zu nehmen.

Louis war gespannt, was die neue Information zu Tage fördern würde. Blieben ihm doch noch knapp 2 Tage, bis das Spiel begann. Er hatte sich noch nie vorschnell geschlagen gegeben. Kam es doch immer auf die positive Einstellung an. Diese hatte ihm schon so manchen Erfolg eingebracht, selbst wenn die Möglichkeiten sehr eingeschränkt waren und jede andere Person bereits die Segel gestrichen hätte.

Nicht Louis.

Die grobe Planung sah vor, dass in einem Wissensbereich noch Nachholbedarf war und dass wenig bis nichts gepackt werden müsste. Würde er doch lieber den Personal Assistant mit Tätigkeiten zumüllen, zum Beispiel mit so etwas Einfachem wie das Besorgen persönlicher Dinge, sowie tagtäglich verwendbarer Produkte, nur um dessen Aufmerksamkeit zu schwächen.

Jemand der ihn, Louis Steinwald, überwachen sollte, das musste schon ein absoluter Vollprofi sein.

Louis ging zum Bücherregal und zog zielsicher eines heraus. Mit einem gewissen Siegesbewusstsein schlurfte er über den dunklen Boden hinüber zum stoffbezogenen Ohrensessel genau gegenüber der Panorama-Fensterscheibe und gleich neben dem Holzofen.

Er liebte diese einfachen Dinge. Sie gaben Sicherheit – sie gaben Kraft.

Leder war für ihn keine Option. Auf Leder zu sitzen war für Louis immer eine etwas kühle, unnatürliche Angelegenheit. Obwohl der ausladende Ohrensessel den man sehr gut als XXL Möbelstück hätte bezeichnen können, gleich neben dem Ofen stand der nicht nur eine wohlig angenehme Wärme spendete, sondern auch einen hauchfeinen Duft von edlem Fichtenholz in dem geräumigen, aber spärlich eingerichteten Zimmer versprühte.

Deshalb der dicke, grob gewebte Stoff, der in einer rustikalen Gaststätte mit einem Wirt voll derber Sprache, genauso wie in einer 200qm großen Loft im 47. Stock eines New Yorker Wohnhauses seine Bestimmung gefunden hätte. Während er in den Ohrensessel hineinglitt, schwenkten seine Augen über den Titel: ‚Die Restrukturierung von Gensequenzen.'

Da Louis´ wacher Geist sich schon immer für eine Vielzahl von Themen interessierte, so war seine eigene Bibliothek ebenfalls über die Jahre immens gewachsen. Nie dachte er auch nur im Entferntesten daran, dass er sich einmal zu diesem Zweck in Genetik einarbeiten würde. Nun hatte dieses Buch doch noch einen tieferen Sinn, außer hübsch auszusehen.

Da er in diesem neuen Projekt mit derartiger Thematik konfrontiert werden würde, so wusste er, dass eine gewisse Vertiefung und Einarbeitung sicherlich nur förderlich sein konnte.

Wollte man ihn doch oft, so lehrte es ihn die Erfahrung, aufgrund seiner Freundlichkeit verkennen und brachte nicht selten Spott hervor, so waren bisher jedoch die meisten sehr schnell eines Besseren belehrt, sobald Louis es für notwendig und gerechtfertigt erachtete die Wertigkeit richtigzustellen.

Zumeist störte es ihn jedoch nicht, wenn er verkannt wurde. Wären es doch nur wenige, die dies aus einem nicht überheblichen Grund tun würden.

Doch in diesem Fall ging es um Etwas. Er musste dafür sorgen, dass auf der einen Seite mindestens ein Hintertürchen offen blieb, doch auf der anderen Seite in keinster Weise Gefahr für Marie Carpentie bestehen würde.

So vertiefte er sich weiter in das Buch, so dass seine etwas spitze Nase kaum mehr sichtbar war.

Ganz mit dem Thema beschäftigt, überhörte er das „Pling" seines Handys nach dem stündlichen Abrufen der E-Mails. Die versprochene und mit etwas Flunkern eingefädelte Mail der Fluggesellschaft, war angekommen.

XIV. Angst

Plötzlich war eine Mail in fetter Schrift aufgetaucht. Ein Indiz dafür, dass diese Mail noch neu und ungeöffnet war. Noch etwas benommen von ihren hin- und hergerissenen Gefühlen fokussierte sich ihr Blick auf die groß hervorgehobene Schrift.

„Diogenes"

Ein innerlicher Aufschrei der Erleichterung ließ sich auch äußerlich kaum verbergen. Da sich Francis immer noch alleine im Büro aufhielt, spielte dies jedoch keine Rolle. Wären auch Hundertschaften von Kollegen direkt um ihren Tisch herum gestanden, so hätte dies ebenfalls keinerlei Auswirkungen auf ihren Gefühlszustand.

Das Brennen in den Lungen schien langsam nachzulassen, als Francis den Namen Diogenes am Bildschirm erscheinen sah. Sie begann im Vorschaufenster von Outlook die Mail zu lesen. Mit jedem Satz wurde ihr Atem etwas ruhiger.

„Meine liebe Francis,

Gerne gebe ich Ihnen, jedoch ausschließlich zur Vertiefung des Vertrauens zu mir und ein letztes Mal, die gleichen Informationen.

….."

Unweigerlich stellte sich ein Gefühl der Sicherheit bei ihr ein. So seltsam es sich anfühlte und obwohl Diogenes eigentlich ihr Feind war, freute sie sich auf die Botschaft. Denn von ihrem Ausgangspunkt gesehen, der der einzig Richtige für sie war, bedeutete eine neue Botschaft von ihm Überleben, statt qualvolle Stunden.

Auch wenn er eigentlich der Auslöser für all diese Dinge war, so wäre sie ihm doch in gewisser abstrakter Weise dankbar.

Manche Psychologen, die ihren Studienabschluss dem Geldbeutel ihrer Eltern zu verdanken haben, hätten es als Stockholm Syndrom bezeichnet. Francis jedoch wusste sehr wohl zu unterscheiden zwischen Freund und Feind. Im Moment waren unglücklicherweise die Gefühle stärker als die reine Vernunft. Und sie war einfach nur froh. Dieses einfache, bodenständige Gefühl, froh zu sein. Etwas was viele suchten und doch nie finden würden, da der Ansatz zur Suche bereits falsch wäre.

Aber Francis war froh. Alles andere, auch die Frage des Warums, konnte später eingehender behandelt werden. Jetzt ging es darum, den nächsten Schritt zu schaffen, und dieser wurde in der E-Mail beschrieben.

Es war eine Art Gehorsam, aber nicht aus einer beabsichtigten Abhängigkeit heraus, die sich dieser Diogenes gerne gewünscht hätte. Es war mehr eine Folgsamkeit aus der Logik hervortretend, dass jetziger Widerstand weder sinnvoll noch zielführend sein würde.

Auch wenn Francis allgemein als harmonieliebend galt, was sicherlich auch seine Richtigkeit hatte, so war es keine Naivität die sie zum jetzigen Zeitpunkt steuerte. Gleichzeitig mit der Angst baute sich eine innere Kraft auf, die Ungeahntes mit sich bringen konnte. Eine Kraft, von der sie selbst nicht im Geringsten überzeugt gewesen wäre, hätte es ihr jemand erzählt.

Aber diese Kraft war da.

Diese Kraft wurde auch von Diogenes unterschätzt.

Die Anweisungen in der Mail wurden aufgesogen wie ein in der Serengeti zurückgelassener Schwamm, der plötzlich und unerwartet in ein Fass mit erfrischendem Wasser getaucht wird. Francis würde sich fügen, aber sie würde die innere Kraft sofort und ohne zu zögern loslassen, sofern sich eine sinnvolle Möglichkeit ergäbe.

Gegenmittel zu Hause – Flug – Rest ok.

Sie vertraute darauf, dass die Angaben in der E-Mail stimmten. War es doch auch im Interesse des Instrukturierenden, dass sie überlebte. Nachdem sie dennoch nicht ihre Gefühle gänzlich im Zaum halten konnte, war für sie klar, dass es nur zu Hause für sie weiterging. Zu Hause würde sie das Gegenmittel bekommen und alles andere Notwendige was für sie im Moment wichtig war.

Wie gewohnt, fast schon automatisch, fast schon apathisch, drückte sie die Tastenkombination, um den Bildschirm zu sperren.

Einzig und allein die Angst trieb sie an, unentdeckt aus der Firma zu gelangen, damit die Arbeitsunfähigkeit aufgrund der Krankheit auch wirklich glaubwürdig war. Auf der anderen Seite war ihr der Job im Moment völlig gleichgültig, ginge es zum jetzigen Zeitpunkt doch um das nackte Überleben. Sowohl die Zeit, als auch das gesamte Umfeld vergessend, stürmte sie aus dem Büro.

Auch diesmal war sie es, die Menschen in der U-Bahn anrempelte. Ein Verhalten, das sie eigentlich verabscheute und sich bisher immer dagegen wehrte, egal wie voll der Bahnhof oder die gerade ankommende U-Bahn auch war. Vielleicht würde sie in Zukunft manche Menschen besser verstehen – vielleicht aber auch nicht.

Zu Hause angekommen war es eine einzige Qual den Sekunden Zeiger zu verfolgen, wie er doch langsam wie es nicht zögerlicher hätte sein können, über das Ziffernblatt kroch.

„Komm doch endlich" – es war die Mischung zwischen einer weinerlichen Bitte sowie einer wütenden Forderung. War sie doch schon weit über die Zeitgrenze zur Einnahme des Gegenmittels hinaus - was sie von Sekunde zu Sekunde mehr verunsicherte.

Sie saß bewegungslos auf dem Sofa.

Kein Schokoeis interessierte sie, noch sonst irgendetwas. Selbst das Brummen des Handys, als ihre Freundin ihr die neuesten Urlaubsfotos sendete, wurde nicht registriert.

Es klingelte.

Zur Tür stürzend glitt sie an der Ecke des Sofas vorbei, dass schon so manches Glas zu Fall brachte.

Auf dem Weg in den Flur stolperte sie nochmals über die Handtasche, die sie nach dem Heimkommen, so achtlos aus der Hand gab.

„Hallo?" Hörte sie durch die Tür.

„Hallo? Ist jemand zu Hause?"

Das erleichternde Gefühl blieb leider aus, denn sie erkannte die Stimme des neuen Nachbarn, anstelle der unbekannten des Paketdienstes, den sie sehnlichst erwartete.

„Hallo Francis, schön dass Du da bist."

„Hallo" – die tiefgreifende Enttäuschung verbergend fuhr sie fort, wohl wissend, dass der nette neue Nachbar nichts dafür konnte.

„Wie kann ich Dir helfen?"

„Dieses Wochenende gebe ich meine Einzugsparty und es wäre echt toll, wenn Du auch kommst. Ich habe ein paar Freunde und das ganze Haus mit eingeladen. Samstag 16:00 – na, was sagst Du?"

Mit einem Lächeln, dem man kaum ein Nein erwidern konnte, starrte er sie an.

„Ja, äh… total gerne … ich weiß nur nicht genau, wann ich geschäftlich weg muss, aber ich sage dir noch mal Bescheid…."

Sie kam sich total lächerlich bei diesem Gestöpsel vor – na das war ja ein toller Beginn einer neuen Nachbarschaft.

Es klingelte erneut.

Sie stürmte an ihm vorbei, völlig desinteressiert an der von ihm zu erwartenden Antwort. Fast so, als ob er nur ein Geländerpfosten wäre, statt eine lebende Person. So schnell war sie ihrer Erinnerung nach noch nie vom 2. Stock in das Erdgeschoss gelangt.

„Paketdienst" hallte es mit schriller Stimme durch die geschlossene Tür aus geriffeltem Glas.

„Ein Paket für Frau Francis ...." Plötzlich riss sie die Tür auf.

„Ich bin es" überfiel sie den sichtlich erschrockenen Mann in gelber Kleidung, dessen Stimme wesentlich höher ausfiel, als das Bild das er gab wenn er direkt vor Einem stand.

„Unterschreiben Sie bitte hier."

„Danke" – sie wollte ihn fast vor lauter Glück umarmen.

Oben vor der eigentlichen Wohnungstür angekommen stand der neue Nachbar nach wie vor da.

Na ja, der Schnellste schien er nicht zu sein was die Auffassungsgabe anging. Aber zumindest war er nett. Vor Euphorie gepackt sagte Francis zu ihm im Vorbeigehen „ich habe gerade die Tickets von meiner Firma bekommen. Ich würde echt gerne kommen, aber ich muss leider weg – auf Geschäftsreise. Vielleicht können wir es nachholen, wenn ich wieder zurück bin."

TEIL 2

XV. Selbstprüfung

(Zyklus 3.5)

Ohne direkten Druck zu verspüren, konnte er sich des Gefühls nicht erwehren, vertrieben zu sein wie ein Tier nach einer viele Stunden andauernden Hetzjagd. Zu guter Letzt würde es doch nur wild schnaufend in die Ecke gedrängt werden. War er doch immer der, der die Oberhand gewann und keine Gedanken daran verschwendete sie wieder abzugeben, sei es schleichend oder mit einem großen Schlag. War er es, der andere wegdrängte, vertrieb oder an die Positionen und Orte im Leben stellte, die er für seine eigenen Zwecke für die Richtigen hielt. Ohne Mitbestimmungsrecht des Einzelnen selbstverständlich, ja oft sogar ohne Mitwissen desjenigen.

Doch plötzlich wurde aus der aktiven Aktion eine Reaktion. Natürlich war reagieren nur etwas für seiner Ansicht nach niedere Wesen. Nicht jedoch für eine der Perfektion näherkommende, denkende Person, wie er eine war, die das Geschehen der Welt begriff und lenkte. Eine Reaktion auf Umstände oder gerade Passierendes konnte man doch nur als Endresultat sehen, einer aus dem Unvermögen heraus erwachsenen Pflicht. Das simple Unverständnis, die Umgebung zu steuern oder richtig einschätzen zu können, streckte die sterbende Hand nach Reaktionen aus.

Doch so etwas würde er sich niemals eingestehen – das war etwas für andere, nicht für so erlesene Geister wie er einer war.

Und gerade deshalb fühlte er gleichsam das Pochen in der Brust, das Hämmern nach Stunden der Treibjagd.

Dabei spielte sich bisher alles in seinem Kopf ab – kein wirklicher Bezug zur Realität war da. Nur die Vorsichtigkeit, mit der er alles in seinem Leben anging, seit damals. Er war sich nicht einmal sicher ob überhaupt jemand da war, auf den er reagieren musste. Seine ihm innenwohnende, allzeit wachende Vorsichtigkeit mahnte jedoch.

Diese Art der Hilflosigkeit wie er sie einst erleben musste, sollte niemals wieder an ihn herangetragen werden. Dafür würde er sorgen. Dafür sorgte er immer.

Nie würde er auch nur für den Hauch eines Moments so ehrlich zu sich sein und das Jetzt auf die Vergangenheit zurückführen. Diese Hilflosigkeit die er damals verspürte, hatte wohl weitreichendere Auswirkungen, als alle Beteiligten bei sich dachten. Niemals würde er sich eingestehen, dass das, was er jetzt darstellte damals geformt wurde – wenn auch unfreiwillig, willkürlich und unbewusst.

Oh wie er es hasste das Pochen in der Brust. Es war regelrecht zu spüren wie es sich in den Gliedern weiter nach innen fraß, unaufhörlich und unaufhaltsam.

Er stand damals einfach nur da, unfähig auch nur zu atmen. Seine Augen konnten sich als Einziges bewegen, jedoch nicht davon abwenden. Einfache nackte Hilflosigkeit umschlang ihn und hielt ihn fest umklammert. Es geschah schnell und war doch so vorhersehbar. Viel zu schnell. Der eiserne Griff wurde fester, sodass es ihm den Sauerstoff beinahe aus den Lungenflügeln presste.

Wollte er sich doch bewegen, wollte er doch helfen, wollte er doch …

Die Gedanken rissen immer an der gleichen Stelle ab. Als ob die Synapse, die hier eigentlich entlanglief, künstlich entfernt wurde. Aber leider nicht vollständig. Nur bis kurz vor dem abzweigenden Ende eines Nervenzellen-Axons – aber eben nur bis kurz davor – und dann riss die Übertragung des Botenstoffes ab, der den Gedanken zu Ende brachte.

Das Ergebnis war weder für ihn, noch für seine Zeitgenossen wünschenswert.

Und so erstickte er den Rest seiner Selbst sowie seiner Umgebung in Selbstglanz und Kontrolle. Glücklicherweise dauerte diese Reise in die Vergangenheit nur einen Augenblick, bevor wieder die selbstschützenden Mechanismen auftraten, wie sie es jeweils taten.

Aufgeschwungen zu neuem Glanz wie die ersten Sonnenstrahlen nach einem Wolkenbruch aus dem pechschwarzen Himmel heraus, spürte er neue Kraft in sich aufsteigen.

Wie immer erstarb ein Teil seiner Selbst dabei und auch wie immer spornte ihn diese neue Kraft an die Dinge in die Hand zu nehmen. Es entfachte seinen Geist auf eine Art und Weise die Sportler als Doping empfinden würden.

Leider brachte dieser Aufschwung auch jeweils beinahe eine Multiplikation seiner Selbstverliebtheit, seines Stolzes und seiner Willkür mit sich. Ebenfalls ein Resultat aus der Vergangenheit. Hätte er sich jemals damit in homöopathischer Form konfrontiert anstelle es zu verdrängen, hätte vielleicht ein annehmbarer Zeitgenosse der Gesellschaft aus ihm werden können.

Vielleicht.

Mit einem letzten Gedanken an seine jetzige Bleibe zog er sprichwörtlich die Türe hinter sich zu. Wieder einmal berührte ihn zart etwas Wehmut den Ort verlassen zu müssen an dem doch Herzog Carl Eugen und er so viel gemeinsam hatten.

Mehr noch als den rein physischen Ortswechsel bewegte ihn der Zweck desjenigen. Eben nur weil eine für ihn niedere Kreatur das Recht für sich beanspruchte unaufgefordert mit ihm oder über ihm zu agieren. Es gab noch keine Sicherheit dass dies tatsächlich geschah. Sei es drum. Er hatte bereits Maßnahmen getroffen um sich diesem zu entziehen, wenn es sie denn wirklich gäbe.

Im leichten Gang durch die mit Eichen gesäumte Allee, die so wie meist menschenleer war, sog er nochmals die frische Luft auf, erfreute sich an dem, wie er es nannte, geordneten Chaos der Natur und den leuchtenden Farben der Blätter. In seinem neuen Domizil würde er die Natur nicht in dieser Intensität erleben können. Wenngleich es doch vielseitige Vorteile mit sich brachte, jetzt den Schwerpunkt seines Aufenthaltsortes in dieses Land zu verlegen.

Auf dem Weg zum Flughafen sandte er noch die letzten Mails um für seine Ankunft alles organisiert zu haben. Niemand sollte ihn sehen und dennoch sollte alles an seinem Platz sein, wenn er die Tür das erste Mal öffnete. Schließlich handelte es sich um einen Langstreckenflug. Genug Zeit für alle, sich seiner Anweisungen anzunehmen und sie zu erfüllen.

Der Charterflug wurde als diplomatische Reise eines Botschafters angemeldet, was die Annehmlichkeit mit sich brachte, einfach und ohne jegliche Kontrolle von einem Seiteneingang eines der Flughafengebäude mit einer privaten Limousine zum Flugzeug zu gelangen. Auch die mit sich geführten Utensilien spielten keine Rolle. Überhaupt spielte nichts eine Rolle.

Das Flugzeug würde mit geprüften Piloten einen ungeprüften Fluggast aufnehmen und wieder absetzen. Diplomatenflüge hatten den Vorteil, dass es nicht relevant war, welche Person und ob überhaupt eine Person mit anwesend war. Und wenn, würde sie nur unter einer Ziffer „Anzahl der Fluggäste" aufgeführt – ohne Verbindung zum tatsächlichen Vorgang.

Wen würde schon die Reise des Tansanianischen Botschafters interessieren. Bei dieser Charter-Buchung würden nicht einmal die Algorithmen der NSA auch nur zucken, beziehungsweise ein Byte zu einer genaueren Betrachtung oder Datamining verschwenden. Dieser Datensatz wird einfach abgelegt und taucht ab in die Tiefen der sogenannten Big Data Pools.

Auf dem Flug selbst würde er sich genüsslich das weitere Vorgehen zu Gemüte führen. Insbesondere den Teil in dem er sich vergewissert die Oberhand beizubehalten und nicht nochmals reagieren zu müssen. Egal ob es diese wahnwitzige Person wirklich gäbe oder nicht. Mit den beiden Ködern, die er auslegt, würde das Thema ohnehin at Acta gelegt werden.

Entweder existiert diese dritte Person oder Macht nicht, was damit bewiesen wäre, oder jemand hatte sich tatsächlich entschieden ein Spiel mit dem Feuer zu beginnen und ihn zu unterschätzen. Niemanden konnte er sich vorstellen der sich mit so großen Schritten der Perfektion nahte wie er. Alles Streben, alles Denken lief unabänderlich darauf hin, was sich natürlich auch in der Art und Weise widerspiegelte, wie er die Dinge anpackte. Perfekt eben - ohne Planungsunsicherheit, ohne Raum für Scheitern.

Der Check-in, wenn man es denn so nennen wollte, lief wie erwartet. Es war eine Frage von nicht einmal 10 Minuten. Auftauchen und ein Nicken hinter der Sonnenbrille genügte. Bei der Flugbestätigung hatte er peinlich darauf geachtet, einen nicht nach verfolgbaren Drucker zu benutzen, sowie keinen Fingerabdruck auf dem Papier zu hinterlassen oder sonstige genetische Spuren.

In persönlicher Begleitung des Piloten und der Stewardess wurde er in einer Limousine zum Flugfeld gefahren. Ohne ein Wort – das waren die Personen in dieser Branche gewohnt. Es gab solche und solche Diplomaten. Die einen, die nicht zu einer Sekunde Schweigen gebracht werden konnten und die anderen, die sich nicht mit dem einfachen Dienstleistungsvolk abzugeben gedachten.

Bevor er sich in den Bereich der Sicherheitskameras am Flughafen begab, die mittlerweile alle mit einem Server vernetzt waren auf dem ebenfalls Gesichtserkennungssoftware lief, hatte er Vorsorge getroffen.

Er legte Hautpads auf, die bei einem biometrischen Scan das Bild des tatsächlichen Tansanianischen Botschafters zu Tage fördern würden, kein Unbekanntes, schon gleich gar nicht sein Tatsächliches. Die Kanten dieser Hautpads waren selbst Auge in Auge gegenüberstehend kaum zu erkennen, denn diese konnten leicht und dezent überschminkt werden.

Auf der Fahrt zum Flugfeld reichte er dem Personal noch ein Schreiben in dem er darauf hinwies, dass er während des Fluges nicht gestört werden möchte und die Stewardess nur auf Zuruf in die Reisekabine dürfte. Auch das kannte man auf solchen Flügen. Doch meist hatte diese Art von Fluggästen noch einen weiteren Fluggast bei sich.

Die freundliche Stewardess mit den weinroten Lippen, dem eingravierten Lächeln und den langen Haaren, die sorgfältig zu einem Dutt aufgedreht wurden bestätigte kurz und verbindlich mit: „Sehr gerne – ich stehe jederzeit für Sie bereit."

Na ja, dieser Fluggast war zumindest besser als jemand von letzter Woche, der sie weder aus den Augen noch von der Leine lies und der einzige rettende Gedanke war, dass es sich nur um einen 3 Stunden Flug handelte. Das hatte gereicht um Kopfschmerzen zu bekommen, was sich jedoch in nicht einmal Ansatzweise auf ihr Lächeln oder ihre Stimme auswirkte.

Sie würde die Zeit nutzen um endlich ein gutes Buch zu lesen und die Fotos auf ihrem Tablet PC zu sortieren. Schon lange hatte sie aufgehört sich über die Menschen, die sie beförderten Gedanken zu machen und zu interpretieren was für eine Art Mensch es war. Alles waren seelenlose Gestalten – mit dieser Einstellung konnte man mit den egozentrischen und selbstverliebten Kunden wesentlich besser umgehen.

Am Flugzeug angekommen, die Treppe hoch und schnellen Schrittes in die Reisekabine.

Obwohl in der Limousine Pilot und Stewardess vorne saßen und er hinten alleine schall- und sichtdicht durch eine Trennscheibe vom vorderen Abteil getrennt, war es ihm schon zu viel Nähe zu anderen

Menschen. Er zog es jeweils vor alleine zu sein. Er kannte es nicht anders, ja er wollte es auch nicht anders. Jedenfalls seitdem er sich damals aus den Zwängen seiner Hilflosigkeit befreite.

Jede soziale Interaktion kostete ihn nicht nur Kraft, sondern wurde auch als Zeitverschwendung und mühsames Unterfangen betrachtet. Er würde nur wenigen Auserwählten dieses Privileg gönnen.

Nachdem die Tür im Flugzeug vom Zwischenzimmer wo sich auch die freundliche Frau mit dem Dutt aufhalten wird und der Reisekabine ins Schloss schnappte, war er wieder befreit. Als ob er mit nur einem einzigen Atemzug die Luft in der Kabine aufnehmen müsste, sog er sie tief in sich ein, um der Kreativität und dem Tatendrang Platz zu machen.

Der neu gewonnene Sauerstoff entfaltete seine Wirkung. Fast schon ein innerlicher Jauchzer schien aufzusteigen. Voller Erwartung der neuen Ideen und Ergebnisse, die sich in der Zeit des Fluges ergeben würden. Auch wenn die Ausstattung nicht seinem Geschmack entsprach, so tat das seiner Kreativität keinen Abbruch.

Der erste Köder, das Kuvert mit den Erfolg versprechenden Geheiminformationen das Marie dem imaginären neuen Mitarbeiter bereitlegen sollte, lieferte bereits Bewegungsdaten und weitere sensorische Aufzeichnungen. Bevor er sich dem zweiten Köder zur Gegenprüfung widmete, wollte er noch einen kurzen Blick auf die bisher gesammelten Informationen werfen. Könnte es doch sein, dass Erkenntnisse aus den Bewegungsdaten in das Konzept für Köder Nr. 2 fließen sollten.

An sich war es noch zu früh. Für den abstrakten Fall, dass es eine dritte Person gab, würden die Daten erst in ein bis zwei Tagen Beweiskraft erhalten. Außer diese dritte Person würde sich vorschnell und dem eigentlichen Zweck entgegenwirkend entsprechend dumm verhalten, was nicht zum Bisherigen passen würde. Eine kleine, wenn auch recht unmögliche Wahrscheinlichkeit gab es noch, dass Marie ein Doppelspiel führte. Jedoch wären die Aktionen, die Argwohn in ihn aufkommen ließen, für einen Menschen ihres Standes zu weitreichend und zu intelligent eingefädelt.

Die Daten waren im Großen und Ganzen nichts aussagend, was ein positives sowie auch insgeheim erwünschtes Ergebnis für ihn darstellte. Das wichtigste würde sowieso sein, wenn der digitale Joker ins Rennen kommt und das kodierte Bild in irgendeiner Form auf einem technischen Gerät landete. Dieser Alarm wäre die Bestätigung einer direkten Zusammenarbeit oder aber von einer Überwachung Maries durch eine bisher unbekannte Person. Dieser Alarm müsste nicht mühsam aus Daten ausgelesen und interpretiert werden – die Überwachungssoftware des kleinen chinesischen Programmierers, würde aktiv Alarm schlagen.

Kurz nach dem Start der Maschine erreichten sie die Reiseflughöhe. Während er die Aussicht auf die majestätischen, dennoch samtweichen Wolken genoss, machte er sich ans Werk. Wo wäre da seine ausgeformte Denkfähigkeit, wenn nicht zuvor eine kurze Skizzierung der nächsten Schritte erfolgte.

1. Analyse von Schnittpunkten / Handlanger
Selbstverständlich mussten alle Schnittstellen geprüft werden, sei es digital oder menschlich. Eine Aufstellung der Personen mit denen er interagierte wäre notwendig. Das Zeitfenster sollte vom Auftreten des ersten Gedankens daran im Park ausgehend, zirka ein halbes Jahr zurückliegen. Damit sollte das Wichtigste effizient abgearbeitet werden können. Obwohl er vor einer etwaigen Zusammenarbeit jeden gründlich durchleuchtete würde er sich jetzt nochmals diese Arbeit machen, für den unwahrscheinlichen Fall, dass er etwas übersehen hätte können. Viel wahrscheinlicher für sein Ego war jedoch, dass sich Umstände dieser Personen zwischen der

Erstüberprüfung bis heute geändert hätten. Und gerade diese Lebensänderungen sind am einfachsten festzustellen. In handelsüblichen TV-Krimis wären es unnatürliche Geldbewegungen oder eine plötzliche Änderung des Lebensstandards. Im richtigen Leben war es leider nicht so trivial, dass eine redselige Polizeisekretärin Zusammenhänge auf der Kontoauszugskopie feststellte. Aber er hatte da seine Mittel um Veränderungen im Leben nicht nur herauszufinden, sondern auch zu initiieren. Es würde Aufwand bedeuten, jedoch nicht wirklich nennenswert und schon gleich gar nicht einschränkend für ihn.

2.   Persönliche Überwachung
Eine weitere Variante war persönlicher Art. Dadurch, dass er sich ja immer wieder auch physisch an öffentlichen Orten aufhielt, wäre eine persönliche Überwachung in theoretischer Reichweite.

Mit einer gewissen erhabenen Zufriedenheit dachte er an die Spaziergänge durch die lange mit Roteichen gesäumte Allee zurück, durch die er einzelne Sonnenstrahlen blitzen sah. Bäume die schon Herzog Carl Eugen pflanzen ließ, auch wenn die meisten Erzählungen lauteten, der Herzog hätte sie selbst mit eigener Hand gepflanzt. Dies würde einem ihm so verwandten Geist jedoch nicht im Traum einfallen. Theoretisch wäre es möglich, dass er entweder mit technischer Unterstützung oder auch personell überwacht wurde. Gegeben den Fall, dass es so wäre, ist es dennoch ein weiter Weg von diesem Ausgangspunkt auch die Planungen und Interaktionen zu ergreifen, die sich außerhalb der Reichweite der Öffentlichkeit befanden. Von einem nichtssagenden Spaziergang oder –gängen zu einer Manipulation seiner selbst?

Die Luft entwich nur langsam zwischen seinen Zähnen. Das schien doch etwas zu weit hergeholt. Das Zusammentreffen im Labor mit dem Wissenschaftler, der sich dem Gedanken hingab Herr über die Natur zu sein, könnte Aufmerksamkeit auf ihn gelenkt haben. Nicht dass Spuren hinterlassen worden wären, ein aufmerksamer Geist hätte jedoch Überlegungen anstellen können. Es würde dauern, sämtliche persönlichen Zusammentreffen zu analysieren und Anzeichen für eine Überwachung seiner selbst zu finden.

3. Reaktion provozieren

Wie die Ursachen oder die Gründe auch immer wären. Welche Ergebnisse auch immer die Analysen zu Tage fördern würden. War doch eine Frage gänzlich unentdeckt: Was ist das Motiv?

All diese Aktionen, wenn sie denn Realität wären, würden bedeuten, dass er persönlich im Fokus einer anderen Macht wäre.

Nachdem schon vor langer Zeit sämtliche Verbindungen zur Vergangenheit rigoros und vollständig abgeschnitten wurden, ohne auch nur einen Hauch von Emotionen daran zu vergießen, ist es doch nahezu unmöglich dass ein Spross daraus erwuchs. Somit musste es mit etwas anderem zusammenhängen. Etwas, was dazu geführt hatte, dass diese Macht viel Zeit, Energie und anderweitige Ressourcen zu investieren als gerechtfertigt ansah.

Ein kaum wahrnehmbares Rütteln des Flugzeuges rief seinen Geist von einem Wolkengebilde in der Abendsonne unter ihm wieder zurück, in dessen Farbpracht er sich verloren hatte. Auch wenn er den Anblick genoss - solches sah er doch immer wieder als eigene Schwäche an. Niemals wäre es für ihn tragbar, sich ablenken zu lassen von seinen zielführenden Gedanken. Ausser er würde bewusst diesen Freiraum zulassen. Nicht etwas, was einfach so passieren durfte. Was war nur los. Hatte ihn das Gefühl von heute Morgen doch mehr mitgenommen, als er sich selbst zuzugeben bereit wäre. Schwächen mussten ausgemerzt werden.

Und genau das war der Schlüssel, das noch fehlendes Mosaiksteinchen in der Überlegung - Schwäche zeigen. Nicht so lapidar, dass es offensichtlich wäre, jedoch immer noch so, dass eine Reaktion der unsichtbaren Macht hervorgerufen werden könnte.

Schwäche – alleine dieses Wort ließ ihn erschaudern wenn es in einem Gedankengang mit seiner eigenen Wahrnehmung auftauchte. Aber jetzt musste es sein. War es nicht an der Zeit ein weiteres Mal seine Überlegenheit zu demonstrieren.

Schwäche zu zeigen würde das Geheimnis offenbar werden lassen. Als ob er sich bei dem Wolkengebilde für den Hinweis bedanken würde, blickte er nochmal zur Flugkabine heraus. Nur zu gut wusste er, dass das ursprüngliche Bild längst viele Kilometer entfernt war.

Der Plan war geboren – musste er doch jetzt seine selbstzufriedene Gemütlichkeit verlassen und wieder einmal wichtigen Stunden des Schlafes entsagen, wollte er seine eigene Glaubwürdigkeit nicht gefährden.

Zuerst mussten einige Kommunikationswege aktiviert werden, sodass der Eindruck entstehe, eine heiße Phase des Projektes wäre erreicht. Aufträge, Anweisungen, Richtlinien, alles für ein Placebo, dass nur einer als solches erkennen würde – er.

Zur Untermalung der Glaubwürdigkeit musste er auch jemanden opfern. War er doch von jeglichen lebenden Organismen emotional getrennt, so würde es auch nicht schwer fallen einen, wenn auch treuen, Gefolgsmann zu opfern für diesen höheren Zweck.

Alle Kommunikationsinhalte wurden wie immer verschlüsselt übertragen. Anderes wäre zu einfach gewesen. Das Kernstück der Idee war die Schwäche. Eine Micro-SD Karte würde zusätzlich verloren gehen, auf der grobe Pläne abgelegt waren. Selbstverständlich ebenfalls verschlüsselt – jedoch nicht so wie die sonstigen Datenträger die er in Verwendung hatte, sondern entschlüsselbar, wenn sich jemand etwas mehr Mühe geben würde.

Zusätzlich wären noch genetische Spuren in geringer Menge, jedoch auswertbar darauf hinterlassen. Diese Spuren würde zwar nicht zu ihm führen, jedoch zu einer Person die er mit einfachen Mitteln unter vollständiger Überwachung hatte und die auch zu einem Profil eines Hintermannes passen würde, der bereits Jahrzehnte von seinem Verschwinden profitierte.

Wenn die Daten auf der Micro SD Karte auch nur das Internet streifen würden, so käme ein Hinweis auf seinem Tablet in Erscheinung. Wenn irgendjemand Nachforschungen zu dieser verschollenen Person anstellen würde, ebenfalls.

Wusste doch nur einer, was tatsächlich geschah. Derjenige, der für das Verschwinden verantwortlich war. Und dieser ließ das Mysterium die vielen Jahre hindurch bestehen. Für eben eine theoretische Möglichkeit. Und genau dieser Fall trat jetzt sein.

Fast schon liebkost von seinem unschlagbar scharfen Verstand und den lieblichen Duft der Überlegenheit war er zufrieden damit. Eine Schwäche, die passieren konnte und den perfekten Beweis erbrachte.

Dass die Karte nicht gefunden würde, das machte ihm keine Sorgen. Hatte er durch das starke Kommunikationsverhalten doch Aufmerksamkeit auf sich gelenkt, wenn er wirklich überwacht werden würde. Zudem hatte er noch einen persönlichen Aufenthaltsort preisgegeben, etwas was er sonst tunlichst vermeiden würde.

Wenn es eine dritte Macht gäbe, dann wäre es ihre Plicht dies genauer zu untersuchen.

Auch große Geister benötigten körperliche Ruhe. So konnte er mit einer zurückgewonnenen Zufriedenheit ein paar Minuten die Augen zumachen. Damit wäre diese Hürde gelöst. Und je mehr er sich darüber ereiferte, so mehr wurde ihm deutlich, dass er nur ein Hirngespinst jagte.

Niemand würde sich mit ihm messen können, niemand hätte die Größe des Verstandes, seine Zusammenhänge zu erfassen. Einfach niemand wäre in der Lage auch nur für die Dauer des Flügelschlages eines Kolibris Kontrolle über ihn zu erlangen, niemand....

Die Augen schlossen sich langsam und der Atem schien leichter zu werden.

XVI. Vergangenheitsbewältigung
(Zyklus 4.1)

Schon als Schulkind wurde sie immer wegen der Brille mehr als Nerd betrachtet. Schade eigentlich, denn die vielen Jahre später hatte sich die Brille mit den zwar dünnen, aber übergroßen kreisrunden Gläsern als Trend durchgesetzt. Sicherlich nicht wegen Marie, aber wenn man dies 25 Jahre früher gewusst hätte, wären ihr viele peinliche Momente erspart geblieben – viele bösartige Hänseleien welche meist doch nur unbedacht geäußert wurden, jedoch das Schulkind tief schmerzten. Heute war es chic Sekretärinnen-Style zu tragen. In China kam sogar auf, Brillen mit großem Rahmen aber ohne Glas zu tragen. Und jeder machte mit.

Marie machte nicht aus dem Style heraus mit, auch wenn es ihr unglaublich gut stand, sondern weil sie tatsächlich die Brille brauchte. Die Unbeliebtheit in der Schulzeit lehrte sie, dass sie ihr Leben nur mit Fleiß und Wissen auf die Füße stellen konnte, obwohl ihr hübsches und markantes Gesicht für viele seinen Reiz hatte.

Vielleicht waren es die kleinen und großen Erfahrungen aus der Schule, die das prägten, was andere als „Erklärbär" bei ihr tituliert hatten - die Angewohnheit, immer noch etwas darauf zu setzen.

Klar, hatte sie Recht und es war auch nicht uninteressant. Nur konnte sie selten etwas auf sich beruhen lassen, ohne noch ein Detail, Hintergrundwissen oder eine Standarderklärung mit anzufügen. Diejenigen, die sie mochten, nahmen dies stets mit einem Schmunzeln hin – bei den anderen staute sich Stein auf Stein ein gewisser Frust auf.

Wenn ein Freund in der Runde erzählte: „...Mensch und dann bin ich doch glatt in den Dolomiten auf dem Wanderweg einem indischen Pärchen begegnet – das war ein schönes Bild – die Berge im Hintergrund, weit und breit nichts, aber dann braungebrannte ...."

„Man darf nicht unterschätzen, dass Deutschland immer interessanter wird als Reiseziel für den asiatischen Kontinent" würde Marie einwerfen. Während andere noch am Überlegen waren, ob der asiatische Kontinent nicht nur aus China, Japan, Vietnam und Korea besteht.

„Gerade indische Touristen bekommen immer größeres Interesse an ...."

Das war doch gar nicht der Punkt! Das ist zwar alles ganz interessant – aber die Geschichte ging doch um etwas ganz anderes.

Aber irgendwie machte es sie auch liebenswert. Meinte sie es weder böse, noch wollte sie das Gespräch an sich reißen. Die Masse an diesen kleinen Unterbrechungen machte es dann doch wieder recht amüsant.

„Unser Erklärbär" raunte es hinaus, und die Stimmung war ungebrochen gut.

Oder wenn jemand erzählte wie er das Baumhaus für seinen 5-jährigen Sohn bauen würde „ ... und dann müssen wir erst einmal diesen Hauptbalken befestigen, um dann genau zu wissen, wie wir den Rest abstützen beziehungsweise wie tragfähig der Baum wirklich ist. Danach können wir die Maße abschätzen und nochmals im Baumarkt einkaufen..."

Dann kam doch gleich ein Widerspruch: „Nein nein, das muss man anders machen. Wichtig ist dabei zu sehen, ob der Baum das auch wirklich aushält. Also ich würde mit dem Hauptbalken beginnen. Und danach musst Du nochmal zum Baumarkt, um alles zu kaufen, dann ist das viel einfacher ..."

„Sag ich doch" – aber diesen Satz dachte sich jeder nur.

Aber Marie hatte viele Freunde, war sie doch recht gesellig und jeder übersah gerne die eine oder andere Eigenart. Im Gegenteil, wenn sie mal nicht bei der Runde dabei war – vermisste doch ein jeder den Erklärbär.

Durch die Vielzahl der Interessensgebiete und den scheinbar unstillbaren Durst nach Büchern, hatte sie auch wirklich immer Interessantes zu erzählen.

All dies und natürlich ihre Gewissenhaftigkeit machten sie so wertvoll für Louis Steinwald.

In den Dingen, in denen er lebensunfähig war oder die ihm zu umständlich aber trivial waren, kümmerte sich Marie mit einer Präzision darum, wie man es kaum besser machen konnte.

In den Jahren der Zusammenarbeit wuchsen das Verhältnis und das Vertrauen auf eine Ebene - das was manche als Familie bezeichneten.

Sicherlich war es nicht nur die Gewissenhaftigkeit, sondern auch der Punkt, dass sie immer wieder ein Schmunzeln in Louis´ Gesicht trieb. Entweder weil sie wieder bei irgend etwas was sie für ihn erledigen sollte, frotzelte, oder weil auch während der Arbeit der Erklärbär nicht Halt machte.

Auch wenn sie mal wieder etwas ausbaden musste, was Louis vergessen hatte oder auch keine Anstrengungen unternahm es sich zu merken, konnte man es an ihrem Freundlichkeitsgrad, sowie an der Modulation der Stimme ablesen. Um mehr Spaß hatte Louis dabei. Marie hingegen schätzte ebenfalls das Vertrauen und die Freiheiten, die sie hatte. Sie konnte sich gut damit identifizieren für einen geradlinigen Mann zu arbeiten, der nach Prinzipien lebte und dessen Gerechtigkeitsempfinden recht ausgeprägt war.

Es war ein Stück „heile Welt", die sie seit dem Vorfall mit ihren Eltern immer wieder in eine Art Geborgenheit hineinfühlen lassen konnte.

Bis vor zwei Jahren – an dem diese heile Welt auf eine Art in sich zerbarst, wie es tosender kaum sein konnte.

War die Arbeit, das Gebrauchtsein – auch wenn es manchmal anstrengend war – und das freundschaftliche Verhältnis zu Louis doch immer wieder ein Ankerpunkt.

Fast direkt proportional waren auch die Haltlosigkeit, der Schmerz und die Enttäuschung zu erfahren, dass gerade dieser emotionale Anker auf eine entsetzliche Weise, ungerecht, verlogen und falsch war. Falschheit war etwas was sie auf den Tod hasste. Etwas für das es keine Entschuldigung gab, da es mit einer bewussten Handlung verknüpft war, nicht mit einem flüchtigen Fehler.

Falschheit war der Zucker, der die Krebszellen der Gesellschaft ernährte.

Aufgrund ihres Wissensschatzes und Ihres Ehrgeizes hätte Marie es leicht in einem Konzern in der freien Wirtschaft weit bringen können. Aber es stand ihr fern jeglicher Überlegung, sich selbst zu verbiegen. Auch die dort praktizierte Umgangsweise die das Ego und die Politik über das Ergebnis stellte, war für sie unmöglich zu ertragen. Das war einer der Hauptgründe, warum sie sich als Verwaltungsfachkraft um Louis Steinwalds Angelegenheiten kümmerte. Dort war sie sicher von Falschheit.

Dachte sie.

„Jetzt nicht mehr"

„Jetzt wurden meine Augen geöffnet." – und dieses Funkeln hinter den großen kreisrunden Brillengläsern kannten weder ihre Freunde noch sonst jemand. Wenn sie zu so einer Emotion fähig gewesen wäre, würde man es als hasserfüllt bezeichnen.

Der Anker war gebrochen, das Halteseil zerborsten. Hin und her getrieben, was denn Realität und was Schein ist, fragte sie sich immer wieder ob sie jemals wieder einem Menschen vertrauen könne. Ja sogar weiter noch, ob sie ihrem eigenen Gefühl, ihrer Menschenkenntnis vertrauen könne, nachdem sie jahrelang in einer Lüge lebte.

Wie verdorben musste jemand sein, der verantwortlich für eine der schlimmsten Lebenssituationen war, der Marie jemals gegenüber trat und dann noch den rechtschaffenen, helfenden und gutherzigen Gerechten mimte. Und das täglich. Wie kalt musste dieses Herz schlagen. Sie war nicht auf Rache aus. Das hätte sich nicht mit ihren eigenen Prinzipien vertragen. Aber Gerechtigkeit – das was sie lange Zeit an Louis schätzte – das sollte ihm jetzt angetragen werden. Einfache simple Gerechtigkeit.

War es vielleicht gar nicht ihre Leistung, warum er sie anstellte? War es vielleicht gar nicht die Chemie, die gepasst hat, die Ergänzung? Eine Spur von Verantwortungsgefühl vielleicht? Oder laben am Leid anderer? Marie wusste nicht genau, was sie Louis alles zutrauen würde. Aber es war viel.

Der Anruf vor zwei Jahren kam völlig aus dem Nichts. Die Polizei hatte die Handynummer von Ihr gewählt um sie zu bitten sofort in den Wohnort ihrer Eltern zu kommen - gleich und ohne Umschweife. Am Telefon wurde nichts davon erwähnt, um was es ging. Nur, dass sie doch bitte umgehend in der Polizeidienststelle vorstellig werden sollte.

Gesagt, getan – und da brach es über sie herein. War Marie wohl nicht oft bei den Eltern zu Besuch, so verband sie doch etwas Enges miteinander. Sie hatte nur positive Erinnerungen an die Kindheit und was auch immer auf sie zukam – sie wusste, sie müsste sich nur melden und Mama und Papa hätten in ihrer Liebe zu ihr immer ein offenes Ohr für sie. Diese Gewissheit alleine brachte so viel Ruhe und Beständigkeit in ihr Leben, so dass selbst Veränderungen in ihrem direkten Umfeld sie nicht wesentlich zur Unruhe kommen ließen.

Plötzlich war alles mit einem Schlag vorbei.

Beim zuständigen Kommissar vorstellig, musste sie sich die traurige Nachricht anhören, dass die Gewissheit, die Ruhe und Geborgenheit, die sie durch ihre Eltern genießen durfte, aufgrund eines Autounfalls vorbei waren.

Obwohl sich der etwas rundliche Polizeibeamte mit dem Charme eines Inspektor Colombo umgab, blieben doch nur die Wortfetzen im Gedächtnis zurück.

Sicherlich, man hätte sich gewünscht, dass er die Sätze am Stück und in sinnvoller deutscher Grammatik gesagt hätte, aber das war nur nebensächlich:

„Das Auto Ihrer Eltern hatte einen Verkehrsunfall … Tod …"

„Was soll das heißen, das Auto – meine Eltern hatten den Unfall aber nicht das Auto." – schrie sie ihn an. So etwas Unförmiges.

„Was heißt vor zwei Wochen?" - schrie sie nach der nächsten Information, die sie bekam. Bisher hatte sie noch nie eine Art Gewaltbereitschaft verspürt. Das war das erste Mal, dass sie etwas so mitnahm und gleichzeitig reizte. Wenngleich ihr Zorn mehr der Tatsache als solches galt, statt dem Polizeibeamten. Es waren eben die Emotionen, die überquollen.

Man sah ihm schier an den Augen an, dass wohl nicht mehr von dem etwas altbackenen Kommissar zu erwarten war. So zog sie sich nach Abschluss der Formalitäten gleich in das Elternhaus zurück, in dem sie aufgewachsen war und so viele glückliche gemeinsame Stunden mit ihren Eltern verbrachte. Jetzt hatte sie sich zur Abgeschiedenheit entschlossen. Alles war plötzlich egal. Das eigene Leben, die Arbeit, alles. Marie kam gar nicht auf die Idee, Freunden oder ihrem Chef Louis Bescheid zu sagen. Sie stieg einfach kurz aus ihrem bisherigen Leben aus. Sie war so geladen und hasste die Welt um sich herum, weil ihr etwas so Wertvolles genommen wurde.

Ein paar Tage später kam jemand auf sie zu, der ihr zeigte, dass sie nicht die Welt hassen musste, sondern das Gefühl auf eine ganz bestimmte Person fokussieren konnte.

Louis Steinwald.

„Sind sie Marie Capentie?", sprach sie eine fremde Stimme an, als sie gerade die Tür zum Elternhaus schloss, um kurz ein paar Dinge einzukaufen.

„Ich denke nicht, dass wir uns kennen." Eine knappe Antwort, aber schließlich hatte sich der Fremde mit dem leicht silbernen und gepflegten 3-Tage-Bart noch nicht vorgestellt.

„Bitte entschuldigen Sie, dass ich Sie hier anspreche. Ich warte schon etwas länger hier draußen und wollte sie nicht stören."

„Wie war doch gleich ihr Name?"

„Namen sind nur Schall und Rauch – sie werden die Richtigkeit sowieso nicht überprüfen können, weshalb ich mich nicht mit unnötigen Details aufhalten möchte. Ich habe Ihnen etwas von sehr großer Tragweite zu sagen und würde mich freuen, wenn Sie mir etwas Zeit dazu geben könnten. Falls es Ihnen weniger befremdlich vorkommt, sage ich Ihnen gerne einen Namen – nennen Sie mich Hans, Hans Korner."

„Wie auch immer – ich bin nicht für Bekanntschaften aufgelegt. Suchen Sie jemand anders" erwiderte sie und wandte dem Fremden beim Sprechen dem Rücken zu, fertig um loszugehen und sowohl den Mann in dem tiefblauen Hemd, als auch das Gespräch im selben Moment zu vergessen.

Ungefähr fünf Meter entfernt hörte Marie den Ruf „Es geht um den Unfall ihrer Eltern. Sie haben ein Recht darauf die Tatsachen zu kennen."

Plötzlich erstreckte sich da eine unsichtbare Wand, gegen die sie gelaufen war. Sie war sich nicht sicher, ob sie die Worte richtig verstanden hatte – das konnte doch nicht sein. Der Hall der Worte des immer noch vor der Haustür stehen gebliebenen ominösen Fremden war plötzlich wie ein Echo direkt in ihrem Kopf. Als ob es hier drinnen von der einen zur anderen Seite geworfen werden würde.

Die unbestreitbare Logik des Fremden bezüglich des ihr gegenüber geäußerten Namens, ließ sie etwas innehalten und hatte bei ihr im Nachhinein Sympathiepunkte geerntet. Jemand mit so einer bestechenden aber einfachen Logik konnte nicht ein normaler Verrückter sein.

Vielleicht hatte er es doch verdient angehört zu werden.

Langsam, fast schon wie bei einer filmreifen Zeitlupenaufnahme, wandte sich Marie um und sah ihm tief in die Augen.

Sie hatte sich mehr von dem Blick erhofft, war sie doch immer recht stolz auf ihre Menschenkenntnis. In diesen ausdruckslosen Augen konnte man jedoch wenig ablesen - über den Charakter oder den Vertrauensgrad, den dieser Kerl verdiente.

„Ich sehe, sie haben sich anders entschieden" klang es fast schon siegessicher aus der Pforte. Nun, lassen Sie uns ein paar Schritte gehen."

„Sie haben 10 Minuten um mich zu überzeugen, dass dies kein Scherz ist. Nur 10 Minuten!" So direkt trat Marie eigentlich nur Geschäftspartnern und gebuchten Dienstleistern auf. Aber sie konnte es. Jetzt eigentlich mehr aus dem Grund, dass ihr Alleinsein gestört wurde.

„Frau Carpentie – sie werden es nicht bereuen. Das, was ich Ihnen erzählen werde, ist sicherlich in der Lage ihr Weltbild zu verändern. Selbstverständlich erwarte ich keine Gegenleistung von Ihnen. Dennoch werde ich danach eine Bitte an Sie äußern, über deren Entsprechen ich mich sehr freuen und erkenntlich zeigen würde. In dieser Bitte sollten Sie nichts Schlechtes tun oder jemanden schaden. Einzig und alleine ein paar Anforderungen erfüllen." Eine lange, wie eine Ewigkeit gefühlte Denkpause trat ein. Ein Schritt nach dem anderen gingen beide in Richtung der dieser Wohngegend umgebenden Felder, hinaus ins Grüne.

„Aber kommen wir nun zum eigentlichen Inhalt. Vielen Dank im Voraus für Ihre Aufmerksamkeit."

„Hans – Sie klingen nicht wie einer dieser Verrückten, die sich Scherze erlauben. Sie werden noch weitere 10 Minuten bekommen."

Das mit der Bitte überging Marie, war ihre Aufmerksamkeit doch unmittelbar gefesselt.

Nachdem Sie tagelang mit ihren eigenen Gefühlen konfrontiert war – einem ewigen Auf und Ab, tat etwas nüchterne Logik und kalte Information gut. Hätte Marie vorher gewusst, was auf sie zukam, sie hätte ihren Schritt fortgesetzt und den Mann wie auch das Gespräch schnell vergessen. Oftmals hatte sie später insgeheim bereut, diese Minuten zugelassen zu haben und noch mehr von Ihrem Leben aus der Hand zu geben. Waren doch Eigenständigkeit und eine gewisse Kontrolle über die Dinge im Leben wichtige Kernpunkte für sie.

Am Feld angekommen, bogen sie auf den Schotterweg ab der sich weit bis zum Horizont entlang des Feldrandes erstreckte.

Hans erzählte und sie hörte zu. So kalt und emotionslos wie er die Punkte abarbeitete, so strukturiert und ebenfalls unbeteiligt nahm sie die neuen Informationen auf. So als ob es um ein Filmgeschehen ginge, das die Beiden bei einem nachmittäglichen Spaziergang erörterten.

Das war auch gut so, denn hätte sie auch nur für einen winzigen Moment Gefühle zugelassen, dann, wäre das völlige Chaos in ihr ausgebrochen. Desorientierung hätte sich breitgemacht und vielleicht noch Schlimmeres.

Hans erzählte weiter, so gekonnt, dass er die gewünschten Schlussfolgerungen nicht selbst sagen musste, sondern diese völlig selbstverständlich in Gedanken auftraten. Untermauert mit Beweisen und stichhaltigen Erklärungen blieb nur noch das Motiv unerschlossen – nicht aber die schuldige Person.

„Dann war also Louis Steinwald dafür verantwortlich, indem er das Auto meiner Eltern abdrängte, während er betrunken am Steuer saß?"

„Meine Liebe, überlegen sie selbst."

Das wäre ja nicht einmal das Schlimmste. Bis jetzt ist es ein Fehler – dann wurde aber eben dieser Fehler zu Falschheit.

„Wie kann er nur die ganze Zeit nichts sagen? Wir waren doch Freunde" – sagte sie leise zu sich. Also Freunde, wie man halt als Arbeitgeber und Arbeitnehmer befreundet sein kann, aber doch auf eine gewisse vertraute, familiäre Weise.

„Nun, Frau Carpentie, kennen Sie das, was tatsächlich passiert ist. Zu meinem Leidwesen außerhalb jeglicher behördlicher Strafbarkeit und Verfolgbarkeit."

Langsam ging der Fremde zum großen Finale über, eines das nur er kannte, dessen Ziel diese gesamte Aktion war.

„Meine liebe Marie, ich möchte nicht, dass Sie zu schlecht von ihrem Freund und Chef denken. Mag es gut möglich sein, dass er überhaupt nicht weiß, um wen es sich gehandelt hatte. Mag gut möglich sein, dass er nicht anhielt, um nachzusehen, was passiert ist, sondern eher voller Freude von dannen zog unbemerkt geblieben zu sein." Dieser Satz schwang so leicht und fröhlich durch die Luft, was gar nicht zu dessen Inhalt passte – wohl aber zu dessen Ziel.

„Falls Herr Steinwald tatsächlich ausstieg oder später über Zeitungsberichte nachprüfte, um wen es sich handelte, dann wäre ein großes Maß an Herzlosigkeit und Falschheit erreicht worden. Jedoch muss dies nicht unbedingt der Fall sein."

Da war dieses Wort, das Marie erschaudern ließ, Falschheit bei jemanden den sie nicht nur über die Maßen schätzte, sondern auch noch jahrelang anders einschätzte und unterstützte.

„Sie werden verstehen, dass wie auch immer das Motiv sei, eine solche Art von schlimmen menschlichen Verhalten nicht tragbar ist. Fahrerflucht ist kein zu vernachlässigendes Vergehen. Aus diesem Grunde sah ich mich gezwungen, Sie zu kontaktieren." Und schon lief es zu Finale Terzo auf.

„Vielleicht hätte man Ihren Eltern noch helfen können, wenn der Unfallort gleich von Rettungsmannschaften aufgesucht worden wäre. Nicht erst nach einer Woche, sondern eben gleich nach dem Ereignis."

Für jedes der nächsten Worte ließ sich der Fremde ausgiebig Zeit, um die volle Wirkung entfalten zu können. „Wenn Herr Steinwald sofort den Notarzt gerufen hätte!"

Immer noch drehte sich das Wort Falschheit wild in Maries Kopf. „Heuchler" entfuhr es ihr.

„Bitte sehen Sie es nicht als eine persönliche Tat gegen Sie an. Hr. Steinwald würde höchstwahrscheinlich nichts Bewusstes tun, um Ihnen zu schaden. Mein bestreben ist es vielmehr, dass der Gerechtigkeit genüge getan wird. Denn dieser scheinheilig nach außen getragene Gerechtigkeitssinn mit dem Herr Steinwald die Menschen in seiner Umgebung richtet und nach dessen Kriterien er sich seine Arbeitsprojekte aussucht, hat nicht viel Fundament. Nicht wenn er sich für einen eigenen Vorteil so falsch verhält, wie es in dem Fall Ihrer Eltern gewesen sein muss."

Wieder Stille – eine Art Stille wie nach einem Waldbrand, wenn man die schwarzen, verkohlten Baumstümpfe, die aus einem Meer der Zerstörung herausragen begutachtet und hier und dort leichter Qualm emporsteigt.

Fast schon frostig mit einem leichten Vorwurf sah Marie auf, in die grüne Weite. „Vielen Dank – darüber muss ich erst einmal nachdenken."

„Tun Sie das. Zu gegebener Zeit werde ich Sie nochmals kontaktieren, falls noch Fragen offen sein sollten."

Jetzt kam der geschäftliche Teil. „Bevor ich Sie wieder alleine lasse, möchte ich die zu Beginn erwähnte Bitte an Sie stellen."

Der Tonfall war so selbstverständlich, wie der eines Kellners in einem Restaurant, wenn er gerade die Rechnung präsentiert. Du hast hier gegessen, ich habe Dich bedient, also rück die Visa-Karte heraus und zahle gefälligst. Genau mit derselben Leichtigkeit fuhr er fort:

„Wie bereits gesagt, möchte ich nicht, dass Sie etwas Verbotenes oder Schlechtes tun. Jedoch sehe ich mich gezwungen für die Gerechtigkeit einzustehen und Herrn Steinwald das falsche Verhalten vor Augen zu führen."

Marie hörte stillschweigend weiter zu, wenngleich Sie Zustimmung dafür empfand.

„Aus diesem Grund möchte ich, dass Sie sich zu einem gegebenen Zeitpunkt für Herrn Steinwald in Luft auflösen, so als ob Sie von bösen Menschen entführt worden wären. Zugleich bitte ich Sie ein paar Objekte, natürlich völlig legalerweise und schadlos, an definierte Orte zu positionieren."

Das klang einfach und würde ihrem Charakter entsprechen.

„In diesen Fällen ist es jedoch unabdingbar, dass Sie sich genau an meine Anweisungen und deren Details halten. Wie Sie sicher festgestellt haben, möchte ich auch Herrn Steinwald nicht schaden und noch viel weniger Ihnen. Jedoch müssen Herrn Steinwald die Missstände in seinem Verhalten aufgezeigt werden. Falls Sie sich die Frage stellen: Warum das Ganze, sagen wir einfach, ich bin nicht mehr auf gewöhnliche Arbeit angewiesen und möchte die Welt ein bisschen besser machen. Daher widerstrebt es mir zu tiefst, dass ein Mann seines Bildungsstandes und seines Selbstverständnisses so eine schlechte Handlung ungestraft begehen kann."

In verbindlichem, tiefem Ton und mit ein bis zwei Sekunden Pause zwischen jedem einzelnen Wort schloss er ab: „Ihre – Mitarbeit – ist – dabei - unabdingbar."

Marie würde sich bis dahin nichts anmerken lassen. Sie würde so sein wie immer und ihr Leben führen wie immer. Das wäre nicht einmal schwer – musste man nur diese eine Tatsache verdrängen. Ansonsten würde sie auch wieder Freude verspüren. Die Enttäuschung saß tief – aber sie wusste, die Gerechtigkeit würde obsiegen.

Daher musste sie nicht selbst für Rache sorgen, was sowieso nicht zu ihr passte. War sie doch eher der liebenswerte intelligente Erklärbär. Und in dieser Rolle fühlte sie sich wohl.

Noch lange würde sie heute über die Felder schweifen um Ordnung in ihre Gedanken zu bringen – jedoch nicht nur in ihre Gedanken. Erschlagen von der Tragweite der Informationen und den gefühlten Widersprüchen und Zweifeln an ihrem bisherigen Leben nahm sie bewusst wahr, wie Ihre Logik, auf die sie immer stolz war, kurzzeitig aussetzte, aber sich sogleich wieder stark machte.

„Sie können auf mich zählen - Hans." Und als das „s" von Hans erklang, bog sie ab nach rechts in eine andere Richtung weiter über die Felder hinweg.

Beide wussten, dass alles gesagt war.

Nur einer wusste, was die Wahrheit war.

XVII. Reise

(Zyklus 1.6)

Louis wusste ganz genau, warum er sich auf seinem Fachgebiet weiter spezialisiert hatte und war sichtlich zufrieden mit seiner Wahl, als er das Buch über die Restrukturierung von Gensequenzen wieder zur Seite auf den robusten, grobschlächtigen Eichentisch legte. Der Vintage-Touch den dieses Möbelstück besaß, war wohl mehr dem Alter geschuldet als dem Designer.

Es war ein Geschenk des Vormieters, der genauso alt wie der Tisch zu sein schien und eines der wenigen Dinge, die nicht entsorgt werden mussten.

Louis fasste gedanklich nochmals zusammen.

In dem vor ihm liegenden Flug nach Kuala Lumpur würde er weitere technische Details, zu den an ihn gestellten Anforderungen bekommen. Marie ist nicht erreichbar und die von dem Anrufer gewählte Erklärung des sogenannten freundlichen Kidnappings klang alles in allem recht stimmig und lag im Bereich des Möglichen.

Bewusst darüber, dass er sich im Kampf zwischen Gut und Böse befand und sein hinzutun ausschlaggebend für Maries Gesundheit war, musste man Louis nicht über die Konsequenzen und Auswirkungen seines Handelns belehren. Der nächste wichtige Punkt, der im Hintergrund mitklang, war, sich einen Handlungsvorteil zu erwirtschaften, indem er Informationen über den Verursacher dieser Unannehmlichkeit zu ergattern versuchte.

Da Louis nie wirkliche Probleme mit dem Selbstwertgefühl hatte, war dies nur eine Frage der Zeit, bis er das Ungleichgewicht, in dem er sich mit seinem Gegner befand, beseitigen konnte. Es war kein Stolz, sondern mehr eine gesunde Einschätzung seiner Selbst und der Möglichkeiten, die ihm zur Verfügung standen.

Für den Flug und seinen späteren Aufenthalt, dessen Dauer noch ungewiss war, würde er keine Vorbereitungen treffen. Zudem musste er sich alle Möglichkeiten offenlassen den ihm versprochenen Personal Assistant in den Wahnsinn zu treiben. So eine gesunde Ablenkung der Person, die ihn auf Schritt und Tritt überwachen sollte, konnte nur förderlich sein.

Und da war es wieder – das Schmunzeln, das gewisse Lächeln, mit dem er, egal was auf ihn zukam, den Dingen begegnete.

„Es wird mir ein Vergnügen sein, wenn auch ein einseitiges" erklangen die sanften Worte im Raum, gepaart mit einem spitzbübischen Blick.

Durchaus gerechtfertigt war der Gedanke die Nerven eines Handlangers des Bösen zu strapazieren.

„Wir wollen sehen, wie gut Deine Auswahl des Personals wirklich ist." Ging das Selbstgespräch weiter, so als ob sein Gegner wie in einem Schachspiel direkt gegenüber sitzen würde. Wie wenn die Hand, deren Zeigefinger ausgestreckt auf den mittigen Knopf der Schachuhr herniederfällt, den Zug übergibt und in den sicheren Wogen der eigenen Strategie: „Wir werden sehen, was Du damit anfängst" ertönt.

So begegnete Louis allen Problem oder Schwierigkeiten, die auf ihn zutraten. Er setzte sich gedanklich außerhalb des Geschehens hin, analysierte und betrachtete die Dinge, als ob sie ihn überhaupt nicht betreffen würden.

Das war eines der Geheimnisse, warum es für die anderen so aussah, als ob er keine Probleme hätte und ihn nichts aus der Ruhe bringen konnte. Probleme waren zwar faktisch da und die Auswirkungen konnten nicht verleugnet werden, es trug jedoch selten zur Lösung bei sich inmitten des Problems zu sehen.

So machte ihm im Moment die Auswahl des Fischfilets, das er heute Abend auf seinem großflächigen Gas Grill legen würde mehr Unbehagen als das, was in den letzten Tagen passierte. Das mit dem Fischfilet hatte er jetzt in der Hand – das andere musste er auf sich zukommen lassen und dann in diesem Moment richtig darauf reagieren. Weitere Energie darauf zu verschwenden, wenn doch jetzt und hier sowieso nichts daran geändert werden kann, das entsprach nicht seinem Sinn. Auch wenn ihn das alles natürlich nicht gänzlich unberührt lies.

Auf dem Weg in die Küche um sich seiner Fischwahl zu widmen, bemerkte Louis das kleine blaue Blinklicht, das immer dann auftauchte, wenn ungelesene Nachrichten auf dem Handy waren.

„Der Fluch unserer Zeit" raunte es der Bücherwand rechts entgegen. Doch dann blitzte die noch bestehende Frage an den Call-Center Mitarbeiter der Fluggesellschaft in den Gedanken auf.

Hellwach und von Neugierde geweckt machte er eine kleine Kehrtwendung in Richtung Sideboard, bevor er den breiten offenen Bogen zwischen Wohnzimmer und Küche streifte. Damit war das Grillthema erledigt. Gab es doch etwas Wichtigeres zum Nachdenken.

Während Louis das Handy in die Hand nahm um durch einen Doppel-Tipp auf das Display die Nachricht lesen zu können, tat es ihm fast Leid, den freundlichen Call-Center Mitarbeiter so unter Druck gesetzt zu haben.

Nun gut, die Situation gab ihm dennoch Recht. Schließlich erforderten besondere Umstände auch besondere Maßnahmen. Und so schlimm war es dann noch auch wieder nicht.

Louis´ Augen schärften sich, als sie die Mailadresse der Fluggesellschaft in der noch nicht gelesenen neuen Nachricht fanden.

Sehr geehrter Herr Steinwald,

gerne senden wir Ihnen erneut die Rechnung der letzten Buchung zu, inklusive des Zahlungsnachweises.

Aus Datenschutzgründen haben wir die Kopie an die ursprüngliche Adresse gesandt, die zur Buchung verwendet wurde. Aufgrund der Wahrung ihrer persönlichen Daten ist leider nicht möglich eine andere Adresse oder Faxnummer zu verwenden.

Wir freuen uns, Ihnen damit helfen zu können, und wünschen Ihnen einen guten Flug.

Mit freundlichen Grüßen

Rechnungsstelle Sachbearbeitung

„Neeeeeiiiin – genau das sollte nicht passieren." Damit war sein Gegenspieler gewarnt, dass Louis eigene Ermittlungen zu den Hintergründen anstrebte. Und das auch noch ohne jegliches Ergebnis.

„Datenschutz – was soll das denn." Jeder drittklassige Online-händler konnte die gesamte Reise seiner Kunden auswerten, wie es zum Kauf oder Nichtkauf des Produktes kam.

„Seit wann interessiert jemanden der Datenschutz?" Das meiste was man in den Medien davon mitbekam, war nur Marketing – künstliches Geschwafel darüber, damit die allgemeine Meinung nicht irgendwie kippte und sowohl Regierung als auch Wirtschaft den größtmöglichen Nutzen von persönlichen Daten ziehen konnte.

„Das ganze Leben ist durch das Internet und die Vorratsdaten-speicherung der Handybewegungsdaten ein offenes Buch. Aber na-türlich, wenn man mal selbst etwas brauchen würde, dann greift plötzlich der Datenschutz." Murmelte Louis doch einigermaßen sauer in sich hinein.

Seine esoterisch angehauchte Nachbarin, mit der er sich zwar gut verstand, die er aber nie verstand hätte gesagt: „Jetzt ist das Yin nicht mehr beim Yang."

Es störte tatsächlich seine Ruhe. Nicht nur, dass der sich verspro-chene Wissensvorsprung damit hinfällig war. Hatte er nicht auch noch einen gewissen Vorteil der Naivität verspielt, der eventuell eine gute Karte gewesen wäre um sie irgendwann später noch aus-zuspielen.

Plötzlich tat ihm der Call-Center Mitarbeiter nicht mehr leid, son-dern es schlug in Reue um ihn nicht noch mehr Druck aufgebürdet zu haben, damit er sich so darum kümmere wie sie es besprochen hatten.

Nun gut – Dinge, die passiert sind, ließen sich nicht mehr ändern und somit musste Louis sich wohl oder übel eingestehen, dass dieser Punkt an den Gegner ging. Na ja, die Runden hatten ja gerade erst begonnen. Nichtsdestotrotz war die Nachricht Grund genug um das kulinarische Grillvergnügen zu streichen und stattdessen auswärts essen zu gehen. Würde es ihm doch neue Kreativität verleihen an einem Tisch im Restaurant zu sitzen, bei leichter Lounge-Musik im

Hintergrund und dabei die Mimik der ihn umgebenden Menschen zu beobachten. Dies war nicht nur für seine Begriffe belustigend, sondern regte auch das Querdenken an um nicht zu verbissen an einem Punkt zu verharren und sich zu verrennen.

Schon war die Entscheidung gefällt und das Ziel anvisiert. Musste er sich doch noch etwas mehr Mühe geben.

Es erschien ihm als gerechtfertigt den letzten Abend, den er hier noch vor seiner Reise hatte, damit zu verwenden, einige Überlegungen anzustellen die ihm einen gewissen Handlungsspielraum in Kuala Lumpur geben würden. Nicht eher würde er heute das Restaurant verlassen, es sei denn er hätte Möglichkeiten gefunden mehr über diesen ominösen Angreifer von Marie zu erfahren.

Louis hasste die Technik, da sie meist dann nicht so recht funktionierte, wenn man schnell etwas brauchte oder fertigstellen wollte.

Dessen ungeachtet konnte er sie jedoch sehr gut als Werkzeug nutzen und war versiert in den verschiedenen Bereichen der Informationsbeschaffung. Also schnappte er sich sein Tablet, wählte das passende Paar Schuhe aus und verließ das Haus durch den Terrassenausgang in Richtung Auto.

Mit der Wahl des Restaurants war er zufrieden und er freute sich darauf einen neuen Wein empfohlen zu bekommen. Bisher wurde er nur einmal von der Expertise des Sommeliers im Stich gelassen, dem das, Wiederrum so peinlich war, dass an jenem Tag kein Wein auf der Rechnung auftauchte.

Auch wenn Louis nicht wirklich böse schauen konnte, so genügten doch Blicke ohne Worte für einen wachsamen Kellner. Ohne ein Wort war beiden klar – so etwas darf nicht mehr passieren. Und so konnte sich Louis dennoch aufrichtig bedanken – zumindest für das gute Essen und das angenehme Ambiente.

Heute würde er bei Fisch bleiben – etwas Schweres, würde nur das Blut in der falschen Region des Körpers sammeln. Hatte er sich doch für heute noch ein Ziel gesetzt. Und eines war immer klar.

Wurde erst einmal eine Entscheidung getroffen, dann konnte man sich nicht davon ablenken lassen. Außerdem war er das Marie ebenfalls schuldig, die ohne zu wissen wie es ihr geschah, in etwas hineinschlitterte, das sie nicht verdient hatte. Und alles nur, um sich seiner eigenen Arbeitsleistung zu vergewissern.

Ungerechtigkeit war eines der Dinge die noch viel mehr sein Yin/Yang störten, etwas was er zu tiefst verabscheute. Und es war ungerecht, dass Marie mit hineingezogen wurde. Auch wenn sie laut Aussage nicht leiden würde, so wirkt sich ein solches Erlebnis nicht gerade positiv aus.

„Diese Entscheidung wird dein Untergang sein." Mit diesem Satz in seinen Gedanken trat er in das Restaurant ein und die Dekoration sowie der leichte Klang der so geliebten Hintergrundmusik verliehen ihm neuen Schwung.

„Buena Sera Signore Steinwald – es tut gut sie wieder zu sehen."

All die düsteren Gedanken waren wie weggeblasen beim Anblick des Kellners im Eingangsbereich. Es war wie eine Art nachhause kommen.

„Diese Tage waren so viele Leute erkältet, wir haben uns schon Sorgen um sie gemacht." Kam mit so einfühlsamer Stimme aus dem grauhaarigen Italiener heraus, also ob Louis zur Familie gehören mochte.

Während der Kellner voran tänzelte, folgte Louis ihm gewandten Schrittes und setzte sich an das andere Ende des Raumes an einen Vierer-Tisch. Flink räumte der Kellner die drei übrigen Gedecke ab, nicht davon ablassend mit leichtem Smalltalk und starkem italienischen Akzent seinem Gast den Aufenthalt so schön wie möglich zu machen.

„Es ist mir eine Freude" entgegnete Louis, während er Blickkontakt mit dem Sommelier aufnahm.

Kein Wort, aber dafür einhundert Prozent Übereinstimmung.

Das war eines der vielen Dinge, die Louis hier so liebte. Sobald die Sache ausgestanden ist, wird Marie hier eingeladen. Als Wiedergutmachung sozusagen. Und sie würden sich die Köstlichkeiten auf der Speisekarte rauf und runter probieren.

Er konnte zwar ebenfalls nichts dafür, dass sich die Dinge so entwickelten, aber Marie nun mal auch nicht. Und somit hätten die beiden einen Grund das Ergebnis zu feiern. Schließlich stand für Louis fest, dass sie am Ende gut aus allem herauskommen würden. Vielleicht wollte er es aber auch nur glauben, um die Kraft zu finden objektiv und guten Mutes mit der Situation umzugehen.

Sooft er hier an seinem Platz saß, dessen Stuhl schon beinahe seine Initialen trug, sah er dem netten Italiener nach, während dieser offensichtlich jeden einzelnen seiner Gäste als König behandelte und viel schlechter Deutsch sprach, als er es eigentlich beherrschte. Das gehörte zum Flair. Obwohl er den einen Fuß wie Quasimodo etwas hinterher schliff, war er wendig. Und die gesamte Körpersprache drückte authentisches vollkommenes pures Kalabrien aus, wie es nicht schöner hätte sein können.

Genau richtig. In diesem Umfeld würde Louis zur Höchstform auflaufen.

Während Louis die Informationen auf seinem Tablet analysierte, wieder aufs Neue, Abfragen über das WLAN des Restaurants sandte, immer zwischendurch von etwas angenehmen gestört, wie die Vorspeise, der Hauptgang, die Getränke und weiteres, verlief die Zeit schneller, als es ihm gewahr wurde.

Sie flog dahin, wenn auch nicht unnütz.

Irgendwann wurde ihm klar, musste er das Restaurant wieder verlassen. Noch nicht ganz zufrieden mit den Ergebnissen setzte er die Arbeit zu Hause fort.

Als die Sonne die ersten Strahlen warf und am Horizont aufblitzte, öffnete Louis mit einer gewissen Zufriedenheit das Fenster um die frische, leicht kühle Morgenluft, die den Pflanzen den Tau brachte, in sich hinein zu saugen.

Er hatte die Nacht durchgearbeitet - aber es war die Mühe wert. Zumindest konnte er wieder einen Punkt wettmachen, mit dem, was er die Stunden über in Erfahrung bringen konnte. Es war nicht viel, aber ein Ansatzpunkt, den er in Kuala Lumpur verdichten würde, beziehungsweise mit weiterer Kommunikation seines Gegners gegenprüfen würde.

Selbst Louis war nun zu müde, um noch einen Morgenespresso zu trinken. Etwas, das sehr selten geschah und wenn es nach ihm ging, auch nur selten geschehen durfte.

Nach ein paar Stunden Schlaf, einer Dusche und dem Genuss des ölig braunen Lebenselixiers wäre wieder alles in Ordnung.

Da an diesem Tag nicht viel geplant war außer den Flug abends zu bekommen, schlufte er träge in Richtung Schlafzimmer, sobald dieser Plan geboren war.

Er schlief gut und fühlte sich am frühen Nachmittag, nach der Frische der Dusche erholt. Schnell und zielsicher griff er nach dem Notwendigsten für die Reise. Das meiste würde er sowieso seinem zugeteilten unsympathischen Personal Assistant neu einkaufen lassen. Jemand der für so eine Person arbeitete, musste regelrecht unsympathisch riechen – weitestgehend stinken. An sich war Louis eher umgänglich und freundlich statt egozentrisch, jedoch musste diese unsympathische Person ihn wohl anders kennenlernen. Wie lange würde es wohl dauern, bis er seinen Personal Assistant in den Wahnsinn treiben könne?

„Wir werden sehen."

Eine Nachricht an seine Reinigungskraft hinterlassend mit kurzen Informationen, dass er beruflich ins Ausland müsse für eine noch ungewisse Zeit und sie doch bitte nach dem Rechten sehen wölle, verließ er das Haus und stieg in das Taxi.

Eine Tasche – Handgepäck – mehr brauchte er nicht mitzunehmen.

Belebt vom Schlaf und den gewonnenen Informationen freute sich Louis regelrecht auf die kommenden Dinge.

„Mögen die Spiele beginnen." Rutsche ihm gedankenverloren hinaus, als er der leicht überschminkten Dame an der Sicherheitskontrolle des Flughafens seinen Boarding Pass zur Ansicht gab.

„Wie bitte?" - hallte ihm eine freundliche Frage entgegen.

Erst da wurde es ihm gewahr, dass er dem Gedanken eine Stimme verliehen hatte.

„Nichts, alles in Ordnung. Vielen Dank."

„Eine gute Reise Mr. Steinwald."

„Ihnen auch!" - warf er ihr entgegen und konnte sich das Lachen nicht verkneifen. Der darauf folgende, verstörte Ausdruck auf dem Gesicht der Sicherheitsbeamtin war es wert. In der Lounge angekommen, schritt Louis wachen Blickes zu einer ruhig platzierten Sitzgelegenheit.

Auch wenn die Flughafen Lounge für die besser situierten gedacht war, so konnte man den dort servierten Häppchen keine Beachtung entgegenbringen. War es doch für Louis nur in Form gepresstes Massenfutter. Auch wenn viele der anderen Personen, die Zutritt zu diesem Bereich hatten, ihren Stolz darauf dick auf dem Gesicht trugen und mit dem gleichen Stolz diese Dinge in sich reinstopften. Einfach nur aus der Genugtuung heraus, dass das einfache Volk draußen dies nicht tun konnte.

Aus solchen bemitleidenswerten Verhalten war Louis schon lange herausgewachsen. Vielleicht war er dort auch nie drin.

Es widerte ihn an, sich auf Kosten anderer besser zu fühlen, nur weil man Glück hatte im Leben oder der eine oder andere einem wohl gesonnen war. Zeugte es doch von einem schwachen Charakter und fehlendem Selbstbewusstsein, mit Verachtung auf andere zu blicken, nur weil man zum richtigen Zeitpunkt durch die richtige Tür gestolpert war. Louis nahm immer schnell Abstand von solchen Menschen – aber natürlich in der Lounge einer Fluggesellschaft war diese Art von Egomanen doch recht überdurchschnittlich vertreten.

Da er sich seine Gesprächspartner sowieso sehr bewusst aussuchte, konnte er dies ausblenden. Einzig und alleine die Suche wer denn diese unförmige Person sein sollte, die ihn als sein Personal Assistant zur Überwachung und Protokollierung zur Seite gestellt wurde, hielt Louis´ Blick auf die Menschen um ihn herum gespannt.

Er ging von dem seltsam trendig gekleideten Herrn recht schnell hinüber zu einer schwarz gelockten Frau, die in einer Frequenz in das Notebook hämmerte, das sich Louis fragte, ob die Garantie des Herstellers auch solch rabiates Verhalten abdecken würde.

„Eher nicht" sagte er tonlos. Und darauf bezog sich Louis mehr auf die Frage, wer es sein könnte, als um die Garantie des Notebooks.

Die Frau hätte zwar grundsätzlich gepasst, jedoch müsste jemand der für so zwielichtige Personen arbeitete etwas weniger Selbstständigkeit und mehr schleimiges Ducken ausstrahlen. Sicher es könnte überspielt sein, aber das passte nicht zu den zackigen Bewegungen dieser Frau.

Was bisher an Kommunikation mit seinem Auftraggeber lief, ließ sehr deutlich darauf schließen, dass er sich nicht jemanden ins Boot holen würde, der viele Fähigkeiten an sich hätte. Für jemanden, der so präzise plant, wäre die Gefahr des Kontrollverlustes viel zu hoch. Da war sich Louis sicher.

Die verbleibende Zeit nutzte Louis um sich mit den restlichen Leuten hier in der Lounge gedanklich auseinanderzusetzen. Bis er plötzlich aufsprang und diesen Bereich verließ.

Es war noch Zeit bis zum Boarding – aber ihm kam plötzlich die Idee, dass das gemeine Fußvolk, besonders die Handlanger von fragwürdigen Personen, doch eher weniger First- oder Business Class fliegen würden. Meist hinge dies auch mit dem Ego der führenden Person zusammen, die sich zumindest was Reisezwecke angeht, ja damit auf die gleiche Stufe stellen würde, wie die ausführenden einfachen Leute.

Also steuerte er vehementen Schrittes mit seiner schwarzen Tasche in der Hand auf den offenen Sitzbereich am Gate zu.

Und das Spiel ging von vorne los. Die Blicke schweiften von Mensch zu Mensch, nicht nach einander, dass es auffallen würde, dennoch so, dass niemand ausgelassen sein konnte.

Nach einiger Zeit hatte Louis zwei Charaktere entdeckt, so richtig zufrieden war er jedoch nicht damit. Bei jedem tauchten ebenfalls Dinge auf, die ihn wieder unsicher werden ließen.

„Wir bitten nun, die Passagiere der First und Business Class sich zum Gate zu begeben. Das Boarding beginnt jetzt. Wir bitten die übrigen Fluggäste, sich noch etwas zu gedulden. Sie werden dann nach Sitzreihen aufgerufen zum Boarding."

„Nun gut." Er konnte warten. War doch bisher der andere im Zugzwang nicht er. Deshalb störte sich Louis nicht daran, seinen Überwacher nicht im vornhinein identifizieren zu können.

Ein Griff zur Tasche, er erhob sich und ging zum freundlichen Steward, dorthin, was als Priority Lane ausgeschildert war.

„Tschuldigung, Tschuldigung" hörte Louis, als er im gleichen Augenblick einen Rempler in der Nierengegend spürte.

„Bin ich schon zu spät – oh entschuldigen Sie bitte, ich hatte sie nicht gesehen."

„Klar" – dachte Louis „nicht gesehen – ich übersehe auch immer 1,90cm große ausgewachsene Menschen im Gedränge der Leere."

Aber das Bild, das sich ihm bot, entschädigte ihn wieder völlig.

Eine etwas zerzauste aber reizende Person war es, die ihn übersah. Der Anblick drängte ein liebevolles Lächeln auf sein Gesicht. Als geborener Genießer genoss er auch den Anblick dieser netten, hübschen Frau – wenngleich sie auch fast blind sein musste um ihn übersehen zu können.

„Nichts passiert – gehen sie nur vor. Vielleicht bekommen wir beide noch einen Sitzplatz und müssen nicht die ganze Reise hindurch stehen." Sein charmanter Ton ließ keine Zweifel offen, dass es als Scherz gemeint war.

„Entschuldigen Sie wirklich – Ich wollte mich nicht vordrängeln. Es ist nur, dass ich in letzter Zeit etwas durch den Wind bin. Ist das hier richtig nach Kuala Lumpur?"

Louis verlor sich in ihren hübschen Augen und bestärkte sie „Machen Sie sich keine Gedanken – wenn Sie am richtigen Gate sind, kann nichts mehr schief gehen – und das hier bringt sie nach Kuala Lumpur."

„Ihr Boarding Pass bitte meine Dame?" - war die monotone Reaktion des Stewards, der die ganze Situation hautnah verfolgen konnte.

Fast schon, als ob er nicht glauben könne, dass sich diese Frau schon anstellen dürfte, atmete der Flugbegleiter etwas gequält ein.

„Einen Moment, gleich habe ich ihn" antwortete die Dame in frischem etwas verwirrtem Tonfall.

Das Schmunzeln wurde breiter und breiter auf dem Gesicht von Louis, sehr entgegengesetzt zu dem Gesichtsausdruck des Stewards.

Es war ein Bild, wie es ein Comedian in einer TV Show nicht besser skizzieren hätte können. Wild Aufgeschrecktes suchen in einer Damenhandtasche, begleitet von Ausrufen wie „oh nein", „ich habe doch nicht", „ah", „doch nicht."

Die alles währenden Fragen trieb so ziemlich jede männliche Person im direkten Umfeld umher:

1. Warum sind Frauen Handtaschen immer so groß?
2. Und was passt alles in so ein Ding rein?

Gefühlt alles – was das Finden angeht ebenfalls ... alles.

Jeder Mann, der in einer Beziehung war, kannte das. Je länger die Suche dauerte, umso hektischer wurde wild in der schier endlosen Weite des Accessoires gerührt.

„Wäre die Tasche mit Schlagsahne gefüllt, dann würde jetzt langsam Butter daraus werden" – und dieser Gedanke weitete das Schmunzeln, wie es nicht mehr breiter ging.

„Einen Moment noch – ich habs gleich." Louis schätze diesen Satz dieser äußerst sympathischen und reizvollen Frau hektisch, ja beinahe schon panisch ein.

„Wenn Sie sich doch bitte nochmal in die Reihe stellen, wenn Sie ihr Ticket gefunden haben" - platzte freundlich aber bedrohlich aus dem Steward heraus. Mit einem entschuldigenden Blick für die unnötige Wartezeit zu Louis wandte sich der Flugbegleiter etwas genervt beschämt ab.

Louis dachte sich nur „Reihe, welche Reihe. Da sind, Du, ich und dieses entzückende Wesen. Schöne Reihe."

„Ich hab es, ich habe es" drang es in einer Lautstärke durch den Boarding Bereich, wie die es die Gewinnerin des neuen Ferraris bei einer Benefiz-Tombola nicht schöner hätte sagen können.

Die Überraschung des Stewards war kaum zu verbergen. Weniger der Umstand, dass die junge Dame das Ticket fand, mehr die Tatsache, dass sie tatsächlich ein First Class Ticket besaß. Passte dies doch nicht in sein gewohntes Weltbild.

„Falls ich ihnen helfen kann, kommen Sie jederzeit auf mich zu. Ich wünsche Ihnen eine sehr angenehme Reise." Stöpselte er in auswendig gelernten Wörtern heraus.

Bei dem Blick auf Louis passte wieder alles in das gewohnte Bild und deshalb ging er zur Routine über.

„Wir begrüßen Sie an Board Mr. Steinwald. Eine sehr angenehme Reise, und scheuen Sie sich nicht irgendwelche Wünsche zu äußern."

Mit einem verbindlichen Nicken, bedankte sich Louis und freute sich darüber, dass er einen Blick auf die Digitalanzeige erhaschen konnte, als der etwas verdatterte Steward den Boarding Pass dieser sympathischen Person über den Scanner zog.

„Francis ... das klingt ja nett. Francis – das ist doch ein Anfang." Zufrieden und fast schon beschwingt ging Louis den Korridor entlang zum Flugzeug.

XVIII. Argwohn

(Zyklus 2.6)

„Wie konnte das nur passieren." Diese Frage stellte sich Francis verhältnismäßig oft. Im Moment war der ausschlaggebende Faktor der leicht gelblich verriebene Senffleck auf dem Pinken Oberteil, das sie an hatte.

„Neiiiiin gerade jetzt." Ihre Freunde hätten es als eigentlich immer genannt, aber für Francis war es immer ein neues – warum gerade jetzt.

Der innere Kampf: „Soll ich mich umziehen? Eigentlich habe ich doch keine Zeit mehr" schien 0:0 auszugehen, was niemanden weiterhalf. Eine Möglichkeit war der klägliche Versuch mit Spucke und einem fast nicht gebrauchten Taschentuch, das sich noch in der Tasche befand den Fleck zu entfernen, der leider scheiterte.

Es machte den Fleck nur noch größer – aber dafür ließ die gelbe Farbe nach als sie sich mit dem Pinken Untergrund verband.

Umziehen war dann doch noch die einzige Alternative, die übrig blieb.

Das würde eng werden. Aber es half nichts. Schlimm genug, wenn so etwas unterwegs passierte, was es auch regelmäßig tat. Jetzt wo sie zwar zum Flughafen musste und spät dran aber noch zu Hause war, konnte sie es ändern.

Pink musste hellblau weichen –aber wenigstens passte die weise Stoffhose dazu. Hieß es nicht, dass man 2 Stunden vor Abflug am Schalter sein musste?

Wie könnte sie das nur schaffen.

Erschlagen von den Ereignissen hatte sie die Buchungsklasse auf dem Ticket im Päckchen gar nicht bemerkt. Auch die damit verbundenen Annehmlichkeiten blieben ihr noch verborgen.

Jetzt zählte nur die Zeit, die ohne Rücksicht auf irgendwelche Umstände erbarmungslos den Wettlauf gegen sie angetreten hatte. Sie hasste diesen Zeitstress. Dabei war alles ganz locker geplant. Umziehen, in die U-Bahn steigen, am Flughafen raus und gemütlich durch die Läden schlendern, bis zum Boarding aufgerufen würde. Selbstverständlich mit einer Leichtigkeit zum Ausdruck gebracht, als ob die Reise ins Ausland ihr täglich Brot wäre.

Es hatte nichts mit Stolz zu tun, dennoch liebte sie das Flair auf dem Flughafen. Sie mochte es zum Lifestyle hinzuzugehören und konnte es sich auch durchaus leisten. Nicht unbedingt finanziell, aber vom Look und vom gekonnten Verhalten her sicherlich schon.

Sie mochte gerne in 5 Sterne Hotels zu gehen, nur um die Toilette dort zu benutzen, aber mit einer Würde und gewohnten Eleganz, als ob ihr der Laden gehörte. Das leichte Leben am Flughafen, das, wie sie sehr wohl wusste, nicht das war, wonach es aussah. Dennoch genoss sie die Atmosphäre von „heute in Paris, morgen in London. Und nach Stockholm muss ich auch noch."

Kuala Lumpur war ihr etwas fremd, aber da sie immer zu Neuem und Abenteuern aufgelegt war, lenkte sie das vollständig von der gegenwärtigen Situation ab, in der sie total unbedarft steckte.

„Oh nein oh nein oh nein – ich muss los" rief sie, während sie alles, was ihr notwendig erschien, in die doch geräumige Handtasche warf. Ein Griff zu ihrem nicht gerade schmalen Koffer, und die Tür schlug wenige Momente später ins Schloss.

Der Satz „oh nein oh nein oh nein" zog sich die nächste Stunde auf dem Weg in die U-Bahn hin zum Flughafen hindurch. Sie war wirklich knapp dran. Sie war meistens zeitlich so knapp dran, da ihr kurz vor Verlassen der Wohnung entweder auffiel, dass die Strumpfhose doch nicht zum Rock passte oder die Schuhe nochmal getauscht werden mussten. Dann war da noch die Suche nach dem Handy, dem Schlüssel und dem Zusatz Akku um das Handy unterwegs zu laden, denn zu Hause vergaß sie es meistens anzustecken. Leider fehlte beinahe genauso oft das Ladekabel zwischen Handy und Zusatz Akku.

Diesmal hatte sie gar keine Möglichkeit wie sonst in der U-Bahn sich den ziemlich seltsamen Leuten zu widmen, die sich sonst hier unten aufhielten. Gut, es war auch nicht die Zeit wie sonst morgens auf dem Weg in die Arbeit – somit waren ihre Lieblingscharaktere auch nicht vertreten. Bis auf den Obsthändler natürlich.

Ihr Puls verlangsamte sich erst dann, als sie die überdimensionale Drehtür zum Haupteingang des Flughafens erreichte. Francis wich den verärgerten Blicken aus, die Sie musterten als sie vor lauter Rennen und Kofferziehen gegen das Glas des Rondells lief, welches natürlich sofort zum Stehen kam. Es war, als schrien sie die Blicke der anderen an „oh, schon wieder so eine."

Etwas peinlich berührt senkte sie den Kopf und wartete einfach die 3 Sekunden ab, in der alle in Stille verharrten, die in der Drehtür gefangen waren.

„Ok, ich treffe euch wahrscheinlich nie wieder" beruhigte sie sich.

Obwohl Francis aufgrund Ihrer Liebe zum Urlaub in der Sonne gar nicht so selten am Flughafen war, stand sie etwas orientierungslos in der großen Halle. Zumeist flog sie mit Freundinnen weg, und da war es wesentlich angenehmer einfach hinterher zu trotten zum Check-In, zur Sicherheitsschleuse und dem entsprechenden Gate.

Heute leider nicht. Heute musste sie sich ganz alleine durch den Schilderdschungel kämpfen ohne Aussicht auf einen Guide. Nur mit Ihrem unförmigen Rollkoffer, der Riesenhandtasche, was wahrscheinlich der Großteil der in dieser Halle weiblichen

Anwesenden als ganz normale Standardgröße betrachtete, und dem Ticket bewaffnet.

Einen Vorteil hatte es, dass sie so spät dran war. Wenn dieser Umstand auch schlecht für ihr Nervenkostüm war, so musste sie sich wenigstens beim Check-In nicht in eine lange Reihe anstellen. Die meisten – eigentlich fast alle Fluggäste waren schon abgefertigt.

Nur noch zwei vor ihr. Da der freundliche Mensch in der Priority Lane länger nichts zu tun hatte, winkte er sie mit einem Lächeln zu sich.

Francis freute sich die zwei übersprungen zu haben und der Gang wurde immer aufrechter, weg vom Stress, hin zum Lifestyle in der Priority Lane.

Mit Verwunderung im Gesicht, warum sie sich nicht gleich zu ihm begab, fragte der nette Herr am Abfertigungsschalter seine Standardfragen – nur eben etwas freundlicher bei Passagieren der ersten Klasse.

„Das ist ja nett" – dachte sie sich, immer noch nicht bewusst welche Buchungsklasse ihr Ticket hatte. Schließlich hatte sie es sich ja nicht selbst ausgesucht, sondern es ist ihr zugesandt worden.

„Gerne begleitet sie jemand zum Gate." Sagte die sanfte Stimme hinter dem Tresen.

„Na also" dachte sich Francis „sehe ich denn wirklich so aus, als ob ich zum ersten Mal fliegen würde?"

In etwas pikiertem Ton, was ihr aber nicht wirklich Stand, beziehungsweise was sie nicht überzeugend konnte, erwiderte sie: „Nein danke, nicht notwendig."

Eigentlich wollte sie sagen: „Hören Sie mal, ich brauche kein Kindermädchen. Eine Frau von Welt findet ihren Weg" – aber dafür war sie viel zu freundlich veranlagt.

„Sind sie sicher – wir begleiten Sie gerne?"

„Vielen Dank – kein Problem."

„Wie Sie möchten – benutzen Sie auf jeden Fall auch bei der Sicherheitsüberprüfung die Reihe mit dem VIP- oder Priorityzeichen, oder zeigen Sie Ihr Ticket einfach gleich am Eingang dem zuständigen Mitarbeiter. Er wird alles Notwendige für Sie tun.

„Ja, so ist es – endlich jemand der es richtig einschätzt." Mit Freude darüber, dass sie sogar den VIP Eingang benutzen durfte schwang Sie ihre Handtasche auf die Schultern und beruhigte sich langsam, während sie auf den leichten Absätzen wippend die Halle in Richtung Gate verließ. Wohl wissend, dass der Blick des freundlichen Herrn am Abfertigungsschalter der Priority Lane auf ihr ruhte, was anscheinend an ihrem gekonnten und sicheren Umgang auf der Flughafenbühne liegen musste.

Tatsächlich blickte der freundliche Herr ihr nach. Allerdings mehr aus dem Unverständnis heraus, warum jemand der ein First Class Ticket besitzt, sich zum einen an die ganz gewöhnliche Reihe für Economy anstellt und dann noch nicht einmal den zur Verfügung stehenden Shuttle-Service in Anspruch nimmt, sondern sich wie das „gemeine Volk" selbst zum Gate bemüht. „Sei´s drum" zischte es hinter dem Tresen – war er seltsamere Verhaltensweisen für diese Buchungsklasse gewohnt, wenn auch andersartig.

Da in der Business Class Lane bei der Sicherheitsüberprüfung nie jemand anstand, stöckelte es sich umso schöner dahin. Schließlich hatte der Mann am Schalter sie ja autorisiert diese Lane zu benutzen. Und wehe, wenn nicht.

„Heute sind die Leute aber besonders gut drauf hier" stellte sie vergnüglich fest. Der Mann am Schalter hatte nicht mal geschimpft, dass sie nicht zwei Stunden vor Abflug auftauchte und die vielen freundlichen Fragen.

Nur fragte sie sich, ob ihr Outfit wirklich passte, oder ob sie zu ländlich gekleidet war, da auch das Personal bei der Sicherheitsschleuse gerne jemanden gerufen hätte, der oder die sie begleiten könne.

„Ja, ich muss mich doch noch nach mehr Business Style umsehen – die meinen alle, ich kenne mich nicht aus hier", stellte sie fest.

Wenn es der Grund gewesen wäre, dann hätten diese Leute nicht ganz Unrecht gehabt, denn obwohl auf dem Ticket die Bordingzeit sowie das Gate eingekringelt waren, fühlte Sie sich kurz mit den ganzen Schildern um sie herum überfordert.

Als der Blick jedoch auf die Einkaufsmeile hin zum Gate fiel, die von Psychologen konzipiert wurde welche ihr Handwerk verstanden, war alles wieder vergessen. Nicht, dass sie je etwas zu diesen völlig überteuerten Preisen kaufen würde, die selbst mit der Tax-Free Deklaration immer noch höher waren, als im normalen Leben. Und damit musste man nicht einmal den Internet Versandhandel zu Rate ziehen.

Francis liebte es jedoch durchzuschlendern, den Duft der Parfümerien in sich aufzunehmen. Ihr positives sonniges Wesen, half ihr den Umstand zu übertünchen, der sie überhaupt erst auf den Flughafen getrieben hatte.

Dieses sonnige Gemüt war der Grund, warum sie ausgewählt wurde, denn diese Reinheit konnte nur glaubwürdig auf jemanden wie Louis Steinwald wirken.

Die Zeit, die sie sich während des Check-ins sparte und dem Detail geschuldet, dass sie sofort durch den Sicherheitscheck kam, wurde sofort gut investiert. Parfüme probieren, wenn keine der aufmerksamen Verkaufsberaterinnen hinsah, war der Klassiker und wurde regelrecht zelebriert. Gedankenversunken probierte sie einen Schal an und warf ihn mit einem so gekonnten Schwung um den Hals, dass selbst Julia Roberts neidisch geworden wäre.

Hin und her gerissen ob sie es sich nicht einfach mal gönnen sollte, angesichts des Schlimmen der letzten Tage, die sie durchmachen musste, glitt ihr Blick auf die digitale Anzeige die Temperatur und Uhrzeit in übergroßen Ziffern sichtbar machte.

„Oh nein, ich muss los." Schade eigentlich, denn damit war die Kaufentscheidung hinfällig. Auf der anderen Seite war es gut für den Kontostand und würde ihr einen Schrecken ersparen, wenn sie das nächste Mal die Kontoauszüge kontrollierte.

Sie legte den Schal ab, suchte wie aufgestochen den richtigen Buchstaben für das Gate und rannte los. Vergessen war das stilvolle Lavieren über den Flughafen Boulevard.

„…. Ktrvhszrdlsjdr is ready for Boarding now, please continue to Gate …" das setzte sie noch viel mehr unter Druck, denn egal wo man sich auf der Erde auch befand, die Texte durch die Lautsprecheransagen waren überall fürchterlich. Man verstand immer den Teil, auf den es gerade nicht ankam.

Dennoch wurde in ihr das Gefühl wach, dass es sich um ihre ganz persönliche Ansage handeln könnte.

War es aber auch nicht so einfach, für eine Lady mit diesen Schuhen schnell irgendwohin zu gelangen. Aber dafür standen ihr diese Schuhe fabelhaft – wenigstens eine Belohnung für diese Drangsal.

Das Schild mit der Aufschrift „Gate F – 12 min" gab ihr nur noch mehr Auftrieb. Und so war es mehr ein Stürmen als ein Laufen.

Konnte sie doch schon in der U-Bahn die Rempler nicht leiden, oder die Leute, deren Tasche an einem entlangstreift, während sie passieren. Noch viel peinlicher empfand sie die Situation jetzt. Eigentlich wollte sie doch nur zu dem etwas schmierigen Steward am Gate um sich zu vergewissern, dass sie richtig war. Gut, das Gate stand in großen Lettern drüber und der 32 Zoll Bildschirm zeigte ebenfalls die Destination, sowie das Gate, die Uhrzeit und die grüne Ampel gleich neben der Aufschrift Boarding.

Unglücklicherweise rempelte Sie irgendetwas nicht wahrgenommenes an.

„Tschuldigung, Tschuldigung" rief sie eigentlich dem hinter der ca. 1,40 cm. hohen Tresen stehenden Steward zu, der Sie an einen Film erinnerte, in dem die Schauspieler Tonnen von Haarpomade trugen.

Plötzlich wurde ihr Schwung jäh gebremst durch irgendetwas, was im Weg stand. Leider zu spät registrierte Sie ein Hindernis. Ohne wirklich aufzublicken sagte sie benommen aber recht kess „bin ich schon zu spät – oh entschuldigen Sie bitte, ich hatte sie nicht gesehen."

Noch ganz im Stress nahm Francis ihr Gegenüber gar nicht richtig wahr.

„Nichts passiert – gehen sie nur vor. Vielleicht bekommen wir beide noch einen Sitzplatz und müssen nicht die ganze Reise hindurch stehen." Erklang es, jedoch hatte ihre Aufmerksamkeit bei „Nichts passiert" sowieso abgeschaltet – musste sie doch zur richtigen Zeit am richtigen Gate sein, und sie hatte keine Zeit mehr.

Oh wie vermisste sie gerade in diesem Moment eine ihrer Freundinnen, die immer genau wussten, wo man wann sein musste und auch die Wegzeiten mit einberechnete.

„Entschuldigen Sie wirklich – Ich wollte mich nicht vordrängeln. Es ist nur, dass ich in letzter Zeit etwas durch den Wind bin. Ist das hier richtig nach Kuala Lumpur?" - schoss es in der gleichen Geschwindigkeit aus ihr heraus, wie sie aus dem Kleidungsgeschäft mit den hübschen Schals herausgerannt war.

Und diese Entschuldigung war wirklich ernst gemeint – „oh wie peinlich, na ja, wir werden uns wahrscheinlich nie wieder sehen." Wenigstens ein rettender Gedanke kam ihr.

„Machen Sie sich keine Gedanken – wenn Sie am richtigen Gate sind, kann nichts mehr schief gehen – und das hier bringt sie nach

Kuala Lumpur." Sagte die Stimme dieser Person, hier mitten im Weg, die Francis übersehen hatte. Der Klang war fast schon mildtätig – auf jeden Fall sehr angenehm.

„Ihr Boarding Pass bitte meine Dame?" diese Stimme war anders – für Francis etwas genervt. Aber um darüber nachzudenken oder sich gekränkt zu fühlen, dazu war sie zu aufgewühlt und zu sehr unter Stress.

„Der Boarding Pass – oh nein, oh nein, oh nein, der Boarding Pass" von Peinlichkeit berührt, schoss Adrenalin durch ihre Adern. Es war schier unmöglich einen klaren Gedanken zu fassen vor Schreck.

Wie konnte sie nur so ungeschickt sein, tadelte sich Francis selbst.

„Hatte ich die Boarding Card beim Check In überhaupt wieder bekommen? Wo habe ich sie hin? Hoffentlich habe ich sie nicht verloren? Oh nein, und wenn ich sie verloren habe? Sie muss doch irgendwo hier sein."

Tausend Fragen – als ob tausende kleine Nadelstiche ihren Organismus durchfluteten.

„So etwas Peinliches, was denken denn nur die Leute?" Das Rühren in der Handtasche wurde immer wüster und konfuser.

So als ob es fern ab geschehen würde, und sie nur durch Zufall in Hörweite war, registrierte sie eine monotone Stimme: „Wenn Sie sich doch bitte nochmal in die Reihe stellen, wenn Sie ihr Ticket gefunden haben?"

„Ich hab es, ich habe es" fuhr es aus Francis heraus, wild gestikulierend wie ein Buchhalter am Pferdewettschalter, der gerade in den letzten Sekunden vor dem Rennen noch die Wette für seinen Favoriten abgeben möchte.

Sie streckte dem Steward mit einem gewissen Stolz, als ob das, was gerade geschehen ist, das normalste von der Welt wäre, die Boarding Karte entgegen. Wer sie gut kannte, wie eine ihrer

Freundinnen, hätte genau gemerkt wie unruhig sie vor dem Schalter stand, aber für die Allgemeinheit hatte es gereicht. Der einzige Gedanke, der sie trotz dem Schrecks etwas langsamer atmen ließ, war: „Ok, ich werde euch alle nicht mehr sehen – ich kenne euch nicht und ihr kennt mich nicht."

Für Francis feines Gespür hatte der Steward fast schon einen herablassenden Ton, als er bemerkte: „„Falls ich ihnen helfen kann, kommen Sie jederzeit auf mich zu. Ich wünsche Ihnen eine sehr angenehme Reise."

„Der nächste, der wohl meint, ich gehöre nicht hier her und der mir helfen will ... " – dieser Gedanke begleitete Sie und gab ihrem Dreh in Richtung Korridor erst den richtigen Schwung.

So, jetzt hatte sie genug davon.

Bevor sie um die erste Biegung kam, hörte sie noch im Abklang: „Eine gute Reise Mr. Steinwald."

Plötzlich durchzog ihren Körper ein Schaudern, das auch äußerlich sichtbar war. Zum Glück war niemand in der unmittelbaren Umgebung von Francis, der dies Wahrnehmen hätte können.

Mr. Steinwald. Das war doch der Name aus dem Paket, das die überlebenswichtige Medizin und die Tickets nach Kuala Lumpur beinhaltete.

Und mit diesem Ruck war die kurzzeitig heile Welt wieder in der Realität angekommen.

„Mr. Steinwald." Murmelte sie weiter und die Anweisungen kamen zurück in Ihr Bewusstsein, als ob sie den Brief direkt vor sich liegen hätte.

XIX. Gehorsam

(Zyklus 4.2)

Marie fühlte alles wieder von neuem, als sie ein Päckchen mit einem prepaid Handy zugesandt bekam. Nachdem sie es öffnete, erblickte Sie neben dem Handy nur eine Karte mit der Aufschrift „Von Ihrem lieben Freund Hans" beigefügt.

Musste Marie doch kurz lächeln, als sie diesen Namen sah. Ein falscher Name wie jeder wusste. Dennoch entbehrte es nicht einer gewissen Komik, dass der Name wieder auftauchte und weitergeführt wurde. Sie schaltete es an, und das Gerät loggte sich ohne PIN Abfrage in die nächstgelegene Funkzelle ein.

Die Erfüllung des Zwecks dieses Handys ließ nicht lange auf sich warten. Obwohl Marie nicht unmittelbar damit rechnete, klingelte das Gerät mit einem allseits aus der U-Bahn bekannten Standard Klingelton.

„Meine liebe Frau Carpentie, es ist schön, Sie nach so langer Zeit wieder zu sprechen." Der Klang der Stimme war fast schon süßlich.

„Ich gehe davon aus, dass eine Vorstellung meinerseits nicht erforderlich und unser Gespräch vor zwei Jahren wieder in Ihrem Bewusstsein sein ist." Und schon wieder das gleiche leere Gefühl ereilte sie, wie damals vor zwei Jahren am Ende des Feldweges, als sie sich trennten. Es war mehr ein Funktionieren als ein Fühlen.

„Es wäre so weit die Bitte die ich damals an sie stellte einzulösen" fuhr er fort.

Dabei war Marie so oft in der Lage die ganzen Tatsachen einfach zu verdrängen. Meist dachte sie, während sie mit Louis zusammenarbeitete nicht einmal mehr daran. Die Vertrautheit war beinahe wieder wie früher, den Schatten vergessend. Nur manchmal brach es durch – einfach so, ohne Vorwarnung. Dann musste sie eine kurze Auszeit nehmen. Auch die wiederholten Bemühungen von Louis ihr zu helfen oder mit ihr darüber zu sprechen, hatte keinen Erfolg – natürlich nicht.

Sie war logisch genug veranlagt um jetzt einfach zu funktionieren, in einer Rolle, zu der sie sich schon lange entschieden hatte.

„Ich bin bereit – was haben Sie geplant?" Maries Stimme war beinahe schon roboterhaft. Wie damals, als die ersten Sprachprogramme für den Vorläufer des PCs, dem Commodore C64 auf den Markt kamen.

All dies wurde am anderen Ende er Leitung zwar registriert, jedoch hingenommen. Allzu gut kannte er die emotionalen Schwankungen von sogenannten normalen Menschen, hin- und hergerissen von Richtig und Falsch, Gut und Schlecht, Wollen und Müssen. Eine Bestätigung mehr, dass er da herausgewachsen war - weiter entwickelt eben, perfektioniert.

Ebenfalls wichtig für die weiteren gemeinsamen Schritte war dieses Gefühlschaos bei seinem Gegenüber einzuzäunen und in von ihm festgelegte Bahnen zu lenken. Andernfalls wären spontane Überreaktionen zu erwarten, die unkontrollierbar und sogar unvorhersehbar waren. Dieses würde er schon in sehr frühen Schritten vermeiden.

Uns so achtete er in den nächsten Minuten peinlichst genau nicht nur auf die semantische Bedeutung seiner Anweisungen, sondern ebenfalls auf die Steuerung der Gefühle seiner Zuhörerin. Durch einfache Formulierungen bzw. gezielte Substitution von gewissen emotionsgeladenen Worten war dies eine leichte Übung für ihn.

Besaß er doch einen sehr umfangreichen Erfahrungsschatz in der Manipulation von anderen. Diese Form der Einflussnahme wandten ja die ganz normalen Medien und Nachrichtenunternehmen ebenfalls Tag täglich an. Bei der einen Macht eines Landes ist es ein Rüstungsetat, beim eigenen Land ist es selbstverständlich ein Verteidigungsetat. Und schon sind die einen Böse und aggressiv, wir selbst jedoch gezwungen und beschützend. Fakt ist – beide Budgets werden verwendet für beide Zwecke und um Menschen zu töten oder Macht zu sichern. Aber es klingt halt schöner.

Bei dem einen Politiker ist es eine aggressive Stellungnahme zur Klärung der Fronten, bei dem anderen wird die Formulierung gewählt, dass er seine tiefempfundene Überzeugung, die er zum Wohle der Allgemeinheit umsetzen möchte, mutig zum Ausdruck bringt und sich mit diese Meinung schützend vor Minderheiten stellt. Alles eine Frage der Sichtweise und der mit Bildern oder Emotionen verbundenen Formulierungen.

So sind Menschen eben. Und das wusste „Hans", und er nutzte es auf für ihn bestmögliche und nutzbringendste Weise.

Marie hörte zu und befolgte in den nächsten Tagen jede Anweisung gewissenhaft. Und somit schaltete Sie ihr persönliches Handy aus und verschwand plötzlich aus ihrem Leben in die von „Hans" gebuchte Ferienwohnung im Harz. Da es sowieso eine Urlaubsregion war, ist ein neuer Gast in der Umgebung nur ganz normal. Im Zimmer lagen bereits neue Kreditkarten und Bargeld bereit, sodass Marie keinen Bezug mehr zu ihrem eigenen Leben hatte und nichts zu ihr zurückverfolgt werden konnte.

Auch Internet war leider ausdrücklich verboten. Konnte man doch zu leicht versucht sein das eine oder andere online zu bestellen mit den eigenen Logindaten. Zudem würden die Tracking-Algorithmen ähnliche Suchmuster und Interessensgebiete wieder identifizieren und mit hoher Wahrscheinlichkeit einer reellen Person, eben Marie Carpentie, zuordnen. Damit wäre ebenfalls die

Geschichte der Entführung auf etwas wackligen Beinen, wenn auch nicht für jeden sofort offensichtlich.

Das störte Marie jedoch nicht. Sie würde die Auszeit genießen und sich mit einem Stapel Bücher aus den unterschiedlichsten Themengebieten zufrieden abgeben. Sie nahm den Vorschlag dankend an, dass Sie Hans eine Liste mit Büchern die sie interessierte per SMS sandte, und er dafür sorgte, dass diese ihr schnellstmöglich zur Verfügung standen – über verschiedene, willkürlich verteilte Wege gekauft, um wieder Spuren zu verwischen.

Einzig und alleine um ihre Freunde tat es ihr Leid, dass sie plötzlich nicht mehr erreichbar war und auch keinem eine Nachricht hinterlassen konnte.

Um Louis tat es ihr nur bedingt Leid. Mehr um das zerbrochene Verhältnis als um die Person. Schließlich würde niemand zu Schaden kommen, aber jemand der sich schlecht verhielt Gerechtigkeit erfahren. Ein Gedanke der bei nahezu jedem Telefongespräch mit Hans direkt oder zumindest subtil enthalten war.

Heute saß sie auf dem Balkon der Ferienwohnung mit Blick auf den Harzer Wald, vertieft in ein sehr sachliches Buch über das Bilanzierungsverhalten außereuropäischer Konzerne. Ein Fachbuch, das per Definition nicht den reißenden Absatz in der Buchhandlung fand. Aber dafür sehr „Erklärbär-gerecht" aufgebaut.

Wäre es nur nach dem Vogelgezwitscher um sie herum gegangen, so wäre es einer der ruhigsten und entspanntesten Tage gewesen. Irgendwo in der Nachbarschaft hämmerte jemand. Der gleichförmige Takt und der Umstand, dass es wohl aus einiger Entfernung kam, wirkten zusammen mit dem leichten Gezwitscher fast schon einschläfernd auf sie.

Sie atmete tief ein und fühlte beim Ausatmen den langen weiten Weg von tief unten, vom tiefst sitzenden Lungenbläschen langsam über die Luftröhre, dem Hals über die Nase - fast schon Millimeter für Millimeter.

Sie schreckte auf.

„Mei, das ist ja so schön, dass Sie auch da sind. Ja ich freue mich sie zu sehen. Geht es ihnen gut. Ohhhh, so wie sie aussehen, geht es ihnen wunderbar. Genießen Sie auch die frische Luft hier? So lange habe ich mich auf diese Woche gefreut. Wissen sie, bei uns ist die Luft nicht schlecht, aber hier. Hier ist es schon etwas Besonderes. Sind sie zum ersten Mal hier? Mei was für eine frohe Überraschung so eine, also wirklich so eine nette Person wie Sie hier als Urlaubsnachbar zu haben. Wissen Sie, das letzte Mal – also mein Mann und ich fahren jedes Jahr hier her, also das letzte Mal hatten wir ja einen, na, wie soll ich sagen. Wissen Sie, Sie kennen bestimmt solche seltsamen Zeitgenossen, die selbst im Urlaub ein verdrießliches Gesicht aufsetzen. Ha, das ist doch nichts für den Urlaub. Mei soooo schön, dass wir Sie dieses Jahr als Nachbarin haben. Mein Mann sagt ja immer – man kann sich die Nachbarn nicht aussuchen.

Jaja, Recht hat er. Aber wenn ich ihm erzähle, was für eine nette Nachbarin wir dieses Jahr haben. Mei is des schön. ....."

Marie fragte sich, ob die neue Frau die wie ein Taifun im Wortschwall über sie hereinbrach, auch irgendwann einmal atmete. Nach einem kurzen prüfenden Blick auf den Hals, dass dort nicht doch etwas wie Luftlöcher oder Kiemen wären, die den ungebremsten Niedergang von schnell gesprochenen Worten ohne Atempause möglich machten, blickte Marie der wohl neuen Nachbarin in die Augen.

„Hallo" sagte Marie etwas irritiert noch fast in Trance von der jetzt vergangenen Ruhe.

„Ja mei, wo bleiben nur meine Manieren – ein fröhliches Hallo zurück. Das war nur die Entzückung darüber, dass ich Sie heute hier getroffen habe. Mei, Sie schauen ja so nett aus. Ist es Ihnen auch schon einmal so gegangen? Sie sehen eine Person, ja so eine nette Person, das erste Mal und dann, ja dann wissen Sie genau, dass Sie einen Seelenverwandten getroffen haben. Ich muss das gleich meinem Mann erzählen."

Ein etwas gezwungenes Lächeln, aber doch mit recht vernünftigem Ergebnis zeichnete sich auf Maries Gesicht ab.

Solche Menschen die eindeutig in die Kaste der „Lockenwickler-Fraktion" gehören gab es wohl überall auf der Welt. Und jetzt zu ihrem Leidwesen ab heute auch hier.

Auf der anderen Seite, so schrill die Tonhöhe der Dauerbeschallung im Moment war, so tat eine offensichtlich aufrichtige auf der Zunge getragene Freundlichkeit ganz gut. So anstrengend diese Person auch war – das überschwängliche, Reine in ihren Augen, wenn auch etwas einfach gestaltet in den Überlegungen, hatte eine gewisse Anziehungskraft.

„Warum stellt diese Frau eigentlich ständig Fragen, wenn Sie diese dann sowieso nicht beantwortet haben möchte" dachte Marie bei sich.

Nicht weniger dem Umstand geschuldet, dass Marie dort saß, wo sie im Moment war, tat diese Aufrichtigkeit extrem gut. Denn die Enttäuschung von Louis Steinwald schwappte immer mal wieder hoch, jetzt wo sie aktiv daran teilhatte in Louis´ Fall für Gerechtigkeit zu sorgen.

Im gleichen Atemzug wie sie die Aufrichtigkeit der wort-gewaltigen Frau mit den völlig wild zusammengestellten Farbkombinationen ihrer Kleidung wahrnahm, spürte sie auch den inneren Zwist zwischen Vertrauen und Enttäuschung.

„… oh oh, ich denke, wir haben genug geplaudert. Ich persönlich bin ja sehr dankbar, dass ich so ein feines Gespür für Menschen habe um niemanden auf den Nerv zu gehen. Mei so schön. Jetzt gehe ich mal zu meinem Mann - auspacken helfen, sie wissen ja, Männer und packen. Das ist immer ein Mysterium. Jaja, genug gequatscht – da werde ich ja meinem Mann gleich die tollen Neuigkeiten berichten. Wir sehen uns. Ich freue mich ja so ...."

Wärend sie sich um drehte, um zum Parkplatz vor dem Haus zu eilen, in einer emsigen Geschwindigkeit die an ein Straßenrennen erinnert statt an Urlaub, wich das gezwungene Lächeln einem verständnisvollen amüsierten Lächeln. Es tat gut jemanden „Reines" zu treffen.

„Das wird ja lustig werden" kam stimmlos über Maries Lippen. Kurz bevor die Frau in Leuchtfarben außer Sichtweite war, drehte Sie sich nochmals wendig um und rief: „Ach ja, ein nettes kleines Päckchen ist für Sie abgegeben worden. Draussen vor der Haustüre habe ich es Ihnen hingelegt. Ich wusste ja nicht, dass Sie zu Hause waren. Also dann, wir sehen uns, viel Spaß noch ..."

Dahin war die Frau und dahin war leider auch das wohlige Gefühl der Aufrichtigkeit. Gehörte das Nachbarpärchen zu Hans? Es gäbe keinen Grund sie zu überwachen – aber woher hatte sie das Päckchen?

Da niemand wusste, dass Sie hier war und auch nichts online bestellte, konnte das neue Päckchen nur von ihm sein. Aber was hatte es mit den neuen Ferienwohnungsnachbarn auf sich? Aus der Befürchtung heraus wieder enttäuscht zu werden wie es damals bei Louis der Fall war, würde sie sich doch nicht auf die Neuen einlassen. Zu hart wäre die Ernüchterung.

Sie hatte keine Eile das Päckchen zu holen, dennoch trieb sie die Neugierde aus dem Liegestuhl des geräumigen Balkons und ließ sie behäbig zur Eingangstür laufen. Die Tür zur jetzt offensichtlich vermieteten Nachbarwohnung stand offen, als sie ihre eigene öffnete und in den Hausflur blickte. Ein sorgsam verpackter Standardkarton lag zu ihren Füssen. Froh darüber, dass nicht zufällig die schrille Frau oder ihr Mann von dem sie erzählt hatte weitere Urlaubsutensilien reintrugen, sondern noch am Auto zugange waren, schnappte sich Marie schnell den Karton und schloss leise die Tür zu sich selbst.

Es war ein Paket von Hans.

Unschlüssig, ob sie es gleich öffnen sollte oder noch den Absatz in ihrem Buch fertig lesen sollte, um wieder zu versuchen ins seelische Gleichgewicht zu kommen, stellte sie es auf den Küchentisch.

Eigentlich sollte sie Louis persönlich damit konfrontieren. Persönlich in seine Augen blicken, um zu sehen, was denn das Motiv für diese gemeine Tat war.

Auf der anderen Seite war sie sich nicht sicher, ob sie die Kraft für so ein Gespräch aufbringen könnte. Außerdem hatte sie ihr Wort gegeben, sofern niemand ernsthaft zu Schaden kommt und nichts Illegales verlangt wird, dass Sie der Bitte des Fremden, der ihr die Augen geöffnet hatte, auch entsprach.

Warum sich damit quälen, wenn jemand anders sich gerade eben darum kümmerte. Nutzte sie lieber jetzt die Zeit, um all das verdrängte zu verarbeiten. Über zwei Jahre hatte sie es für sich selbst verleugnet und mit dieser falschen Person weiterhin zusammengearbeitet, ohne dass etwas gewesen wäre. Sie stellte fest, dass seither etwas in ihr innerlich erstarb. Etwas, was sie selbst wieder zum Leben erwecken wollte. Dazu war jetzt die Zeit. In der Abgeschiedenheit, losgelöst von Verpflichtungen und ihrem bisherigen Leben, hatte sie jetzt die Möglichkeit dazu. Dies würde nicht ungenutzt vorbeiziehen, dessen war sie sich mit eisernem Ehrgeiz sicher, den Sie immer wieder an den Tag legte, und der ihr Leben hindurch immer gute Dienste geleistet hatte.

Dennoch formte sich bei diesen Gedanken Sekunde für Sekunde eine Träne im rechten Auge, die nur noch kurz von den unteren Wimpern festgehalten wurde und rann wenige Augenblicke später die Wange herunter.

Es war die erste, aber nicht die einzige Träne an diesem Tag

XX. Skepsis

(Zyklus 1.7)

Da Louis so gut wie jeder Situation etwas Gutes abringen konnte, freute er sich im Moment über die neue Person, die er durch einen glücklichen Zufall kennenlernte. Hatte das alles doch auch etwas Positives an sich. Das Negative konnte er sowieso nicht ändern und man musste sowieso damit umgehen. Wollte er Marie helfen, so lag noch ein langer Weg vor ihm. In der Zwischenzeit konnte man sich ja mit den angenehmen Dingen bei Laune halten.

Als Louis um die leicht abgeschrägte Ecke des Korridors lief, zauberte der dortige Anblick wieder ein zufriedenes und angenehmes Lächeln auf sein Gesicht.

„Sind Sie Mr. Steinwald?" - erklang die zarte, fast schon zögerliche Stimme wie sie für ihn kaum wohlklingender hätte sein können.

„Woher wissen Sie das?" - entgegnete Louis spaßig.

„Mein Name ist Francis – wir werden die nächsten Wochen zusammenarbeiten. Ich werde Ihr Bindeglied zu Ihrem Auftraggeber sein. Bitte verstehen Sie, dass ich selbstverständlich auch die Kommunikation und den Fortschritt für unseren gemeinsamen Chef dokumentieren muss. Es würde mich freuen, wenn wir gut zusammenarbeiten könnten."

Es traf Louis wie mit einer Keule auf den Hinterkopf, gepaart mit einem Herzinfarkt und dem Stromstoß eines 340.000 Volt Teasers zusammen.

Wie konnte so etwas nur sein? Louis wunderte sich, ob ihn seine Fähigkeiten diesmal wohl gänzlich im Stich ließen.

Die anfänglich empfundene Sympathie schlug urplötzlich um. Das war der sichtbare Ausläufer seines Gegners, der, oder diejenige, die ihn überwachen sollte, die ihn kontrollieren sollte und die gemeinsame Sache mit dem Verursacher dieser ganzen Unannehmlichkeiten machte. Wie konnte so eine liebenswürdige Erscheinung nur das Werkzeug eines Geschwürs der zivilisierten Gesellschaft sein.

Louis musterte Francis nochmals von oben bis unten und analysierte mit geschärften Sinnen jede Kleinigkeit von ihr – ihre Augen, ihre Gesichtszüge, ihr Äußeres und auch ihre Körpersprache.

Es passte nicht. Mit jeder Faser seines Verstandes wusste er, es passte nicht. Dennoch sagte sie ihm persönlich dass sie ein Handlanger desjenigen wäre der Marie entführt hatte.

Nichts passte, aber auch schon überhaupt nichts. War er zu müde? Zu verwirrt aufgrund der zuvor durchgearbeiteten Nacht? Nahm er das Ganze auf zu leichte Schultern, so dass es wirklich dermaßen einfach wäre ihm auf der Nase herum zu tanzen?

Es war eine Mischung von Ehrgeiz und Groll, die er fühlte. Eine unglückselige Mischung zwischen Selbsteingeständnis und Selbstsicherheit.

„Da haben wir beide uns wohl einen ganz besonderen Lehensherrn ausgesucht nicht wahr?"

Das war seine kurze nichtssagende Antwort darauf. Der Charme war gewichen. Je weiter er in diesem Satz vorandrang, desto steinerner wurden die Gesichtszüge.

„Oder er uns" - konterte Francis recht schlagfertig.

„Es freut mich Sie kennen zu lernen Herr Steinwald. Dem Wortlaut unseres Chefs gemäß, scheint er sehr überzeugt von Ihrer Arbeit zu sein. Deshalb hatte er mich gebeten Sie als Personal-Assistant zu unterstützen, damit Sie sich auf die wichtigen Dinge konzentrieren können. Selbstverständlich werde ich mein Bestes geben" fuhr Francis fort, und konnte die Spannung regelrecht knistern hören.

Diese disharmonische Begegnung war nichts für sie, aber sie wusste, sie müsse den Anforderungen entsprechen um weiterhin die für sie notwendige Gegenimpfung zu bekommen.

Egal ob am Arbeitsplatz, bei ihren Nachbarn oder sonst wo. Francis war immer auf freundliche Harmonie bedacht. Das war ihr wichtig - da fühlte sie sich wohl. Das jetzt hinzubiegen war nicht einfach.

Einem inneren Drang folgend schob sie nach „Und natürlich möchte ich offen zu ihnen sein. Meine Aufgabe wird nicht nur sein Sie zu unterstützen, sondern auch unseren Chef auf dem Laufenden zu halten. Ich hoffe, Sie sind mir nicht böse deswegen."

Louis kannte all die Schleimer und Wichtigtuer. Diejenigen, die sich von einem Imageberater hatten einstellen lassen. Die, welche sich über Rhetorik-Trainings durch das Leben schlängelten auf der Suche nach dem nächsten Opfer dem sie ihre Überlegenheit aufweisen konnten - mit einer einstudierten Freundlichkeit, aber leider auch Zielsicherheit. Er kannte sie, und sie konnten ihm nichts anhaben. Viel zu schnell ertappte er die vorgetäuschten Gefühle, das hinterlistige Reden, die Vorbereitung auf das große Finale der Selbstdarstellung.

Authentizität war eine Gabe, mit der leider nur wenige gesegnet waren, und die viele in seinem beruflichen Umfeld viel zu schnell für kurzen und verblassenden Erfolg oder auch nur den Bruchteil der Möglichkeit auf Erfolg aufgegeben hatten.

Aber hier. Hier passte nichts. Louis spielte in Gedanken immer wieder die Sätze durch. „ ... nicht böse sein ... nicht böse sein." Was soll das bitte. Dieser Satz in dieser Situation, völlig authentisch und glaubhaft. Louis war sich sicher, er würde mehr Zeit benötigen, um darüber nachzudenken.

Zwischenzeitlich schritten beide fast nebeneinander in Richtung Flugzeugtür. Der nächste Schlag für Louis kam als er bemerkte, dass sowohl Francis als auch er von den Flugbegleitern in Richtung First-Class-Bereich chauffiert wurden.

Was sollte Francis denn hier? Wieder etwas was nicht passte.

Hätte nur noch gefehlt, dass sie den Platz neben ihm bekäme. Da sich in diesem Flugzeugbereich sowieso auf die gesamte Breite nur zwei Sitz- oder Liegeplätze, etwas abgetrennt durch Leichtbauwände befanden, empfand es Louis als sehr angenehm nicht im direkten Blickfeld seiner Überwacherin zu sitzen.

Bisher hatte er die psychologische Einschätzung seines Gegners von in groben Zügen undurchsichtig bis hin zur völligen Unkenntlichkeit ausweiten müssen.

Auch hier passte wenig in ein bereits vorhandenes Schema. War sein Gegenspieler tatsächlich so gut oder so verrückt, um allen normalen Verhaltensmechanismen des Menschen zu widersprechen?

Es fiel ihm wie Schuppen von den Augen. Das war der Grund warum er keine der am Flughafen befindlichen Personen zuordnen konnte, als er seine Umgebung in der Lounge oder am Gate Bereich erkundete. Nicht nur dass die eigentliche Zielperson noch nicht anwesend war, bis zu dem Zeitpunkt an dem sie ihn unflätig anrempelte. Wäre sie bereits dort gewesen hätte sie nicht in das definierte, anzunehmende Schema hineingepresst werden können.

Einen Handlanger, und dann noch einen anscheinend so schusseligen, ebenfalls First Class fliegen zu lassen, stellte nicht nur eine Verschwendung von Ressourcen dar. Es würde auch nicht den Prinzipien der Manipulation und Führung von Menschen entsprechen.

„Wohl auch damit habe ich mich bei Dir geirrt, Herr Auftraggeber" sprach Louis zu sich selbst. „Nun gut, lasst uns die Würfel neu werfen und die Spiele von neuem beginnen."

Würde er doch jetzt die Zeit im Flugzeug benötigen um die zuvor gewonnenen Informationen einschätzen und neu bewerten zu können. Aber es wäre nicht Louis gewesen, wenn er die Arbeit die vor ihm lag nicht mit etwas Genüsslichem beginnen würde.

„Hören Sie, mein Tag war schwer, voller Überraschungen – jedoch nicht unbedingt Wünschenswerten. Welches Getränk zum Entspannen empfehlen Sie?" - sprach Louis die Stewardess an, die sich in diesem Bereich aufhielt.

Er wusste dass das Personal im First Class Bereich besonders geschult war und die Dinge so schlecht hier nicht sein können. Zumindest nicht, was alles andere als Espresso anginge.

Wenige Minuten später nahm er in dem geräumigen Ledersitz Platz, der mehr an einen breiten Wohnzimmersessel erinnerte statt an einen Flugzeugsitz und schwenkte die leicht goldfarbene, angenehme Flüssigkeit in dem Glas leicht hin und her. Es war beruhigend zuzusehen, wie der Whiskey gemächlich in langgezogenen Schlieren wieder an der Innenseite des Glases herunterlief.

Halb auf das Glas, halb auf die Rückenwand des Sitzes schräg gegenüber schielend, atmete Louis tief ein.

Er würde sich Mühe geben müssen – mehr, als er ursprünglich annahm. Und wie er sich diese geben würde.

„Du hast mich zweimal gelinkt – ein drittes Mal werde ich Dir den Erfolg nicht überlassen…" murmelte er, während wieder neue ölige Schlieren in dem Glas entstanden.

XXI. Annäherung

(Zyklus 2.7)

Francis wusste dass sie gehorchen musste – sie war abhängig von Diogenes und dessen Medikament, und dies machte sie melancholisch. Konnte sie doch die Kälte desjenigen, dem sie laut Auftrag zugeteilt war, regelrecht spüren. Als ob sie beide durch das Kühlhaus einer Schlachterei liefen.

Sie würde sich über den Flug hinweg so viel Schokoeis bestellen wie in dem Flieger nur finden war – ganz, ganz sicher.

Kannte sie diese Art von Kabinen wohl nur aus dem Fernsehen oder von den Buchungswebsites der Fluggesellschaften, die sie an manchen Abenden nach zwei Gläsern Wein zum Spaß mit ihren Freundinnen ansahen und dabei so taten, als ob sie wirklich buchen. Es waren schöne Abende, in denen die verrücktesten Situationen in so detaillierten Worten ausgemalt wurden, wie wenn ein neues Hollywood-Drehbuch entstehen würde. Es hinterließ tatsächlich Eindruck bei ihr jetzt hier zu sein. Auch wenn es ihr im Moment nicht zumute war so zu tun als ob es normal wäre, so vermisste sie gerade ihre Freundinnen, mit denen sie das Ganze liebend gerne hätte teilen wollen. Vielleicht würde einmal der Tag kommen an dem sie ihnen das erzählen könnte. Doch jetzt mussten andere Prioritäten gesetzt werden.

Der Sitz, der ihr gezeigt wurde, war beinahe größer, als die Couch die Francis in ihrem Wohnzimmer stehen hatte.

„Bitte nehmen Sie schon mal Platz, ich bringe ihnen dann gleich die Menükarte, um Ihre Bestellung aufzunehmen. Darf ich Ihnen schon etwas vorab zum Trinken servieren?" - sagte die nette Dame, die sie zum Sitz begleitete.

„Vielen Dank im Moment nicht." - erwiderte Francis.

„Sehr gerne, ich bin sofort wieder bei Ihnen" und weg war sie - die umsorgende Servicekraft.

Immer noch mit etwas Fassungslosigkeit auf dem Gesicht gezeichnet, was sie denn mit so viel Platz in einem Flugzeug alles anstellen kann, blickte sie verstohlen hinüber zu dem gerade kennengelernten Louis Steinwald. Eigentlich sah er ganz nett aus. Francis hatte keine Ahnung, warum er ihr mit dieser Kälte begegnete. Ihr Auftrag war es doch ihn zu unterstützen. Oder vielleicht hielt sich dieser Herr Steinwald auch für etwas Besseres und sie nur für eine Dienerin, mit der sich abzugeben es nicht wert wäre.

„Na das wird ja etwas werden." - stöhnte sie in Gedanken.

Das Handy vibrierte. Francis konnte es nur hören, weil es in der Handtasche zwischen Schlüssel und Handcreme lag, alle Drei dadurch in Schwingung gerieten und entsprechende Geräusche machten.

Mit einem Ruck schoss ihr Kopf hoch. Sie musste nicht nachsehen. Francis wusste ganz genau, warum das Handy vibrierte. Die plötzlich aufkommende Unruhe riss auch Louis aus den Gedanken. In seinen Augenwinkeln bewegte sich das Objekt seiner Gedanken plötzlich ruckartig. Somit wandte er seinen Kopf leicht vom Whisky Glas ab, in Richtung Francis. Dennoch schwenkte er das Glas immer noch damit es nicht zu sehr auffiele dass er sie beobachtete.

Francis schnappte sich ihre Handtasche und schritt mit schier ungebändigter Kraft in Richtung Toilette. Wäre die Stewardess dort gestanden, wäre sie unweigerlich aus dem Weg gerammt worden. Louis war überrascht. Hätte er ihr doch diese plötzliche Entschlossenheit nicht so ohne weiteres zugeschrieben. Aber es imponierte ihm – wenn es auch offensichtlich für die Gegenseite war.

Es traf Francis wieder mit voller Wucht, als das Handy losging. Sie hatte sich eine Erinnerung eingestellt. Schließlich war es doch lebenswichtig für sie. Und genau diese ungeliebten Emotionen, die damit einhergingen, schlugen wieder auf sie ein. Nur mit Mühe konnte sie sich eine Träne verdrücken. Dies würde sie niemals zulassen, dass Fremde sie so sehen könnten. Das war der eine Grund. Der Zweite war, dass sie keine Zeit verlieren wollte, um wieder die Gegendosis zu nehmen. Hatte sie schon einmal den Zeitpunkt verpasst, doch glücklicherweise hatte es keine so schlimmen Auswirkungen wie gedacht. So etwas sollte ihr nie wieder passieren.

Nachdem sie die Toilettentür hinter sich verriegelte, kramte sie das Medikament in ihrer Handtasche hervor. Eines der wenigen Male, in denen sie augenblicklich das fand, wonach sie suchte.

„Warum so wenig – was ist, wenn etwas schief geht und ich keines mehr bekomme?" Langsam wurden ihre Augen wässriger und wässriger. Sie schob den rechten Ärmel der leichten Bluse hoch und begutachtete die Stelle. Es schien etwas größer geworden zu sein. Aber zumindest hatte sich die Farbe nicht verändert. Jetzt musste sie stark sein.

„Alles wird wieder gut – es wird immer alles wieder gut" und dabei dachte sie an die gemeinsamen Filmabende mit ihren Freundinnen. Jetzt schlug das Gefühl in eine Art genervt sein um. „Zu allem Überfluss kann ich auch noch Kindermädchen für einen freakigen Wissenschaftler spielen – toll."

In diesem Moment vertraute sie einfach auf die Versprechungen von Diogenes. Wenn sie ihren Job macht, wird alles wieder gut. Neue Kraft gewonnen entriegelte sie die Tür und entschloss sich dazu das Beste daraus zu machen. Sie würde sich nicht alles von so einem dahergelaufenen Wissenschaftler, auf den sie aufpassen sollte, gefallen lassen.

„So, das wird höchstwahrscheinlich das einzige Mal in meinem Leben sein, dass ich First-Class fliege – dann werde ich es auch genießen." - sagte sie schon beinahe trotzig, als sie den Schritt nach vorne in die Flugkabine machte. Sie sah sich zurückversetzt in eine der vielen Geschichten, die sie sich mit ihren Freundinnen über das Jetset-Leben erzählte und damit war es ihr möglich alles andere zu verdrängen. Aufrecht und selbstbewusst ging sie an Louis vorbei, der vor lauter Verwunderung vergaß das Glas weiter zu schwenken. Als sie seinen Stuhl passierte, funkelten Ihre Augen „verrückter Freak!!!" Aber nur sie alleine konnte ihre eigenen Gedanken hören.

Der Flug war schier endlos, doch es war eine der angenehmsten Endlosigkeiten, die man sich vorstellen konnte. Ganz in ihrem Element genoss sie das Jetset-Leben, wie es schöner nicht hätte sein können. Nur wenn sie schlief, dann kamen wieder die Unsicherheit und das beängstigende Gefühl zurückgeschlichen, manchmal in Form eines verwirrenden Traumes, manchmal blieb nur so ein Gefühl beim Aufwachen. Ansonsten funktionierte ihr Verdrängungsmechanismus recht gut. Immer wieder tat Francis so, als ob sie sich herrichte, umdrehte oder andere notwendige Dinge zu erledigen hatte. Der Grund hierzu war lediglich diesem seltsamen Wissenschaftler einen Blick hinüber zu werfen, um ihn besser einschätzen zu können.

Eigentlich war er ja ganz nett – aber „eigentlich" ist auch ein selten unmögliches Wort.

Dieser wissenschaftliche Freak nahm immer mehr menschliche Züge an. Doch aufs Neue froh darüber, nicht erwischt worden zu sein beim hinüberspähen, war die Frage allgegenwärtig: „Was macht der da die ganze Zeit?" Es schien, als ob dieser Mensch für den sie Kindermädchen spielen sollte nur am Arbeiten war. Ein ständiges Starren auf die zwei Tablets, die er wohl mit hatte. Francis kannte solche Typen. Mundfaul, unfreundlich und verständnislos wenn es um soziale Interaktionen ging. Zu Genüge gab es solche in der Firma in der sie angestellt war. Je länger der Flug dauerte, desto mehr quälte sie auch die Frage, „...was mache ich überhaupt dort als Personal-Assistant?"

Stunde um Stunde verging, bis sie es nicht mehr aushielt. Selbst das Essen, das gebracht wurde und von höherer Qualität war, als alle italienischen Restaurants zusammen, die sie bisher kannte, konnte sie es nicht länger aushalten. Gerade als sie aufstehen wollte um das Gespräch mit dem ominösen Herrn Steinwald zu suchen um sich für die gemeinsame Zusammenarbeit zumindest etwas sympathischer anzunähern, fiel ihr ein Umschlag auf, mit den handschriftlich geschwungenen Zeichen: „An Francis." Francis sah sich einen bedachten Moment um, so als ob sie den Spickzettel in der Prüfung der 4. Klasse herausziehen wollte und sicherstellen musste, dass die Frau Lehrerin gerade nichts bemerkte. Mit einem gekonnten flinken Handgriff zog sie das kleine creme-farbige Kuvert aus dickerem hochwertigem Papier rasant von dem Platz wo es gerade steckte.

Leider war das Kuvert nicht das einzige, was sich in diesem Augenblick bewegte. Auch das Weinglas rechts von ihr mit dem leichten Cabernet Sauvignon blanc, dessen Bukett an weite Felder voller duftender Blumen erinnerte, bewegte sich mit. Halb über die Hose, halb über den Sitz ergoss sich der vollmundige, vergorene Traubensaft, der die vorherige Mahlzeit um so vieles bereichert hatte.

„Oh nein" stieß sie lang gezogen aus, wobei sie das Kuvert unbedacht für alle sichtbar vor Schreck in die Luft streckte. Der Klang des auftreffenden Weinglases ließ Louis aufblicken. Genauso wie die Stewardess, die mittlerweile diesen Klang genau kannte und gleich mit großer Stoffserviette angelaufen kam. Francis wurde plötzlich klar, dass sie die Aufmerksamkeit aller nicht eingeschlafenen Personen auf sich gezogen hatte, gerade in diesem Moment wo sie doch unbemerkt sein wollte. Eine Erinnerung mehr an die 4. Klasse.

Das Kuvert stopfte sie schnell in die Ablage neben ihr und stand auf um die nun nasse, klebende Hose etwas von ihrem Oberschenkel zu lösen. Ein ganz natürlich betretenes Lächeln ging einher mit einem Blick zu Herrn Steinwald. „Hoffentlich hat er nichts bemerkt" dachte sie sich. Als sich jedoch die Blicke trafen, war dort eine Mischung zwischen „wie unprofessionell", „Tschuldigung" und „hat er doch" im Gesicht zu lesen.

Louis reagiert mit einem mildtätigen Lächeln, das jedoch aufrichtig gemeint war. Viel aktiver als seine Gesichtsmuskeln waren jedoch dabei seine Überlegungen „Das passt nicht." Alles passt hier nicht zusammen. War die Verhaltenspsychologie doch immer sein Steckenpferd, aber seitdem dieser seltsame Auftraggeber aufgetaucht war, verschoben sich alle bisher bekannten Muster und selbstverständlich waren daher die Prognosen ebenfalls unsicher.

„Jemand, der für so eine mit Mafiamethoden ausgestattete Persönlichkeit arbeitet, hat nicht diese Reinheit in den Augen, diese Authentizität in den Situationen" sagte er zu sich wortlos. Mit breitem Lächeln stand er auf – „Wir werden sehen" waren die letzten Gedanken, bevor er einige Schritt auf Francis zuging.

„Kann ich Ihnen behilflich sein" - sagte Louis mit heller Stimme und zugleich mit gewohnten Schmunzeln. Noch peinlicher in die 4. Klasse zurückversetzt, sah Francis ihn mit großen Augen an: „Bitte keine 6 fürs Spicken, ich habe doch noch nicht mal draufgesehen" schoss Ihr durch den Sinn – aber zum Glück nicht aus ihrem Mund.

„So etwas Ärgerliches – und ich habe mein ganzes Gepäck aufgegeben" versuchte sie es, zu überspielen, wohl wissend, dass sie es nicht auf eine Turbulenz schieben konnte, da das Flugzeug so ruhig flog, wie man es sich nur wünschen konnte.

„Ich würde ihnen gerne etwas ausleihen, jedoch fürchte ich, dass es Ihnen nicht so gut stehen wird wie das was Sie jetzt tragen, selbst mit Fleck."

Charme? War das etwa Charme, was ich da heraushöre? Francis wunderte sich. Ok, das Thema ,Mundfaul' wäre damit vom Tisch. Konnte man diese Reaktion doch durchaus auch als nett bezeichnen.

Mit Überzeugung, und um Reaktionen zu testen fuhr Louis recht schnell fort: „Sie werden sicherlich bald etwas zu berichten brauchen. Deshalb möchte ich mich kurz mit Ihnen über die bisherigen Erkenntnisse unterhalten. Wir möchten ja beide nicht, dass aus Missverständnissen oder Zufällen heraus unglückselige Entscheidungen getroffen werden."

Die Stimme blieb weich, jedoch war eine gewisse Konsequenz in dieser Aussage regelrecht greifbar. „Der Status wird sie und Ihren Auftraggeber wohl mehr interessieren als das Fachliche, dennoch ist es mir nicht möglich sie beide vollständig davon zu verschonen."

„Ach übrigens" sprach Louis ohne Pause weiter „wir sprechen die ganze Zeit von unserem gemeinsamen Auftraggeber. Für gemeinsamen Freund reicht es leider nicht, wie nennen Sie ihn normalerweise?"

Er schämte sich fast schon für diese plumpe Aussage in dem Moment, in dem Sie in der Luft erklang. War das doch viel zu banal und billig – niemals würde sie darauf hereinfallen.

„Morris, sagen wir einfach Morris!" - platzte es ohne viel Umschweife aus Francis heraus, wobei sie mehr an ihren Kollegen in der Firma dacht,e als an Diogenes. Sie fühlte sich irgendwie ungerecht diesen Namen des freundlichen Mannes aus der Nachbarabteilung in diesem Zusammenhang zu nennen.

„Morris also" – das „o" entsprechend in die Länge gezogen, sodass noch genug Zweifel in Louis Stimme mitschwingen konnte. Erst da wurde Francis bewusst, dass es der tatsächliche Name war, wie sie ihn für sich nannte. Dieser Name war so gut wie jeder andere, denn den Wirklichen wird sie sicherlich nie erfahren. Egal, solange Morris nur sein Versprechen hielt und sie wieder gesund machen würde. Irgendwie erinnerte es sie an die Filme, die Sie kannte – und da war Morris immer der Harte, Unbarmherzige und Böse.

„Nun gut, irgendwie hätte ich mir etwas Exotischeres, Impulsiveres vorgestellt, aber es spielt ja keine Rolle. Also dieser Morris hat mir noch einige Informationen in das Flugzeug liefern lassen, deren Analyse einige Fragen offenlässt. Ungeachtet dieser Tatsache konnte ich Ansätze entwickeln, die es durchaus wert wären geprüft zu werden..." ging Louis in den Erklär-Modus über.

Francis hörte nur den melodischen freundlichen Klang der Stimme, der sie eine gewisse Geborgenheit fühlen ließ – vom Inhalt hatte sie leider weniger mitbekommen, als sie eigentlich wollte.

„Ich hoffe, dass Ihr Morris die entsprechenden Genproben bereits produzieren konnte und ich mit den ersten Oberflächentests beginnen kann, sobald wir im Labor ankommen."

In Wahrheit hatte er sich die ganze Zeit über sicherlich auch ein wenig mit den zur Verfügung gestellten Daten beschäftigt. Jedoch eher mit den neuen Informationen die er die Nacht über gewonnen hatte und diese mit den zusätzlichen Eindrücken von seiner doch recht hübschen Überwacherin, sowie dem frisch angefertigten Psychoprofil abgeglichen. Gleichzeitig überlegte er, wie er die Grenzen austesten konnte. Auf Zeit spielen konnte zum jetzigen Stand zumindest keinen Schaden anrichten.

„Da wir in zirka drei Stunden landen werden hoffe ich, dass Sie mir schnellstmöglich die Dinge auf der folgenden Liste die ich Ihnen angefertigt habe besorgen können. Sie ist gegliedert in Arbeitsmaterial und Persönliches." Plötzlich fiel doch der Inhalt des Gespräches eher ins Gewicht als der schöne und warme Klang. So nett die Stimme auch anzuhören war und so wohlig das Gefühl der Geborgenheit, aber das ging jetzt wirklich zu weit.

„Verwöhntes Wissenschaftlerbürschchen – die Liste ist ja ewig lang." Aber auch dieser Gedanke war zum Glück wieder nur das, was ihr durch den Kopf schoss und nicht in Worten erklang. Was tatsächlich aus Francis' Mund kam, war: „Gerne kein Problem." Auch wenn sie noch keine Ahnung hatte, wie und womit sie das bewältigen sollte.

„Da ich keinerlei Kontaktdaten von Morris besitze gehe ich davon aus dass die gesamte Kommunikation über Sie läuft. Sicherlich werden Sie einige Unterstützung benötigen um die fachlichen Punkte auf der Liste abhaken zu können." Das wollte sich Francis selbstverständlich nicht gefallen lassen. „Was denkt er denn. Meint er, ich bin ein Dummerchen, das nicht einmal Dinge auf einer Liste besorgen kann?" Um das Problem wie sie das bewältigen sollte, konnte sie sich dann später noch kümmern. Vorerst war es wichtig an ihrer Professionalität zu arbeiten und einen guten Eindruck zu hinterlassen.

„Betrachten Sie es bereits als erledigt." Dieser Satz kam so überzeugend dass man fast meinen konnte, sie mache diesen Job schon seit Jahren. Wenn sie nur Ihre Freundinnen jetzt sehen könnten. „Ich kümmere mich umgehend nach der Landung darum Herr Steinwald."

„Vielen Dank für Ihre Hilfe. Sobald wir im Hotel ankommen, beziehungsweise ich das Labor besichtigen konnte, könnten möglicherweise noch ein paar Dinge hinzukommen. Aber ich bin mir sicher dass sich unser Auftraggeber hier nicht lange bitten lässt. Auf jeden Fall nicht solange er an dem Ergebnis der Arbeit weiterhin Interesse zeigt, was ich hoffen möchte." Man musste kein Profi sein um den Sarkasmus in diesem Satz von Louis zu bemerken.

„Ich freue mich darauf, mit Ihnen zusammenzuarbeiten." Und damit, nochmals einen amüsierten Blick auf den Weinfleck von Francis´ Hose werfend, machte er kehrt und trottete wieder zurück auf seinen Platz.

Die Stewardess war inzwischen ebenfalls fertig mit dem Aufräumen und bereits wieder hinten im Küchenbereich. Das mit den Besorgungen würde Louis auf jeden Fall noch ausreizen. War doch die eine oder andere Zuckung in den Gesichtsmuskeln festzustellen als seine Überwacherin die lange Liste sah. Am meisten freute er sich darauf die persönlichen Besorgungen auszuweiten – davon wird die

Nerv-Schwelle doch wesentlich höher gereizt als bei fachlich notwendigen Produkten oder Geräten die er zur Arbeit benötigte. In den letzten zwei Stunden der insgesamt dreizehn würde er noch versuchen etwas zu schlafen.

Für Francis war der Schlaf hingegen völlig wegzudenken. Stand sie doch vor einem unlösbaren Problem. Eine Liste mit vielen Dingen – teilweise mit Begriffen von denen sie sich keine Vorstellung machen konnte. Zum anderen wusste sie nicht einmal, wo sie nach der Landung hingehen sollte – außer vielleicht dem Exit Schild zu folgen, aus dem Flughafen in Kuala Lumpur heraus.

Ihr grundlegend positives Wesen war ihr auch dabei eine Hilfe, wenngleich es sie im Moment zumindest der Lösung nur begrenzt weiterbrachte.

„Der Brief" - erschrak sie sogleich.

Nicht sicher ob sie es laut ausgeschrien hatte oder nur die Begeisterung über den Gedanken mir ihr durchging, setzte Francis wieder den gleichen verstohlenen „4. Klasse – Vorsicht ich spicke jetzt – Blick" auf und griff nach dem cremefarbenen Kuvert in der Seitenablage. Es fühlte sich etwas dicker an. Sobald sie sicher war unbeobachtet zu sein, öffnete sie den Umschlag.

„Meine liebe Francis,

es freut mich, dass Sie es so weit geschafft haben. Ich war mir sicher, dass das Vertrauen, das ich in Sie setzte, nicht umsonst war. Sie stehen sicherlich vor einigen Herausforderungen, jedoch seien Sie überzeugt davon, dass Sie nicht völlig auf sich alleine gestellt sind. In diesem Zuge hoffe ich inständig, dass Ihr Vertrauen zu mir weiterhin wächst da ich bemüht bin es Ihnen so leicht wie möglich zu machen diese Aufgabe in unser beider Interesse zu erfüllen.

In diesem Kuvert befindet sich eine Kreditkarte, die auf Ihren Namen ausgestellt ist. Keine Angst, die Deckung der Karte erfolgt nicht über Ihre Konten.

Es mag sein, dass Herr Steinwald einige Dinge benötigt, um die an ihn herangetragene Aufgabe zu erfüllen. Da Sie außerstande sein werden diese Bedürfnisse im Ausland zu erfüllen, bitte ich Sie ein Foto mit dem am Flughafen für Sie hinterlegten Handy an mich zu senden. Gleichnamiges Handy wird die Schnittstelle unserer Kommunikation sein. Scheuen Sie sich nicht, mich über dort installierte App zu kontaktieren. Dies wird nur textuell möglich sein – nicht verbal. Genauso kontaktieren Sie mich jederzeit, wenn Fragen auftauchen oder Sie vor Problemen stehen.

Nochmals möchte ich Sie darauf hinweisen, dass den von mir gegebenen Anweisungen unbedingt und vollständig Folge zu leisten ist. Wie Sie bereits bemerkt haben, ist dies für Sie nur zum Vorteil.

Beim Ausstieg aus dem Flugzeug ist es unabdingbar darauf zu achten dass Sie sich, mit welcher Erklärung auch immer, von Herrn Steinwald bereits im Flugzeug trennen. Außerhalb des Flugzeugs ist es Ihnen nicht erlaubt sich im gleichen Kamerabereich aufzuhalten, was bedeutet, sich getrennt und unerkannterweise auf dem Flughafengelände zu bewegen. Halten Sie einen körperlichen Mindestabstand von wenigstens 6 Metern.
Finden Sie sich bitte an Ausgang 6c ein und informieren Herrn Steinwald darüber, dass ihn ein Shuttleservice an Ausgang 9a erwartet. Das oben genannte Handy werden Sie in

Ihrem aufgegebenen Gepäck vorfinden, und zwar in der Seiteninnentasche.

Ansonsten bitte ich Sie, so gut es Ihnen möglich ist, Herrn Steinwald bei Laune zu halten.

Mit freundlichem Gruß

Diogenes

Francis wusste nicht genau, ob sie sich freuen sollte oder ob sie sich der Realität gewahr werden musste. Allerdings alles Schritt für Schritt anzugehen war angesichts der gegenwärtigen Situation sicherlich keine schlechte Idee und half gleichermaßen die immer wieder aufkommenden negativen Gefühle in Schach zu halten.

Mit dem Brief in der Hand war es ihr dennoch vergangen sich an den Annehmlichkeiten der First-Class zu erfreuen. Der einzige Gedanke war, dass Sie hoffentlich bald aus dem ganzen Alptraum erwachen würde und einfach nur auf ihrem Sofa lag, vor einem Meer von leeren Schokoeisbechern.

Doch da war kein Sofa – kein Meer von leeren Bechern. Nur der langsam ansteigende Juckreiz ihres rechten Unterarms. Und jetzt fühlte sie sich wieder verloren, alleine und verlassen. Die Kraftlosigkeit stieg ins Unendliche, das Drücken in der Brust ebenfalls. Einziges was blieb, war eine gewisse Rastlosigkeit und Hoffnungslosigkeit.

„Kann ich Ihnen behilflich sein?"

Louis stand in voller Größe mit einem für ihn typischen Lächeln vor ihr.

XXII. Ankunft

Lavafluten stürzten in die Brandung. Was andere als Verwüstung betrachteten, das wäre für ihn die Geburt von etwas Neuem, etwas Besserem. Der heiße Dampf schoss nach oben. Tosender Lärm begleitete dieses Schauspiel, während die rote Glut von Wasser umschlungen wurde und welches das Rot gierig verschlang. Eine grüne, blühende Welt starb, ein neuer Berg entstand und neuer fruchtbarer Boden bildete sich.

In einiger Entfernung schwebend genoss er diesen Anblick seiner Schöpfung. Der selbst eingestellte Weckruf beendete diesen Genuss und ließ ihn erfrischt aus diesem Traum erwachen.

In Singapur war es entweder heiß und stickig außerhalb der Gebäude, oder aber kalt und zugig in den klimatisierten Bereichen, wie in beinahe allen asiatischen Großstädten.

Mit kurzem Blick zur Überprüfung ob die Platzierung der Micro-SD Card offensichtlich genug war, zugleich aber auch als zufällig verloren gelten konnte, schloss er die Tür zum Vorderteil der Flugkabine auf, in dem bereits Pilot und Stewardess auf ihn warteten. Für einen Moment labte er sich an der eigenen Genialität und überragenden Leistung. Sollte er nochmals seinesgleichen finden, so wäre die Welt zu einem neuen Maßstab aufgestiegen.

Diesmal war für getrennte Fahrzeuge gesorgt. Der Fahrer mit der anthrazitfarbenen Chauffeur-Mütze war bereits über die Zieladresse informiert. Nachdem dieser die Türe schloss und vorne im Fahrerbereich Platz nahm, surrte der 12 Zylindermotor der Limousine leise los.

Die Sekunden zwischen Ausstieg aus dem Flugzeug und dem Schließen der Tür des Wagens dauerte aufgrund der Hitze und der hohen Luftfeuchtigkeit eine Ewigkeit. Der Willkür der Natur kurzzeitig ausgesetzt, umfing ihn wieder die indirekt klimatisierte, auf angenehme 22° Celsius gekühlte Luft.

Es war, also ob wohltuende Macht durch seine Adern floss und Zentimeter für Zentimeter die Blutbahn reinigte.

Das Ziel lag nahe – und es verdiente Würdigung. Mit Verachtung sah er auf all die Kleingeister herab. All diejenigen, die sich scheuten das Undenkbare zu versuchen oder auch nur ihren Horizont zu erweitern.

Durch die getönten Scheiben des Wagens sah er die ganze Fahrt eine Rastlosigkeit und Unwichtigkeit. All diese anderen - was waren sie schon, wer waren sie schon. Sinnlose Ameisen in einem künstlich geschaffenen System. Demütigend genug, dass jemand seines Standes und Bewusstseins überhaupt gezwungen war, sich in der gleichen Sphäre aufhalten zu müssen. Alles was er um sich herum sah, war Wertlosigkeit. Diese Abschätzigkeit erfüllte ihn weiter, da damit die eigene Größe noch viel mehr zur Geltung kam.

„Sorgen wir für eine Dezimierung der Wertlosigkeit" - blies er voll Abscheu und Stolz gegen die dunkle Seitenscheibe.

„Zeit sich einiger Personen zu entledigen."

Die Meldungen auf seinem Pad verhießen ihm eine vollständig zufriedenstellende Erfüllung der von ihm aufgetragenen, organisatorischen Aufgaben, um seinen neuen Aufenthaltsort vorzubereiten.

Eine ausgeklügelte Planung wie es immer der Fall war führte dazu, dass er zwar mehr menschliche Ressourcen in Anspruch nehmen musste, diese sich jedoch, obwohl sie Hand in Hand arbeiteten, nichts voneinander wussten, geschweige denn aufeinander trafen. Die oberste Plattform von Marina Bay Sands, eines der Top Hotels der Stadt, sofern es der Geldbeutel zuließ, war unter gewöhnlichen

Umständen auch der Öffentlichkeit zugänglich, jedoch schon seit einigen Wochen wegen Umbauarbeiten geschlossen.

Es wäre solange geschlossen, wie er sich darauf aufhalten würde. Ein paar Änderungen mussten selbstverständlich noch vorgenommen werden. Nicht nur dass die Technik dort installiert werden musste, die er immer wieder neu zu jedem Standort kommen ließ und nach Verlassen vernichtete. Da die Plattform nach oben hin offen war mussten Transmitter installiert sein, die mit seiner eigens dafür entwickelten Software sowohl für Flugzeuge, Aufklärungssatelliten, Google® oder Nato Überwachungstechnik, nur eine Baustelle projizieren würden. Selbst Infrarottechnik würde ihn nicht als lebende Person wahrnehmen die sich dort aufhielt, sondern würde seine Signale kaschieren.

Tatsächlich war alles in tadellosen Zustand auf dem Observation Deck im 57. Stock. Die Poolseite schien so, als ob das Wasser direkt das Gebäude hinunterfloss und keine Außenseite existiere. Wenn die Sonne auf dieser Seite untergehen würde, wären nichts außer dem Wasserrand oberhalb der entfernten Stadtkulisse, sowie die prächtigen imposanten Farben des Sonnenuntergangs selbst zu sehen.

Eine Ode an die Natur – das Einzige was der Perfektion nahe kam. Selbstverständlich seine Person ausgeschlossen. Dies ist ein würdiger Platz um das große Finale und den damit verbundenen Sieg über die Schwachheit und die Wertlosigkeit zu zelebrieren. Eine passende Stelle, so hoch schwebend, um nach der Freisetzung der veränderten Gene die langsam einkehrende Stille der Stadt wahrzunehmen. Bis nur noch der leichte warme Wind und das Pochen des eigenen Herzens hoch in den 57. Stock dringen würde. Die Vorstellung von diesem Triumph versetzte ihn regelrecht in Ekstase.

Für den Moment musste er sich noch gedulden, doch dieses Gefühl schlug sehr schnell in Wut um. Sich selbst maßregelnd drückte er auf die Power-Taste des Pads und begann mit seinem Tagewerk:

Bei demjenigen, der die Transmitter auf das Observation Deck lieferte, wurden leider kompromittierende Bilder auf dem Cloud-Laufwerk gefunden, was ihn nicht nur familiär, sondern auch rechtlich in eine Krise stürzen ließ.

Derjenige, der die restliche Technik lieferte und vorbereitete würde in wenigen Sekunden ein seit langem gesuchter Straftäter sein, bei dem die Ermittler endlich den entscheidenden Durchbruch erreichten.

Der Lebensmittellieferant wird unglücklicherweise in Hygieneskandale verwickelt sein. Sehr zum Leidwesen seines Unternehmens. Damit wäre nicht nur der Lieferant selbst, sondern sein ganzes Umfeld für einige Jahre beschäftigt und niemand würde mehr an einen zuvor erledigten Auftrag denken.

Eine andere seiner Ressourcen oder ausführenden Kräfte war sehr zuverlässig und schon etwas länger mit dabei. Erfreulich war auch die Tatsache, dass man ihn für intelligentere Aufgaben nutzen konnte als nur für Standardtätigkeiten. Nach dem Upload der Daten ins Internet und bei den entsprechenden Regierungsservern würde diese Ressource zum Bedauern von allen Beteiligten einer militanten Splittergruppe angehören und in terroristische Planungen verwickelt sein. Schade eigentlich – es war schwer gute Leute zu finden.

Es war ein erhebendes Gefühl Macht nicht nur zu besitzen, stattdessen diese auch nach eigenem Gutdünken auszuüben. Die wogenden Wellen der Befriedigung schaukelten immer weiter und weiter. War es schon der Beginn zum Abschluss der Sache? War es an der Zeit den ersten Dominostein loszuschlagen? Alle ihm zur Verfügung stehende Kraft musste aufgeboten werden, um nicht die „Sonne" erstrahlen zu lassen die er seit Jahren vorbereitete. Hautnah entkam er der Schwäche sich jetzt schon des Erfolges zu würdigen. Aber es würde nicht mehr lange dauern, bis diese dunklen Schatten sein Antlitz für immer verließen.

Dabei, sein Ressourcen-Kontingent aufzuräumen, war es ihm, wie wenn ein warmer leichter Sommerregen den Blütenstaub aus der Luft wusch und die hellen Streifen wieder durch die Wolken am Himmel durchschlugen in reinem gelblichem Licht. So reinigte er sich selbst und seine Unternehmung in dem er den in seinen Augen nur zeitweiligen Ballast loswurde. Wer sich so einfach manipulieren ließ, hatte ohne den geringsten Zweifel keinen anderen Ausgang verdient.

Sein Tab machte sich bemerkbar. Unwichtig, welche Meldung darauf erscheinen würde - er wäre vorbereitet. War die Unsicherheit doch eine Last der Gewöhnlichkeit und der Allgemeinheit, doch nicht seine.

Trackingdaten wurden geliefert. Zum einen von dem Brief den Marie ablegen sollte, zum anderen den seiner noch im Dienst befindlichen Ressourcen, einschließlich Francis und Louis.

Eine Meldung wurde emotionslos wahrgenommen. Der zuvor definierte GPS Korridor von 3705 wurde verlassen. 3705 stand für das Tablet, das er gerade in den Händen hielt, und das noch vor Ankunft im Hotel zu zerstören geplant war. Er hatte diesen GPS Korridor für die Fahrt vom Flughafen zu Marina Bay Sands festgelegt, so wie er es meist tat. Dass sich das Tablet und er selbst allerdings nicht in dem Bereich der dafür gedacht war befanden, war deshalb umso verwunderlicher.

Konnte es nur wenige rationale Erklärungen dafür geben:

1. Der Shuttlefahrer hatte eine grob abweichende Route gewählt.
2. Jemand versuchte, sich Seiner zu bemächtigen.

Durch Klopfen an die Scheibe zum Fahrer signalisierte er den Wunsch zur Kommunikation.

„Fahren Sie rechts ran – hier gibt es noch etwas zu erledigen für mich" erklang es nach vorne.

„Sir, ich würde Ihnen nicht empfehlen jetzt auszusteigen." Antwortete der Fahrer. Den Fahrer beobachtend, verengten sich seine Augen und in Gedanken wurden verschiedene Szenarios blitzschnell durchgespielt.

„Ich werde mich nicht wiederholen!"

„Aber Sir, ich habe den Auftrag sie am Hotel abzusetzen. Die Gegend hier ist nicht sehr sicher für Sie. Es wäre mir lieber, wenn ich Sie woanders hinbringen dürfte."

Wagte es diese geringe Person tatsächlich sich ihm zu widersetzen? Das musste schwerwiegende Hintergründe haben, was seinen Verdacht immer mehr erhärten ließ. Er packte den Tablet-PC ein und riss die Türe auf. Vor Schreck über diese aus dem Nichts kommende Reaktion bremste der Chauffeur sehr unsanft und brachte den Wagen nur wenige Zentimeter zum Stehen, bevor die nun offene Tür den Rückspiegel eines parkenden Autos streifte.

Sprachlos und atemlos rang der Mann mit der Mütze um Fassung.

„Vielen Dank" war mit fester und abschätziger Stimme zu hören. Sofort griff der immer noch unter Schnappatmung leidende Fahrer zum Handy.

In gewohnter Ruhe stieg der Fahrgast aus und entfernte sich. Diese Herabwürdigung würde er bezahlen müssen. Niemand würde ihn in seiner Freiheit einschränken können, geschweige denn außerhalb seiner eigenen Kontrolle funktionieren. So kurz vor seinem Ziel müssten schon andere Geschütze aufgefahren werden, um ihn zu beschränken.

Was für ein wahnsinniger Gedanke war das denn – ihn entführen zu wollen.

Dennoch erachtete er es nicht als erwiesen, dass eine dritte Macht existierte. Wäre doch dann das Auto verriegelt gewesen oder weitere Fahrzeuge wären in Abständen gefolgt um bei unvorhergesehenen Vorkommnissen reagieren zu können, wie das gerade eben eines war.

Gab es etwas, was tatsächlich so nah an seine Person herankommen würde? Das konnte nicht sein. Das durfte nicht sein.

Die Gegend war wirklich etwas touristenunfreundlich, dennoch ließ ihn der Gedanke nicht los, dass mehr als Auftragsgehorsam hinter der Nachfrage des Fahrers steckte. Durch die Spontanität aufgeschreckt musste jetzt natürlich improvisiert werden. In solch einer Situation hatte er sich schon lange nicht mehr zurechtfinden müssen. War doch Präzision und Vorausschau eines seiner Merkmale.

Konnte er etwas übersehen haben? Hatte ihn die Aussicht auf Erfüllung seines Planes die Sinne gestohlen? Hat Nachlässigkeit Einzug erhalten?

„Niemals!" Seine Faust ballte sich, während seine andere Hand die Tasche mit dem Tablet und den Unterlagen immer fester packte.

Nachlässigkeit und Träumerei - das war Imperfekt. Das war der sichere Weg in die Verderbnis und Abhängigkeit. Etwas was einmal passiert ist, aber nie wieder seither und in Zukunft passieren wird.

Kaum zu bändigen war der Hass der sich aufbäumte. Ungelöste Variablen in seinen Aktionen waren untragbar. Er steigerte die Geschwindigkeit seines Schritts und bog völlig willkürlich ab. Immer und immer wieder änderte er die Richtung – stieg in ein vorbeifahrendes Taxi, stieg nach ein paar Minuten wieder aus, tat ein paar Schritte und winkte das nächste Taxi herbei.

Nicht das geringste Detail entging ihm in der ihn umringenden Kulisse. Er prägte sich die Menschen in der unmittelbaren Umgebung ein, sowie Fahrzeuge die seine Route streiften. Zudem vermied er tunlichst, in den Bereich von Bankautomaten oder anderen mit Kameras bestückten digitalen Geräten zu gelangen.

Für diese Notwendigkeit würde nicht nur der Fahrer zahlen müssen – die ganze Welt, die ihn geradezu zu strafen schien, müsste dafür bezahlen. Das Zentrum der Existenz musste die sicheren geplanten Gefilde verlassen. Diese Demütigung würde nicht lange anhalten und mit voller Wucht zurückschlagen.

Wurde die aufstrebende Sonne doch verdeckt von dunklen, ungelenkigen und groben Wolken. Kurz sehnte er sich zurück in das Schloss und den Schimmer des Lichts durch die hohen Fenster des weißen Salons.

Noch mehr, kaum zu bändigender Hass begann zu quellen.

Plötzlich bog er nach rechts von einer kleinen schmutzigen Straße, voller quer aufgehangener Seile mit stark gebrauchter Wäsche daran, in etwas was an einen Boulevard erinnert voll prächtig renovierter Häuser in künstlichem Herrenhausstil. Nur dass die Häuser hier alle mehr als 20 Stockwerke besaßen und noch keine 15 Jahre alt waren.

In nur wenigen Metern wechselte das Stadtbild völlig.

Genau das, was er benötigte um dieser Treibjagd ein Ende zu setzen. Bereit, alle notwendigen Konsequenzen diesmal persönlich bei seinem Verfolger auszuführen, was ihm natürlich keine Gewissensbisse bereiten würde, steuerte er mit langsamem und gewohnt stolzem Gang auf eines der großen Hotels zu.

Die mit Steinornamenten reichlich verzierten Türme, links und rechts des Gebäudes, ragten in den Himmel. Der Portier öffnete dem Gast die Tür.

Schon alleine die klimatisierte Luft schien eine Last von den Schultern zu nehmen. Diese körperlichen Merkmale nahm er nur sehr ungern wahr – hatte sich die Welt nach ihm zu richten, nicht andersherum. Gleiches forderte er auch von seinem Körper.

Elegant schlüpfte er noch mit fünf anderen Personen in den Aufzug, in dem bereits weitere drei standen. Das würde ausreichen um für andere nicht nachvollziehbar das Stockwerk zu verlassen. An der vierten Haltestelle des Lifts stieg er mit zwei anderen Personen aus. Nur mühselig konnte er den aufgestauten Hass zur Seite drängen, um sich wieder der Logik zuzuwenden. Nach einer kurzen Orientierung ging er in Richtung Treppe. Die beiden Begleitgäste aus der Schweiz, deren Akzent, selbst wenn sie Englisch sprachen, noch unverkennbar war, hatten sich bereits in das Zimmer einige Meter den Gang hinunter begeben. Jetzt befand er sich alleine auf dem in drei Richtungen verlaufenden, geräumigen Flur.

Die Fluchttür zum Treppenhaus öffnend meinte er im Augenwinkel eine Bewegung wahrzunehmen, die aber genauso schnell wieder in die Unsichtbarkeit verschwand.

Konnte es sich tatsächlich um eine Treibjagd handeln. Er konnte keinen Fehler in seinem Verhalten finden, keine Schwachstelle im Plan. Wie war es nur möglich dass er in so eine Situation gelang? Er schloss die Tür geräuschlos vom Treppenhaus aus, und wartete einige Sekunden aufmerksam auf Geräusche.

Nichts.

Es würde ihm keine Probleme bereiten einen etwaigen Angreifer zu überraschen und in die Schranken zu verweisen.

Aber nichts.

Eigentlich waren die ca. 5 x 2 cm großen Objektträger aus Glas für das Labor gedacht, im Moment besann er sich jedoch darauf ihnen eine andere Bestimmung zukommen zu lassen.

Sorgsam auf dem Boden um den Eingang und die Tür herum platziert würde es ihm Sicherheit verschaffen und die Erkenntnis was hier tatsächlich passierte. Und sofort ging es die Stufen abwärts. Er wollte mindestens 5 Stockwerke zu Fuß passieren, bevor er sich wieder in die Gänge zu einem der zahlreichen Fahrstühle aufmachen würde.

Nachdem bereits 4 Stockwerke vorbei waren, konnte er ein leichtes Knacken vernehmen.

Und noch eines.

Die Stille die folgte, konnte nur unwirklich sein.

Endlich wurde die rasende Wut des gescheuchten Tieres in ihm befriedigt. Innerlich platzte etwas Imaginäres in ihm auf. Nicht mehr trennbar, ob es sich auf die Vergeltung für die Anstrengungen jetzt bezog, oder auf die gesamte Geringschätzung der Menschheit. Aufgeschreckt von dem Bild der Hilflosigkeit vor vielen Jahren und sich des gesamten Hasses entledigend, sprang er die Stufen hoch zurück zu der Etage mit den Glasträgern auf dem Boden.

Verdient hatte dieses unsägliche Wesen viel mehr als er im Moment tun konnte für diese Anmaßung, ihn in die Enge treiben zu wollen. Es würde keine Fragen geben. Welch großes Vergehen an ihm begangen wurde. Sich ihm zu widersetzen und seine Person zu jagen.

Ein Schatten im gleisenden Neonlicht?

Er würde keine Waffe benötigen – nicht mit dieser Glut in den Augen und dem Wissen, dass er sich über die menschliche Anatomie angeeignet hatte. So schnell konnte niemand reagieren. Wie er um die Ecke schoss, hoch auf die Ebene, völlig vergessend und aller Vergangenheit Rache schreiend, spitzte er die Handfläche um es sofort zu Ende zu bringen.

Er schrie und niemand konnte ihn aufhalten. Alle Wut entlud sich in diesem letzten Sprung und Schrei gleichermaßen.

Nichts.

Niemand.

Ein weiterer Schrei hallte innerhalb dieser Betonwände durch die Luft.

Unfassbarkeit.

Das rechte Auge begann zu zucken, wie damals als er noch klein war. Wie damals wo er nie wieder hin wollte und nur fassungslos da stand.

Selbst in den schlimmsten Nächten war er nicht so blank damit konfrontiert worden. Auch wenn es ihn nur für einige wenige Momente überkam, so konnte er das Gefühl der Bloßstellung kaum so spüren wie gerade eben.

Minuten der Regungslosigkeit vergingen.

Glasträger waren zerbrochen – und er stand mitten drin.

Klein und kalt.

Der Körper zitterte, das Gesicht war verzerrt.

Vom überlegenen Geist war nichts zu bemerken. All der Ruhm und die Größe wichen einem schlaffen Körper mit herabhängenden Schultern und geistlosen Augen.

Er wippte unbemerkt und leicht auf den Zehen hin und her während es unter seinen Füssen knackte und das Glas in immer kleinere Stücke zerbrach.

XXIII. Die Prüfung

(Zyklus 4.3)

Für Marie war es keine Frage von Gehorsam. Auch wenn diese seltsame Person, die sich jetzt nach der langen Zeit wieder meldete, eine Art Gehorsam von ihr forderte. So war sie selbstständig genug gewesen, um wohl unterscheiden zu können.

Der Inhalt des vor ihr liegenden Paketes förderte ein weiteres größeres Kuvert zu Tage, ein Schreiben, sowie ein Handy auf dem eine Folie befestigt war mit der Aufschrift: „Aktivieren Sie dieses Mobiltelefon erst nach direkter Aufforderung."

Die Abgeschiedenheit tat alles in allem doch mehr weh, als sie es zuvor für möglich gehalten hätte. Wenn die Gedanken zu viel Zeit bekommen sich im Kreis zu drehen hat dies selten positive Auswirkungen - stellte sie recht nüchtern fest.

Zudem nagte etwas an ihr, das ganz klein begann, jedoch von Tag zu Tag an Kraft zunahm. Ihre tiefe Abneigung gegen Unaufrichtigkeit und Falschheit hat auch hier Frucht getragen. Der Gedanke, selbst nicht Louis gegenüber aufrichtig zu handeln sondern sich zu verstecken, feige und heimlich, das widerstrebte ihr immer mehr.

Solange sie die Tatsachen die Jahre hindurch verdrängte war es einfach. Sie dachte nicht weiter darüber nach und wartete einfach darauf, dass jemand für sie ein eintreten würde.

Jetzt wo dies geschah, fühlte es sich anders an. Die Zeit, die gemeinsame Zusammenarbeit, das Lachen, das genervt sein – alles sollte es doch wert sein ein offenes Gespräch zu führen.

„Verhalte ich mich sonst nicht genauso?"

Durch das laute Zufallen der Haustüre wurde Marie aus den Gedanken aufgeschreckt. Anscheinend war der in die Jahre gekommene Kombi der neuen Nachbarn nun fertig ausgeladen.

Als wenn die Selbstzweifel einfach weggewischt werden könnten, schüttelte Marie leicht den Kopf und wandte sich dem Inhalt des Paketes zu.

Frau Carpentie,

ich wünsche Ihnen einen angenehmen Tag.

Kurzfristige Erfordernisse zwingen mich dazu, Sie um eine Gefälligkeit zu bitten.

Wir stehen nahe davor das Geheimnis zu lüften und Herrn Steinwald die von ihm begangene Ungerechtigkeit vor Augen zu führen. Falls er danach auf Sie zukommt und Sie dabei Unterstützung benötigen, kommen Sie gerne auf mich zu.

Aufgrund einiger Ereignisse ist es unabänderlich, des Weiteren einen meiner engen Mitarbeiter mit einzubeziehen, der die in diesem Kuvert enthaltenen Informationen empfangen sollte. Da ich normalerweise andere Wege beschreite, um mit meinen Mitarbeitern zu kommunizieren, verstehen Sie sicherlich die Dringlichkeit.

Bezogen auf die Kürze der Zeit wird der Informationsaustausch über Sie laufen. Ich untersage Ihnen jedoch jegliche Kontaktaufnahme. Der Erfolg des Planes hängt maßgeblich von der Zusammenarbeit des neuen Mitarbeiters ab, weshalb ich auf die Dringlichkeit nicht erneut hinzuweisen gedenke.

Aufgrund einiger Faktoren werden die Erstinstruktionen dafür durch Ihre Hände laufen, was nicht meiner normalen Arbeitsweise entspricht.

Hinterlegen Sie die Anweisungen im ungeöffneten Originalzustand an folgende GPS Koordinaten und entfernen sich innerhalb der nächsten zwei Stunden davon.

GPS KOORDINATEN: 51.625838,12.367800

Halten Sie sich bei der Platzierung sekundengenau an das Timing um von öffentlichen Sicherheitskameras, sowie von weiteren Überwachungsmechanismen unentdeckt zu bleiben.

Bitte benutzen Sie die beigefügten Zugtickets für die Reise und aktivieren das Handy erstmalig für weitere Instruktionen erst nach Abschluss der Aufgabe an Ihrem neuen Aufenthaltsort.

Ich möchte mich in aller Form für Ihre Mithilfe bedanken.

Kommunikationsende

Eigentlich freute sie sich über diese Art von Ablenkung. So angenehm es war Bücher auf dem Balkon zu verschlingen, so schwer trafen sie auch die schmerzlichen Momente, die immer wieder völlig unangemeldet auftauchten.

Beinahe dankbar suchte sie das Nötigste zusammen.

Ohne die Möglichkeit, sofort im Handy über das Internet herauszufinden, wann der nächste Zug fuhr, kam sie sich regelrecht ausgegrenzt vor. War sie doch von der Sorte, die spätestens beim zweiten Klingeln ans Handy gingen, innerhalb von 2 Stunden so gut wie jede Textnachricht beantwortete und deren Akku niemals schlapp machte.

Dies war eine persönliche Vereinbarung die sie für sich selbst erhob. Technik wurde zur Erreichbarkeit geschaffen. Etwas was ihr Chef Louis Steinwald endlich mal lernen sollte.

Die Neugierde würde Marie am liebsten sofort googeln lassen, wie es an den angegebenen GPS Koordinaten aussah. Ihre Gewissenhaftigkeit gewann jedoch die Oberhand. Dies war ebenfalls der Grund warum sie nicht vergaß, dass das erste Handy, welches sie bei der Ankunft auf dem antikhölzernen Küchentisch vorfand, nicht die Wohnung verlassen durfte.

Der Ort, auf den das Ticket ausgestellt war, sagte ihr nichts. Aber es muss sicherlich etwas an diesen Koordinaten zu finden sein. Als Letztes steckte Sie noch das quietschgelbe GPS Gerät aus dem Paket in ihre Handtasche, die für normale Verhältnisse relativ klein ausfiel.

Innerhalb der nächsten 30 Minuten schnappte die Tür ins Schloss. Froh darüber, nicht aus einer Ecke eine schrille freundliche Stimme zu hören, verließ sie zügig das Haus durch das schief hängende Gartentor das sicherlich schon bessere Tage gesehen hatte.

Da das Ticket keine Zugbindung hatte, blieb ihr nichts anderes übrig als zum örtlichen Bahnhof zu laufen der aus zwei Bahnsteigen, vier Aushangtafeln und einem Bahnhofsgebäude bestand, in dem schon seit mindestens 10 Jahren kein Bahnbeamter mehr saß, der Auskunft hätte geben können.

Der Papieraushang sollte genügen.

„Was soll's, ich habe sowieso nichts anderes vor" - murmelte sie vor sich hin, als sie mit Blick auf die Bahnhofsuhr die nächste Abfahrt ins Visier nahm.

Die Zwischenzeit könnte man mit dem Ausblick vom Bahnsteig und dem Pulverkaffeeautomaten überbrücken. Sie warf einen Euro in den Schlitz, drückte eine Taste und nahm ein paar Sekunden danach den hellbraunen Becher mit dem dampfenden Getränk heraus. Der Geschmack ließ zu wünschen übrig.

Wobei sie den Kult, den Louis immer um seinen Kaffee machte, eher als amüsant empfand. Jeder hatte so seinen Spleen. Dieser machte ihn jedenfalls ganz liebenswert.

Und schon wieder verband sie angenehme Erinnerungen und das Gefühl der Geborgenheit mit Louis Steinwald.

„Warum nur, nach allem was passiert ist" hauchte sie in den Becher, um das Getränk auf Trinktemperatur abkühlen zu lassen.

„Ist es wirklich richtig, was ich hier mache?"

War es nur Illusion, was sie mit ihrem Arbeitgeber verband? Hatte sie den gleichen Weg gewählt wie den, den sie über Ihren Chef in Erfahrung brachte? Stillschweigen, statt offene Freundschaft und Ehrlichkeit?

Jeder, der Marie nur ein bisschen kannte, würde Ihr dies nicht zutrauen.

Das ohrenbetäubende Quietschen der Zugbremsen war schon immer eines der Mysterien für sie. Ein Ingenieursfehler – eine Fehlkonstruktion. Es konnte doch niemand guten Gewissens absegnen dass dieses hohe Pfeifen, welches immer weiter in alle Gehirnwindungen drang und das Trommelfell beinahe zum Zerbersten brachte, bei jeder Bremsung auftrat.

Marie kniff ihre Augen zu und steckte sich die Zeigefinger in die Ohren. Als sie den tiefroten Wagon bestieg, suchte sie sich eine Ecke aus, weit ab von anderen Gästen. Was hier am Ende der Welt keine Herausforderung darstellte. So sehr sie die Abwechslung des Zusatz-Gefallens auch schätzte, so wollte sie dies doch lieber alleine in Abgeschiedenheit tun.

Mit anderen das Gespräch zu suchen, würde sie in der momentanen emotionalen Anspannung, in der es noch so viele nicht ausdiskutierte Themen gab, nur enorm viel Kraft kosten.

Dem Schaffner das Ticket zu zeigen und in Erfahrung zu bringen wann sie denn am Bestimmungsort wäre, sollte für den Moment bereits genug sozialer Kontakt sein.

Ausdruckslos starrte Marie aus der mehr oder weniger sauberen Zugscheibe ins Grüne. Sie war zu müde an etwas Bestimmtes zu denken. Würden doch sowieso nur wieder offene Fragen bestehen bleiben.

„Entschuldigen Sie bitte ist hier noch frei?" Eine sanfte Stimme drang auf sie ein.

Völlige Leere in den Gedanken ließ Marie zögern zu antworten.

„Nein, ich möchte meine Ruhe haben, verschwinden Sie sofort. Der ganze Zug ist leer und hier ist NICHT frei!!!" Aber es kam nicht aus ihr heraus.

Dieser Moment hatte gereicht, dass sich dieser Mann auf der Sitzbank gegenüber von ihr gemütlich einrichtete. Vom Aussehen her hätte der Mann mittleren Alters eher zu einem Miss Marple Klassiker im alten England gepasst, als hier in einen robusten Wagen der zweiten Klasse mitten zwischen Feld, Wald und Wiese.

„Sie sehen müde aus" - was von der Stimmlage eher mitfühlend als vorwurfsvoll klang.

Ohne eine Antwort zu erwarten fuhr er genauso sanft fort:

„Eigenartigerweise sind manche Dinge nicht so wie sie scheinen. An sich Offensichtliches wird plötzlich zu Fragwürdigem. Vertrauen ist eine gewagte Sache. Ist jede Information denn immer Vertrauen ihr Wert? Ist das Sichtbare immer das Wahre?" Eine kurze Pause entstand, bis der Fremde mit dem Gespräch fortfuhr.

„Sehen Sie, fahren wir jetzt im Moment los oder ist es der Zug auf dem Nachbargleis, der sich in Bewegung setzt?

Wir wissen es nicht sofort. Aber die Information unserer Augen lässt uns glauben, dass wir es wären die sich bewegten. Prüfen wir dies nicht mit Vergleichswerten und für uns vertrauenswürdige Bezugspunkten, wie z. B. unser Bewegungsgefühl, einem Baum in der Ferne oder die Anzeigetafel am Bahnsteig, so sind wir hin und her gerissen und werden vielleicht in die Irre geführt.

Wäre es gut, der ersten Information Glauben zu schenken?

Vielleicht!

…

Vielleicht aber auch nicht."

Wieder bedächtliche Stille im Abteil.

„Leider geht es im Leben nicht immer um triviale Dinge. Umso wichtiger ist es, Neues mit bekannten Vergleichswerten und für uns vertrauenswürdigen Bezugspunkten abzugleichen.

Ist eine Lüge erst dann eine Lüge, wenn sie ausgesprochen wird oder wenn ihr Glauben geschenkt wurde und aus den reinen Worten auch ein Einfluss entspringt?

In einer Welt in der hart dafür gearbeitet wird absolute Wahrheiten abzuschaffen und die nicht abschaffbaren zumindest weitestgehend aus dem Bewusstsein auszugrenzen, ist es schwer einen Bezugspunkt herzustellen wenn wir alles loslassen was wir sind und uns etwas bedeutet.

Vielleicht ist es richtig?

...

Vielleicht aber auch nicht.

Auf die Prüfung kommt es an. Wahrheiten müssen Wahrheiten bleiben und sich nicht in einer abstrusen Wolke von Erklärungen zerstreuen.

Was ist offensichtlich, was fragwürdig? Welchen Wert hat welches Vertrauen?

Als Kinder lernen wir von unseren Eltern: ‚Gehe nicht mit Fremden mit'.

Warum tun wir es als Erwachsene? Wer ist es wirklich wert begleitet zu werden? Welche Wahrheiten sind Lügen?

Streichen sie von allem was um sie herum gesagt und getan wird all die schönen Worte weg. Worte werden meist nur gebraucht, um die Essenz zu verwässern um nicht den Mut aufbringen zu müssen die Wahrheit auszusprechen. Durchaus auch gut gemeint um niemanden zu verletzten, durchaus aber auch mit dem Ziel, Denkweisen zu manipulieren.

Streichen sie all die schönen Worte, all das nette Drumherum heraus.

Die Essenz, die übrig bleibt, klingt nicht schön und gewinnt auch nicht unbedingt an Beliebtheit, aber Sie werden der Wahrheit ein Stück näher kommen.

Worte sind nur Schall und Rauch. Die Essenz ist das, was uns antreibt, unseren Beweggrund zeigt und uns handeln lässt."

Eine schier unendliche lange Stille entstand.

„Eigenartigerweise sind manche Dinge nicht so wie sie scheinen."

Der Fremde atmete tief ein und aus.

„Übrigens, der Zug auf dem Nachbargleis fuhr ab. Ich wünsche Ihnen noch einen schönen Tag und treffen Sie die richtigen Entscheidungen!"

Noch bevor sich die Worte bei Marie setzen konnten, war der Platz gegenüber wieder leer.

Sie hatte die Nase voll von diesen Typen, die einfach meinen in ein fremdes Leben platzen zu müssen und alles auf den Kopf zu stellen. Das Einzige was dabei übrig gelassen wurde, konnte man noch nicht einmal als Scherbenhaufen bezeichnen – emotionale Verwüstung bezeichnete den Umstand wohl treffender. Vor zwei Jahren - heute.

„Bitte einsteigen, die Türen schließen" rief der Schaffner ein paar Meter weiter. Und der Zug setzte sich in Bewegung

XXIV. Arbeitsbereiche

(Zyklus 1.8)

Nachdem der blasse Gesichtsausdruck bei Francis wieder leicht Farbe annahm, als sie offensichtlich erschrak ihn plötzlich vor Ihrem Sitz zu erblicken, setzte er sich wieder. Es genügte ihm – das war endlich wieder eine zu erwartende Reaktion gewesen. Und die Dinge, die er sah, erfüllten ihn mit einer gewissen Genugtuung.

Sehr zu seinem Bedauern konnte er nur feststellen, dass der Zettel den sie in ihrer Hand hielt, wohl keine positiven Auswirkungen auf ihren Gemütszustand hatte, jedoch konnte er selbst weder einen Blick darauf erhaschen, noch zu weiteren Informationen über das „Warum" gelangen.

Louis konnte sich an ruhigere Landeanflüge als diesen erinnern.

Nun sank das Flugzeug und jeder Passagier saß mit hochge-klappten Tischen, aufrechtem Sitz und festgeschnallt auf seinem ihm zugewiesenen Platz.

Auch wenn es eine der angenehmsten Arten war zu Reisen, so machte sich der Langstreckenflug doch in den Muskeln und Gelen-ken von Louis bemerkbar.

Eine so ungeklärte Angelegenheit wie das Monster von Loch Ness, war für Louis immer noch warum es nicht möglich war bei einem Ticket dieser Preisklasse einen im Großen und Ganzen an-nehmbaren Espresso herstellen zu können. Dies war eine Gemein-samkeit, die alle Fluggesellschaften gleichermaßen vereinte. Louis´ Unverständnis wurde nur noch davon zurückgehalten, dass er glücklicherweise viel zu selten auf diese Notlage zurückgreifen musste. Auf diese „Kaffeeversuche" wie er das nannte, was die meisten als köstliches Bohnengetränk beschrieben. Eher verkniff er sich nochmal einen solchen Versuch, unabhängig wie sehr ihn die Müdigkeit übermannte, als dass er dieses „Farbwasser" in sich aufnehmen würde.

Schon war die Landung vorbei, als dieser Gedanke abgeschlossen war.

Sehr zu seiner Verwunderung würden er und Francis sich später im Hotel treffen, jedoch nicht gemeinsam dorthin fahren. Na ja, etwas Geheimnisvolles musste jeder Überwacher ja auch an sich haben. Überwacherinnen selbstverständlich noch viel mehr.

„Ich würde mich freuen, wenn sie einen Großteil der Punkte auf der Liste bis zum gemeinsamen Dinner heute Abend bereits besorgen könnten" verabschiedete er sich, bevor er und Francis in getrennte schwarze Limousinen stiegen.

Der Blick der ohne viel Erfahrung, jedoch unmissverständlich aussagte „Sag mal, was willst Du eigentlich – sag es Deinem Kindermädchen, nicht mir" war eines seiner persönlichen Highlights des Tages. Dicht gefolgt davon, dass der betont elegante Gang aus dem Flugzeug eher in einem etwas weniger professionellen Stolpern und Hinunterpoltern endete. Erst Francis, dann überholt von ihrer überdimensionalen Handtasche. Gefolgt von dem eingeschüchterten Blick: „Ich sehe Dich nicht, Du siehst mich auch nicht."

Als der Chauffeur die Tür leicht zufallen ließ, bemerkte Louis eine dunkle Schweinsleder-Tasche auf der Rücksitzbank gleich neben ihm.

Darin eine weiße Karte in Kreditkartenformat mit Clip, ein Handy, eine Micro SD-Card und ein Tablet.

„Das ist ja billig mein lieber..." und dabei wusste Louis nicht genau, ob sein Gegner ihn unterschätzte. „Man kann es ja mal probieren, was?" Da er alleine im Fond des geräumigen Wagens war, störte es nicht, dass er vor sich hin brummelte. Der Spieltrieb war wieder aufs Neue geweckt.

Das konnte doch unmöglich sein Ernst gewesen sein, dass Louis vor lauter Unbedachtheit die vor ihm liegende Micro-SD Card einfach in sein persönliches Tablet stecken würde. Sicher würden noch vor dem Laufwerksmapping, das beim ersten Lesezugriff auf die Karte passiert, schon unbemerkt Protokolle installiert die den ständigen Datenzugriff auf Louis´ Tablet gewährleisteten. Müsse er nur aufpassen, dass diese Francis sein persönliches Tablet ebenfalls nicht in die Hände bekommen wird. Spezialsoftware dieser Art blieb immer vor gewöhnlichen Virenscannern verborgen. Daher nannte man sie ja auch „Spezial." Nicht nur Geheimdienste hatten Zugriff auf Arbeiten dieser Art.

Zu gegebener Zeit würde Louis diese Option ganz bewusst ziehen wollen. Ginge es doch im Moment um die Aufrüstung mit Trümpfen so gut es im vornherein möglich war.

Oben rechts war der Power-Schalter für das Tablet aus der Tasche. Sofort nach dem das Logo beim Booten auf dem Bildschirm erschien, wurde eine Datei geöffnet.

Mit einem gewissen Spaß-Faktor betrachtete er die Datei. Jetzt ging es darum, Informationen zu sammeln, und zwar so viele und so vielfältig wie nur irgendwie möglich. Nur dann konnte er sinnvolle Zusammenhänge ziehen und in den für ihn wichtigen Hauptfragen weiterkommen. Die Arbeit im Flugzeug hatte Louis einen gewissen zeitlichen Vorteil verschafft.

Als geborener Genießer war Zeitdruck schon mal ein grundlegender Feind seiner Natur. Auf der Fahrt führte er sich nicht nur den Text der Startdatei zu Gemüte, sondern untersuchte ebenfalls den Aufbau und die Architektur des Tablets auf Besonderheiten und Überwachungsmechanismen. Na ja, wahrscheinlich würde alles softwaretechnisch geregelt sein. Dies ließe sich viel einfacher und unbemerkter durchführen.

Dass Louis nicht wusste wo die Fahrt hinging ließ ihn recht unberührt. Zum jetzigen Zeitpunkt waren beide aufeinander angewiesen. Daher konnte wenig Unangenehmes passieren.

Das Auto hielt, die Tür wurde geöffnet und ein Schwall heiße, feuchte Luft zwang sich hinein. Bisher hatte Louis nur von den Petronas Towers gehört und die Bilder davon nicht unbedingt bewundert. Jetzt hier live wurde der erste Eindruck nicht gerade verbessert.

Grundsätzlich war der Charme solcher Bauwerke oder auch solch großer Städte für ihn eher auf ein Mindestmaß begrenzt.

„Pling" tönte es vom Tablet-PC in seiner Hand.

Auf dem Display erschienen ein dicker weißer Pfeil auf schwarzem Hintergrund, und der Hinweis „Bitte folgen Sie den Pfeilen und prägen Sie sich den Weg ein."

„Jetzt wird es interessant" begann er beschwingt von sich zu geben, „Na, wohnen werde ich hier hoffentlich nicht."

Louis wurde in den rechten Tower geleitet. Ihm war zuvor gar nicht bewusst, dass die Indoor-Navigation bereits so weit fortgeschritten war. Sobald er das große Eingangsportal gemeinsam mit gefühlten 50 Touristen aus der gleichen Bustour betrat, schaltete die Ansicht von den Pfeilen auf ein 3D-Gängesystem um, in dem sowohl die Ebenen als Gesamtübersicht rechts mit rötlich blinkenden Aufenthaltspunkt, als auch eine Detailansicht des momentanen Aufenthaltsortes vorhanden war. Auf der linken Seite, die zwei Drittel des Displays umfasste, war eine 2D Ansicht des Gängesystems in dünnen hellgrauen Linien mit momentaner Aufenthaltsmarkierung sowie Pfeilnavigation für den vorgegebenen Weg.

Louis erfreute sich an dem hübschen Design dieser App und folgte den Anweisungen. Er war nicht der Einzige, der in dem Gebäude und Drumherum auf ein Tablet starrte.

Dem Lärmpegel nach musste in der Touristen-Bustour Freibier oder Schlimmeres ausgeschenkt worden sein. Denn obwohl die

Gruppe, mit der er das Gebäude betrat, in einiger Entfernung auf den Hauptaufzug wartete, war die geräuschvolle Begeisterung dieser Leute nicht zu überhören.

In dem Zugangskorridor der zu den Aufzügen der gemieteten Büros führte stand er nur kurz. Drei massive Aufzugstüren auf der einen und drei auf der anderen Seite.

„Steigen Sie ausschließlich in Aufzug Nr. 2 links ein" erschien auf dem Display. Nun, es wartete immer eine Reihe von Menschen in diesen Bereichen auf den nächsten Aufzug der ankam. Da die ortsansässige Bevölkerung jedoch im Allgemeinen sehr freundlich und offen gegenüber Ausländern ist, war es gar nicht so einfach nicht vorgelassen werden zu wollen, als sich die erste der Aufzugstüren ganz rechts öffnete.

Louis mochte freundliche und offene Menschen – nur im Moment war es etwas unglücklich, musste er doch darauf warten bis sich die Türen von Aufzug Nr. 2 öffneten.

Das Klingeln des Handys kam Louis nur entgegen um sich der Freundlichkeit der Einheimischen entziehen zu können und nicht in Aufzug Nr. 5 komplementiert zu werden. Zudem würde er jegliche Kontaktaufnahme mit Begeisterung auffassen, damit sich sein Bild und damit seine Einschätzung der Situation vervollständigen konnten.

„Louis Steinwald" - nahm er das Gespräch mit einem leichten Schritt weg von den Aufzügen entgegen.

„Hallo? Hallo? Sind sie schon dran? Hier ist Francis."

Und da war es wieder, das Schmunzeln für das Louis bekannt war.

„Herr Steinwald, also angesichts des zur Verfügung stehenden Freigepäcks hätten Sie ruhig etwas mitnehmen können. Die Liste ist ja riesig" schallte es aus dem Hörer.

„Francis, wie kann ich Ihnen helfen."

„Also Folgendes, Sie hatten hier aufgeschrieben einen hellblauen Pullover mit V-Ausschnitt. Welches Hellblau? Ich habe hier Taubenblau, Himmelblau, Cyan, ….“ Louis hörte schon gar nicht mehr zu vor lauter Freude.

Das war authentisch, das passte zu ihrem Aussehen und zu ihrer Körpersprache. Auch die Freundlichkeit passte zu ihr. Nicht so, wie es ihr gemeinsamer Auftraggeber schilderte.

„Francis, wenn ich Sie unterbrechen darf. Nehmen Sie einfach das Blau, das Ihrer Meinung nach am besten zu mir passt. Ich muss jetzt Schluss machen. Wir sehen uns später.“

Langsam kamen die Einschätzungen wieder in ruhigere Gewässer und bekannte Größen, was selbstverständlich sehr zu Louis´ Entspannung beitrug.

Es war, als ob er beim Auflegen noch etwas wie den Abklang von „na warte“ hörte. Aber sei es drum.

„Warten Sie“ - stach Louis plötzlich mit aufgeschrecktem Blick auf die kleine malaysische Frau mit den lockigen schwarzen Haaren zu, die vor lauter Überraschung starr war und fast gequiekt hätte. Die Türen von Aufzug Nr. 2 wurden beinahe wieder geschlossen und eine neue, schier endlos dauernde Wartezeit wäre nicht zu vermeiden gewesen. Glücklicherweise reagierte er blitzschnell und streckte den Fuß zwischen die Lichtschranke der Aufzugstüren.

Er hielt die Chipkarte vor den Sensor und ein kurzer Piepton bestätigte die Eingabe. Auf dem Tablet stand „Steigen Sie in B7 aus.“

B7 klang seltsam, war doch ein L vor allen Stockwerken. Louis entschloss sich, zu warten. Der Aufzug schoss nach oben in unterschiedliche Stockwerke und es stiegen Menschen ein und aus. Ganz oben, auf Ebene der Aussichtsplattform, stieg niemand mehr ein, da die Außenanzeigen auf Wartung umschalteten.

Danach ging es nur noch abwärts. Nach L1, was die Einstiegsetage von Louis war, ging es mit B weiter.

B7 war schwarz, kalt und steril.

Weiße Neonröhren in Tageslichttemperatur erhellten den kahlen Gang – kalt und funktional. Selbst die Pathologie eines Krankenhauses war gemütlicher gestaltet. Damit war klar, dass das hier der Zugang zu seinem Labor werden sollte.

Und so war es auch. Mit jedem Schritt, den Louis ging, schalteten die Bewegungssensoren in einigen Metern Entfernung die nächsten Neonlampen an.

„Notiz für morgen: Kickboard oder Skooter besorgen lassen und mitnehmen" - klang es in dem langen Gang wider.

Warum laufen, wenn es doch auch anders ging. Auch wenn ihn Kinder ausgelacht hätten - auf so einem Ding in seinem Alter. Durchaus würde sich bei einem täglichen Arbeitsweg wie diesem ein Kickboard lohnen. Kam Louis der Gang doch endlos vor, und langweilig.

„Ich frage mich, wie oft die Reinigungskraft wohl hier herunter kommt." Wie immer überspielte er Langeweile mit Humor. Im gleichen Atemzug dachte er daran es zu testen und morgen Blutorangensaft „aus Versehen" dem Gang entlang zu verkleckern. „Zu dumm, wenn so eine Flasche einfach unbemerkt ausläuft" - brummte er mit leicht verzogenem Mund.

Eine große lackierte Stahltür bedeutete das Ende des Spaziergangs. Nach einem leichten Lichtblitz von drei an der Tür ringsum angebrachten Laserscannern öffnete sich die massive Absperrung.

„Notiz: Not-Ausgang oder Plan B für Verlassen der Einrichtung überlegen."

Dieser Gedanke erschien ihm nicht unwichtig, da es ein Leichtes wäre den Strom abzustellen und niemand würde es merken wenn der Sauerstoff langsam ausging. War doch bei der gegenwärtigen Lage von Allem auszugehen – sogar von so drastischen Maßnahmen wie dieser.

Was sich Louis dahinter im Lichterglanz eröffnete, zeugte von einem ausgeprägten Hang zu Professionalität, Perfektion und Ergebnisorientierung. Das imponierte ihm doch etwas.

Gut, in den Kreisen in denen sich Louis normalerweise aufhielt, hatte er nicht mit Menschen zu tun die zu solch fragwürdigen Motivationsmitteln wie Entführung von Angestellten greifen würden. Dennoch war Louis davon ausgegangen dass die bisherige Planung nicht in dieser Präzision und Konsequenz stattfinden würde.

Zum Einen war es natürlich angenehm, galt es doch eine wissenschaftliche Lösung für ein Problem zu finden. Etwas anderes hob jedoch das Ganze auf eine neue Stufe.

Jemand der sich so konsequent um Perfektion kümmerte, der machte wohl grundsätzlich wenig Fehler und hatte immer noch eine Hand voller Trümpfe als Option. Eine der wenigen Schwachstellen wäre in diesem Fall der Kontrollwahn, sowie die Imperfektion anderer, die dann wieder Reaktionen erforderten und Gefühle provozierten, was zu Fehlern führen könnte. Dies schien eine durchaus brauchbare These sein.

Während er durch das weiträumige Labor schritt und sowohl die technische Ausrüstung als auch die Einrichtung begutachtete, ging er Möglichkeiten im Kopf durch wie er diese These in die Realität überführen sollte. Auf jeden Fall war es ein weiterer, stimmiger Anfang.

Da bei einer Perfektion dieses Ausmaßes sicherlich das Labor sowohl visuell als auch sensorisch voll überwacht wird, dessen war sich Louis sicher, legte er diese Notiz stillschweigend im Kopf ab.

Interessanterweise war das Labor zwar klinisch rein und zweckmäßig, jedoch hatte es auch eine gewisse angenehme Atmosphäre bedingt durch eine Besprechungsecke hinter Glasabtrennungen im Lounge-Style, sowie farbige Lichteinlagen und auf Glas gedruckte, hochauflösende Bilder an der Wand.

„Sehr geehrter Herr Steinwald,

ich freue mich, Sie hier begrüßen zu können. Dies wird ihr Arbeitsplatz für die nächste Zeit sein. Falls Sie noch Wünsche bezüglich der notwendigen Arbeitsmittel haben, so bitte ich Sie, sich an Ihren Personal-Assistant Francis zu wenden. Sie wird sich um alles Notwendige kümmern.

Wie Sie bereits festgestellt haben, bringt Sie Aufzug Nr. 2 hierher. Allerdings nur, wenn ausschließlich zutrittsberechtigte Personen im Aufzug sind. Andernfalls fährt dieser Aufzug im normalen Modus die Stockwerke ab. Bitte rechnen Sie dies in Ihren täglichen Zeitplan ein."

Die Stimme kam von überall her und klang warm und verbindlich. Alle Monitore oder großflächigen Präsentationsfernseher schalteten auf ein sich drehendes Polygon, das in sich verwunden immer wieder Form und Farbe gleichmäßig beruhigend wechselte.

„Nettes Gimmick" - entfuhr es Louis, während er weiter zuhörte.

„Für heute waren es wohl genügend Anstrengungen, weswegen ich Sie bitten würde sich ins Hotel zu begeben, damit Sie ab morgen zielgerichtet und zügig an Ihrem Auftrag arbeiten können.

Bitte vergessen Sie nicht, was auf dem Spiel steht, und dass mein Entgegenkommen und meine Geduld durchaus hoch sind, jedoch einen direkten Zusammenhang mit ihrer zu erbringenden Leistung in diesem Projekt besitzen.

Ich wünsche Ihnen einen entspannenden Abend."

„Vielen Dank, das wünsche ich Ihnen ebenso." Antwortete Louis mit beschwingter Stimme, wohl wissend, dass seine Reaktion ausgewertet und überwacht werden würde, das gerade Gehörte jedoch keine Konversation, sondern eine Aufzeichnung war.

Selbstverständlich ignorierte er die abschließende Drohung und begab sich Richtung Ausgang. Noch bevor er das Labor durch die lackierte Stahltür verließ startete er den Hochleistungsrechner, öffnete die Simulationssoftware, die in Laboren in dieser Art zum Standard gehörten. So durfte man grundsätzlich davon ausgehen dass diese auch dort vorhanden war. Nach dem Upload der während des Fluges vorbereiteten Daten in das Analyseprogramm klickte er auf „Start Simulation 17c – 28q3" und verließ freudig summend diesen Ort.

Runde 1 hatte begonnen.

Wieder oben in der Eingangsetage der Petronas-Towers angekommen, sog er die stark gekühlte Luft ein und spürte eine Art von zurück erlangter Freiheit. Auch wenn das Labor optisch recht hübsch war, mochte Louis doch mehr das Tageslicht als unter dem Boden tätig sein zu müssen.

„Sir, ich wurde beauftragt sie in Ihr Hotel zu bringen" - erklang eine helle nette Stimme von einem kleinen Mann neben den Aufzügen.

„Das freut mich, ich fragte mich schon nach der Adresse" - erwiderte Louis in einem vertraut klingenden Ton, als ob sich die beiden schon seit Jahren gut kannten.

„Ich bin Sarras, Ihr persönlicher Fahrer für Ihren Aufenthalt hier. Bitte folgen Sie mir. Falls ich einmal nicht zur Stelle sein sollte, wählen Sie bitte die Nummer auf dieser Karte."

„Vielen Dank Sarras – ich schätze Ihre Bemühungen, nennen Sie mich Louis."

Der kleine Mann mit dem breiten Schnauzer war irgendwie sympathisch. Das Gesicht war etwas zerknitterter als die Kleidung, aber alles in allem recht gepflegt.

Die Fahrt dauerte lange – weniger aufgrund der Distanz, sondern mehr wegen den völlig überfüllten Straßen.

„Erzählen Sie mir etwas über sich Sarras. Wie ist das Leben hier? Was macht Ihre Familie?" Eigentlich mehr aus Langweile fragte Louis diese Dinge und weil der kleine Kerl am Steuer so knuffig aussah. Ein weiterer Grund für den Dialog war der, an zusätzliche Informationen zu kommen. Dieser Gedanke war für Louis nicht zu vernachlässigen. Obwohl, Handlanger wie Sarras würden doch sowieso nie wirklich informiert werden.

„Sir, ich spreche sehr gerne über meine Familie, da ich meine Familie sehr liebe. Sie ist toll. Sir, ich wurde leider angehalten nicht viel zu sprechen. Bitte entschuldigen Sie Sir." Entgegnete Sarras melodisch, wobei die Stimme fast schon gedrückt klang. Die großen Knopfaugen, die Louis aus dem Rückspiegel anblickten, machten die Entschuldigung komplett.

„Nennen Sie mich Louis. Kein Problem. Tun sie nur das, was Ihnen aufgetragen wurde. Ich denke, ihre Familie schätzt sie auch sehr, Sarras."

Ein Lob und etwas Verbindliches um sich anzufreunden konnten nie schaden. Außerdem tat es Louis gut mit normaler aufrichtiger Freundlichkeit zu tun zu haben und nicht nur mit Verhaltensanalysen und strategischen Entscheidungen. Etwas, das in den nächsten Tagen höchstwahrscheinlich ausschließlich erforderlich war. Einfache bodenständige Freundlichkeit – das war wohltuend.

Sarras quittierte das Lob dankbar und wortlos – aber es tat ihm sehr sehr gut.

In den nächsten Tagen würde sich Louis wohl öfter auf die Fahrt mit dem sympathischen Sarras freuen. Wenigstens etwas Reelles in diesem Spiel.

Das Hotel war angemessen und konnte sich sehen lassen. Francis wartete bereits im Eingangsbereich mit einem ganzen Berg voller Tüten auf ihn.

„Francis, es ist mir eine Freude Sie zu sehen" - kam es mit einer gewohnten Leichtigkeit aus Louis hervor. Diese Freude schien am

Gesichtsausdruck von Francis gemessen eher einseitig zu sein. Dieses Funkeln in den Augen hatte seine Gründe. Offensichtlich ist sein Plan aufgegangen, so abgekämpft und leicht angesäuert wie sie hier in der Hotel Lobby saß.

„Das meiste auf der Liste habe ich Ihnen besorgen können – ein paar Dinge die fehlen werde ich morgen nachholen." Die Worte von Francis klangen etwas nach knirschender Freundlichkeit.

„Vielen Dank für die Erledigungen. Ich hätte da noch ein paar Dinge, aber das hat morgen noch Zeit. Warum haben sie das Ganze denn nicht gleich von der Mall hierher liefern lassen, statt es selbst her zu schleppen?"

Bei dem Teil „ein paar Dinge" wurde das Funkeln ihrer Augen noch weit aussagekräftiger und der hübsche hell-weinrot gefärbte Mund von Francis verzog sich leicht.

„Du arroganter, kleiner ...." Der Satz ging in Gedanken los und verstummte dort auch wieder.

Francis blickte ihn an, in völliger Beherrschung aber doch gar nicht so weit weg vom Herausplatzen, dass sie nicht mit einer Platin-Kreditkarte aufgewachsen ist und sich die Hacken für ihn abgelaufen hat hin zu geschwollenen Füßen. Sie wünschte sich nur ein kleines bisschen Anerkennung für die viele Arbeit und den Stress gleich nach einem Langstreckenflug, anstatt selbstgefällige dumme Kommentare. Einfach nur ein bisschen Anerkennung von jemanden, der offensichtlich zu faul oder unfähig war auch nur 5 Kleidungsstücke einzupacken und dies stattdessen auf armes Fußvolk abschob. Ein einfaches Danke und eine 3 Liter Box Schokoladeneis vielleicht, aber nicht so ein Gelaaber vom Herrn Monsieur, der es sich leisten kann, so entspannt durch die Welt zu gleiten, weil er wahrscheinlich gerade von der Massage kam, nicht so wie die normale Bevölkerung hier, die rennt und schwitzt ....

„Kein Problem – gerne Geschehen." Francis war viel zu nett, als dass sie Louis all das an den Kopf geworfen hätte, auch wenn sie es innerlich bereute, es nicht zu tun.

Louis blickte in eine der Einkaufstaschen, aus der ihn ein fein säuberlich zusammengelegter Pullover in leuchtenden Pink anstrahlte.

„Das ist Ihre Interpretation von einem Blauton, der zu mir passt?" - stieß er gepaart mit einem sich steigernden Lachen aus, welches Stück für Stück breiter und lauter wurde, so dass ihm beinahe schon die Tränen kamen.

Mit einer tiefgreifenden Genugtuung über die geglückte Rache schaute Francis ihn an und genoss die Situation.

„Dieses Blau wird Ihnen stehen."

Und da kamen die Tränen vor lauter Lachen. Spätestens nach diesem Satz konnte sich Louis kaum mehr halten. Wenn nicht der Schatten der Gegenseite und der Überwachung darüber läge, dann hätte er Francis am liebsten gedrückt. Dieses kesse authentische Verhalten mochte er auf Anhieb. Auch wenn es nicht zu Ihrer Funktion in diesem Spiel passte - aber das würde er schon noch herausfinden. Jetzt war es erstmal an der Zeit die Situation zu genießen, und zwar einfach durch Lachen.

Auch die Gegenseite konnte sich der Komik dieses Moments nicht erwehren und Francis stimmte mit ein.

Plötzlich war der arrogante, kleine … nur noch ein netter fröhlicher Mann, der sich fast schon mit kindlichem Spaß über Ihren Streich freute. Das war nett. Sehr nett sogar. Fast schon liebenswert.

Und so ging es Tag um Tag – und die Tage vergingen schnell. Die Forschung, eine neue Liste mit Besorgungen für Francis, teils technisch, teils zum Ärgern. Und immer wieder die netten kleinen Querelen, durch die sich die beiden immer mehr annähern konnten und an die sie sich sehr schnell als angenehme Zwischenunterhaltung gewöhnten.

Jeweils am Abend startete Louis das Analyseprogramm im Labor befindlichen Hochleistungs-Quantencomputer, und des nächsten Tages erfreute er sich des Ergebnisses, auf das er sich sofort zur Analyse stürzte. Nur der lange kalte Gang kam ihm jedes Mal unbehaglich vor.

Mit den Tagen bereitete Louis jedoch eines, Kopfzerbrechen.

Was die Forschung anging, konnte er sich nicht beschweren. Es lief gut. Leicht schneller als erwartet, jedoch würde er bald an eine Schwelle kommen die das Ergebnis beinhaltete oder zumindest wichtige Teile davon. Da er sich sicher war dass jeder seiner Schritte auf das Peinlichste überwacht werden würde, musste er noch eine Möglichkeit finden um unbemerkt einen Störschalter einzubauen. Dies war wichtig, um in die Position zu kommen, Forderungen zu stellen und Marie zu helfen. Er musste eine Situation provozieren, in der er alleine war - unbemerkt und unbeobachtet, und damit den Freiraum finden konnte einige Analysen ohne Mitwisser durchführen. Mittlerweile musste er davon ausgehen, dass sein eigenes Tablet ebenfalls irgendwie infiziert wurde, weswegen er auch darauf keine für seine Zwecke bestimmten Berechnungen durchführen konnte.

Da die Fortschritte in der hauptsächlichen Arbeit ausgesprochen gut liefen und reichhaltige Ergebnisse vorhanden waren, konnte er sich nun getrost darauf konzentrieren den Ausschalter für die Funktion zu entwickeln. Für so naiv konnte er ja wohl nicht gehalten werden, auf die Weltrettungssprüche seines Auftraggebers hereinzufallen.

„Natürlich, jemand der aus reiner Menschenfreundlichkeit handelt, hatte sich ja schon immer Mafiamethoden bedient und andere mit Entführungen unter Druck gesetzt. Alles selbstverständlich nur zum Wohle der Menschheit" - brabbelte er vor sich hin - „das hatte ja schon fast das Niveau eines Staubsaugerverkäufers."

Es erinnerte ihn an ein Unternehmen, für das er früher einmal tätig war. Dort wurde auch der kostenlose Kaffee für alle Angestellten gekürzt, mit einer Begründung, die ihm schon fast Tränen in die Augen trieb: „Dies ist explizit keine Einsparungsmaßnahme. Aus Gründen der Gleichberechtigung anderen Kollegen im Ausland gegenüber, die keinen kostenlosen Kaffee in der Abteilung zur Verfügung haben, hatte sich das Management dazu entschlossen den hier frei verfügbaren Kaffee abzuschaffen. Sicherlich werden alle das aus Kollegialität und Gerechtigkeit verstehen."

„Super – Chinesen trinken ja auch wahnsinnig viel Kaffee." Einem Europäer den Kaffee wegzunehmen wäre so, als ob man einem Chinesen den Reis aus der Hand nimmt. Das versteht natürlich jeder, dass man in Europa keinen Kaffee mehr bekommt, weil ja die Chinesischen Kollegen, die dieses Getränk niemals anrühren würden, ja schließlich auch keinen in ihren Büros haben.

Louis stellte scherzhaft die Frage: „Nehmen sie mir jetzt auch den Firmenwagen, weil viele indischen Kollegen in Indien nur ein Fahrrad besitzen? Selbstverständlich nur aus Kollegialität und im Sinne der Gleichberechtigung, das versteht sich. Das wäre niemals eine Einsparungsmaßnahme."

Er glitt im Geiste ab, als ihm diese Situation wieder durch den Kopf ging. Louis hasste einfach diese billigen Erklärungen, unehrlich, aber an das Gute im Menschen appellierend. Er mochte Offenheit, Ehrlichkeit und Authentizität. Auch wenn die Sache dann hart klang – aber ehrlich sollte die Kommunikation immer sein.

Deshalb konnte er Francis auch Tag für Tag besser leiden. Trotz eines gewissen Argwohns wegen ihrer Rolle, von seiner Warte aus, als „Dienerin des Feindes", wie er sie immer wieder in Gedanken schmähte, war dennoch viel Aufrichtigkeit und Reinheit in ihren Augen und in ihrem Verhalten. Unterstrichen von einer gewissen liebenswerten Tollpatschigkeit die ein überzeugt schlecht handelnder Mensch niemals an den Tag legen würde. Louis dachte daran dass, wenn er sie einstellen würde, er unbedingt mit seinem Versicherungsberater über eine Erhöhung der Deckungssumme der Betriebshaftpflicht sprechen müsste. Wirklich unbedingt! Aber im

Grunde konnte sie nicht wirklich etwas dafür. Es passierte einfach – nur ihr, aber einfach so.

Ob es die Glas-Vitrine war, die sie mit den letzten Millimetern ihrer übergroßen Handtasche umräumte, während sie eigentlich nur einem kleinen Kind helfen wollten den runtergefallenen Schnuller aufzuheben, oder all die anderen großen wie kleinen Dinge, die immer wieder zu Bruch gingen.

„Wie konnte das nur passieren!" Das war danach immer auf ihrem Gesicht geschrieben. Dieser Satz erklang sofort, noch bevor etwas klirrte, aber beinahe alle Herumstehenden schon fast wie in Zeitlupe „Vorsicht" zu schreien schienen.

Es krachte.

„Wie konnte das nur passieren!"

Louis musste unweigerlich schmunzeln – auch nur bei dem Gedanken daran. Denn die treuen, aufrichten Augen verrieten immer eine aufs Neue aufkommende Überraschung auf Francis' Gesicht.

Vielleicht konnte er genau das für sein primäres Ziel gebrauchen. Auch wenn Louis sich dabei fast etwas schäbig fühlte dieses authentische Verhalten für seine Zwecken auszunutzen. So musste er doch etwas findiger werden um der Überwachung zu entgehen. Schließlich wusste er nicht, inwieweit ihre Rolle definiert war.

Louis wählte die Nummer von Sarras, seinem Fahrer. „Sarras mein Freund, ich muss dringend ein paar technische Besorgungen machen. Bitte holen sie mich in zirka einer Stunde am Labor ab."

„Herr Steinwald, sehr gerne. Aber dafür haben Sie doch Ihre Assistentin. Nicht, dass sie ihre wertvolle Zeit in unserer großen Stadt verschwenden."

„Sarras, stellen Sie sich einfach vor, Ihr Baby – Ihr eigen Fleisch und Blut schreit vor Hunger und es ist keine Milch mehr im Haus. Würden Sie gerne drei oder vier Stunden warten, bis ihre Frau nach

Hause kommt oder schnell selbst zum Supermarkt um die Ecke laufen und das Leiden Ihres Sohnes beenden? Meine Forschung ist mein Baby – mein Freund."

„Ich verstehe Mr. Steinwald. In einer Stunde bin ich bei Ihnen."

Louis wusste, dass ein familienbewusster Vater, der, aus welchen Gründen auch immer in diese Lage geschoben wurde, diesem Vergleich nicht standhalten konnte. Vielleicht in einer anderen kälteren, effizienteren Kultur. Aber nicht hier in diesem Land.

Um Zeit zu gewinnen hatte Louis eine neue Analyse programmiert und dabei ein paar Kleinigkeiten eingebaut, die zum einen die Rechenzeit erheblich in die Länge ziehen, als auch zu einem weniger brauchbaren Ergebnis führen würden. Nur wenige auf diesem Planeten könnten diesen Umweg in der Formel nachvollziehen. Tat Louis doch so, als ob er sich mit seiner Forschung nun in eine andere Richtung ausstrecken würde. Er brauchte die Zeit. Denn das, was vor ihm lag, war beinahe noch gewagter als das, weswegen er überhaupt kontaktiert wurde.

Den langen, kalten Gang entlang, dem Aufzug entsteigend im Erdgeschoss der Petronas-Towers, spielte er in Gedanken mit verschiedenen Möglichkeiten sein Ziel zu erreichen. Er brauchte einfach etwas Zeit um alleine und ohne kontrolliert zu werden, ein paar Dinge zu erledigen. Das war eben auch die Herausforderung an der ganzen Idee.

Kurz bevor sich die Glastüren hin zum Besuchereingang öffneten und er hindurch schritt, sah Louis einen Mann in altenglischer Kleidung und einem dazu passenden melonenähnlichen Hut auf dem Kopf mit Sarras am Auto sprechen. Allein diese Erscheinung in einer nicht klimatisierten Umgebung, wie hier in Kuala Lumpur, trieb einem den Schweiß in das Gesicht. Es war ihm, als ob er diesen Mann schon einmal gesehen hätte. Nur fehlte Louis im Moment der Kontext dazu. Nicht an das Gesicht, das er leider auch jetzt nur sehr spärlich wahrnehmen konnte, mehr an den Kleidungsstil konnte er sich erinnern.

Sarras blickte zu den Glastüren des Eingangsbereiches und der etwas ältere Mann ging seines Weges weiter.

„Mein Freund, wie geht es Ihnen" - fragte Louis unverwandt, als ob er die vorherige Situation vollkommen ignorieren würde.

„Mr. Steinwald. Diese Touristen, die verlaufen sich sehr oft hier" sprudelte es aus ihm heraus, fast schon entschuldigend für das Gespräch gerade eben mit diesem Fremden.

Die Situation und besonders die Körpersprache des leicht schwitzenden Malaien analysierend, zögerte Louis ein paar Sekunden.

„Nun, legen wir los – wir zwei haben heute viel vor."

„Einen Moment noch Mr. Steinwald, in wenigen Augenblicken sollte Mrs. Francis auch hier sein. Dann sind sie noch schneller" antwortete der Fahrer, während er sich den Schweiß von der Stirn wischte.

So war es nicht gedacht. Sarras wäre einfach in Schach zu halten gewesen, aber jetzt noch mit Kontrolleurin Nr. 2 ist die Lage schon erheblich schwieriger.

„Kein Problem, sie kann ja nachkommen" - wandte Louis schnell ein und stieg in den Wagen. Vielleicht konnte er ihn ja mit diesem Satz überrumpeln.

„Tut mir leid Mr. Steinwald, Sir, ich habe meine Anweisungen."

Das lief nicht gerade Louis´ Vorstellungen entsprechend.

XXV. Mutation

(Zyklus 2.8)

„Was ist denn jetzt schon wieder..." fuhr es leicht genervt aus ihr heraus, während Francis immer noch damit beschäftigt war den von Louis gestellten Anforderungskatalog abzuarbeiten. Wenn es nicht so laut und eng in dieser seltsam riechenden engen Straße wäre. Little China, so wurde es ihr beschrieben.

„Toll!" Sie drängelte sich durch die Menschenmassen, die rechts in die eine, und links in die andere Richtung strömten – außer denen natürlich die den Fluss aus Menschen zum Stocken brachten, weil sie an den Ständen anhielten und die ausgestellten Produkte begutachteten. Gefühlt waren hier nur 1,5 Meter Platz, tatsächlich waren es in dieser engen Gasse von Little China wahrscheinlich keine 3 Meter. Normalerweise machte es ihr nichts aus, an den basarähnlichen Ständen, die einer wie der andere waren, die Ware anzufassen und gemütlich durch die engen Gänge zu streunen. Aber heute war nicht Bummeln angesagt, sondern Erledigen.

Der Lärm und der seltsame Geruch wurden allmählich zur Belastung für die Nerven, die sonst ausgezeichnet bei ihr waren.

Ein recht zerzauster Mann schob seinen Roller vorbei - wild vor sich hin schimpfend, wobei man nicht unterscheiden konnte, ob es purer Ärger über einen gerade geschehenen Vorfall, oder eine psychische Störung war. Der silberne leicht eingedellte und wieder oftmals geradegebogene Außenspiegel berührte Francis an dem rechten Unterarm. Es brannte, als wenn man ein Backblech aus dem heißen Ofen zöge und zu lange mit einem sehr dünnen Topflappen das Blech hielt.

Im Großen und Ganzen war es ihr möglich, alles zu verdrängen und nur an das hier uns jetzt zu denken. Nur manchmal, wenn der rechte Ärmel der Bluse hoch rutschte, dann überkam sie ein Schaudern. Dann kamen wieder die Gefühle der Traurigkeit und der Abhängigkeit, die die Sonne über ihrer sonst aufheiternden Erscheinung zum Erblassen brachte.

Auch beim Duschen wurde sie wieder jäh an den Umstand erinnert, der sie hierher brachte. Die Angst vor dem was noch kommen würde tat mehr weh, als die rötliche Färbung mit den leicht blau marmorierten Äderchen selbst.

Wie immer verdrängte sie die Realität aus Selbstschutz, griff nach dem Handy das für sie hinterlegt wurde und begann zu lesen:

„Meine liebe Francis,

Bitte entnehmen Sie dem Anhang die aktualisierte Liste der zu besorgenden Dinge. Die persönlichen Angelegenheiten und Erledigungen obliegen Ihnen. Die in der Aufzeichnung gekennzeichneten Objekte werde ich ins Labor liefern lassen und bedürfen nicht Ihrer Aufmerksamkeit.

Finden Sie sich umgehend an der unten genannten Straßenkreuzung ein. Um das Gegenmittel an Ihre Physiologie besser anpassen zu können ist eine zwischenzeitliche Untersuchung notwendig. Folgen Sie hierzu einfach den Anweisungen auf dem Bildschirm.

Auch dies hat ohne Wissen von Herrn Steinwald zu erfolgen. Seien Sie pünktlich. Ansonsten kann ich das Ihnen zuvor

Versprochene nicht garantieren und spätere Schäden vermeiden, beziehungsweise die Heilung der Infizierung gewährleis-
ten.

Es liegt sicher in unser beider Interessen, diesen Termin
wahrzunehmen. Da ich bisher mit Ihren Leistungen zufrieden
gestellt bin, steht unserer gegenseitigen Hilfe nichts im Wege.

Es verbleibt freundlichst.

Diogenes"

Immer wenn die Angst langsam an den Gliedern emporkroch
und sich Millimeter für Millimeter breiter machte, schlug die Gutmütigkeit von Francis in Ärger um.

Und so direkt wieder mit der Realität konfrontiert zu werden war
leider der ideale Nährboden für pure Angst.

„Toll – die persönlichen Dinge obliegen Ihnen. Ganz toll. Vielen
Dank auch. Wer darf sich denn in dieser Affenhitze durch das Ge-
wühl drängeln, um irgendwelche idiotischen Dinge zu besorgen."

Der Ärger belebte sie und ihr Schritt wurde härter und schneller
in Richtung Hauptstraße, um zu dem Ort zu gelangen auf den die
Anweisungen des Handys hindeuteten.

„Danke Mister für die wunderbare Hilfe. Wir werden sicherlich
noch beste Freunde, so toll wie es mit uns beiden läuft. Viel Spaß mit
Ihrer Klimaanlage. Ich wollte immer schon durchgeschwitzt bei gefühlten 50°C und 200% Luftfeuchtigkeit irgendwelchen Blödsinn
einkaufen gehen."

Die Mischung zwischen Wut und Angst feuerte sie ab und mit einem Ruck machte sie sich frei von allem was an ihr zerrte.

Sehr zum Leidwesen des Zuckerrohrsaftverkäufers, dem plötzlich sein Rollwagen mitsamt Presse und Zuckerrohr entglitt, als sich die Schlaufe von Francis Handtasche, an der Feststellbremse verhedderte und diese komische Frau einfach weiterlief.

Sämtliche bösen Worte die der braun gebrannte und immer lächelnde Malaie seit seiner Kindheit zu hören bekam, stieß er hervor, während er ungeachtet der Autos die Straße überquerte um seinem Wagen und seiner Existenz hinterher zu kommen.

Bei dem Gedränge der Straße war es ein Wunder, dass weder Rollwagen noch er Schaden nahmen. Nur das Zuckerrohr, das auf der wilden Fahrt verloren ging, lag bereits mehrfach überfahren auf dem Boden.

Es reichte. So würde sie nicht mehr länger mit sich umspringen lassen. Könnte doch jeder einfach so daher kommen und in ihr Leben platzen. Das musste ein für alle Mal ausgesprochen werden. So gerne sie auch für Harmonie und Einigkeit sorgen wollte, aber das ging entschieden zu weit. Und genau das würde sie ihm jetzt sagen. Wie viel es sie auch immer kosten würde.

Genau bei dieser Untersuchung würde Francis es ihm so deutlich um die Ohren hauen, dass er keine andere Möglichkeit mehr hätte, als sie wieder in ihr normales Leben zu entlassen. Erst nach einer Woche auf dem Sofa zu Hause und einer Europalette Schokoladeneis, so kalorienträchtig es auch immer sein mag, wird die Welt wieder in Ordnung sein. Sie würde einfach alles vergessen und hinter sich lassen. Vielleicht auch zwei Wochen, aber danach wäre der Sonnenschein wieder wie früher in ihr vorhanden – dessen war sie sich sicher. Bis dahin würde sie durchhalten.

Die Straßenkreuzung war einfach zu finden. Auch wenn Orientierung nicht gerade eines ihrer großartigsten Eigenschaften war, so konnte sie sich doch gut zurechtfinden – sofern sie wollte. Wenn dies nicht der Fall war und die Motivation gegen Null zu gehen schien, dann war es ihr unmöglich einen Drucker zu finden der im Umkreis von zwei Metern auf dem Regal stand.

Aber hier war die Motivation gut. Sehr gut sogar. Angefacht von einer Mischung zwischen Ärger und Abhängigkeit war es regelrecht ein Leichtes für sie die angegebenen Koordinaten zu erreichen.

Der Taxifahrer in dem hübschen blauen Kleinwagen konnte sie leider nicht direkt an die Kreuzung bringen, da der Verkehr um diese Tageszeit schrecklich war. Zum Glück konnte sie die über-reichte Kreditkarte auch dafür nutzen.

Francis stieg aus und lief zwei Blocks weiter in eine gewundene Brückenstraße aus hellem Beton hinab. Vorbei an den Straßenläden mit allerlei Plastik und anderen Dingen, die die Welt nicht braucht, bog sie rechts ab und lief beinahe in ein entgegenkommendes Fahr-rad. Obwohl der Fahrer stark ins Schlingern geriet, verlor er weder das Gleichgewicht, noch seine angeborene Freundlichkeit und das breite Lächeln, das sein Gesicht verzierte.

An der Straßenkreuzung angekommen blickte sie in alle Richtun-gen.

„Und jetzt?" - ein scheuer Blick auf die Uhr bestätigte ihr, dass sie pünktlich war.

„Na toll – was soll ich jetzt machen" - blies sie beim Ausatmen heraus.

In diesem Moment klingelte das Handy, so als ob jemand den Satz gehört hätte und sofort zur Tat schritt.

Francis las halblaut: „Gehen Sie zu einem hellgelben Gebäude mit grünen Fenstern, biegen einmal nach links ab und gehen so lange gerade aus, bis Sie das Schild ‚Praxis Dr. Gyminov' sehen. Gehen Sie dort hinein."

An ihrer Seite hielt wieder eines dieser blauen Taxis mit weißem Streifen auf der Seitenmitte des Autos.

„Miss, kann ich Sie ein Stück mitnehmen?"

Der Fahrer sah eigentlich viel zu gepflegt aus, um sich damit sein Geld zu verdienen. Auch war es ihr unverständlich, warum er so ein perfektes Deutsch sprach, aber sie hatte nun wirklich anderes zu tun als auf freundliche Taxifahrer zu reagieren.

Fluchs war sie weg, ohne dem Taxifahrer irgendwie Beachtung zu schenken.

Je näher sie dem Ziel kam, umso mehr spürte Francis das Pochen im rechten Unterarm. Es war unmöglich ein Zusammenhang vorhanden, dennoch war dieses psychosomatische Gefühl für sie Wirklichkeit.

Es juckte und brannte. Francis Angst vor der Realität war viel zu groß, als dass sie den Ärmel ihrer Bluse hochziehen würde um nachzusehen wie sich die Flecken entwickelten.

Schließlich war sie ja auch nahe am Ziel der möglichen Linderung. So wie es dieser mittlerweile doch recht angenehme Herr Steinwald sah, waren große Fortschritte in dieser Angelegenheit erreicht worden. Sicherlich lag auch viel Hoffnung in der letzten Nachricht, dass das Gegenmittel noch besser angepasst werden würde.

Bald ist es soweit. Bald ist dieser Alptraum vorbei.

Alles in allem klappte es ganz gut, diese Dinge zu verdrängen. Ganz gut – aber eben nicht immer. Sobald es ihr gelang, die Wirklichkeit wegzuschieben und gefühlt eine der Hauptdarstellerinnen in einem Hollywoodstreifen zu sein, konnte sie so sein wie immer.

Verpasste sie jedoch diesen hauchschmalen Grat, konnte Sie nicht mehr verhindern die Tatsachen wahrzunehmen. Dann stürzten all die Wasserfluten unbarmherzig auf sie ein. Pure Gefühle, ohne auch nur ansatzweise von Vernunft gebremst werden zu können. Einsamkeit, Angst und das ohnmächtige Gefühl ausgeliefert zu sein.

Bald wäre es vorbei – das verbesserte Gegenmittel würde bestimmt Linderung verschaffen. Außerdem war die Zeit ja auf ihrer Seite, weil dieser Herr Steinwald bald fertig sein würde. Dann käme ihre heile Welt wieder in die bekannten Fugen zurück.

Sie musste einige Meter laufen. Die Augen suchten gewissenhaft die Häuserfassaden ab. Hier irgendwo musste sich eine Praxis Dr. Gyminov befinden.

Damit war sie zumindest abgelenkt und der Schwall der Gefühle ließ nach.

Das Handy klingelte. Die Nervosität verdichtete sich, als sie auf das Display blickte.

War Francis doch gerade dabei sich auf das Gespräch mit dem ominösen Fremden gedanklich vorzubereiten und all ihren Mut aufzunehmen. Jeglichen Mut, welchen sie seit ihrer Kindheit aufsparen konnte, denn den würde sie jetzt brauchen.

Auf der einen Seite brachte der Blick auf das Handy ein warmes, angenehmes Empfinden mit sich. Der Zeitpunkt jedoch war denkbar unglücklich. Musste sie doch jetzt Härte zeigen.

„Auch das noch."

„Hallo Francis, ich dachte, wir treffen uns kurz zum Mittagessen."

„Ich weiß äh ja, leider, äh, ist mir etwas dazwischen gekommen."

„Sind sie so eingespannt hier am Ende der Welt?" Dieser Satz sollte etwas die Spannung heraus nehmen, denn Louis merkte, dass Francis nicht so war wie sonst. Die Neugier trieb ihn dazu, diese Frage zu stellen.

„Das ist ja kein Problem – ich komme einfach zu Ihnen. In 3-4 Stunden mache ich Schluss. Genug nachgegrübelt über Probleme dieser Welt."

Francis erschrak.

„Ich brauche etwas Auslauf – das Labor ist düster und kalt. Etwas frische Luft wird mir gut tun. Senden Sie mir einfach Ihren Standort. Bis ich da bin, haben Sie ihre Sache erledigt und dann suchen wir uns ein nettes Restaurant ums Eck."

Diese Taktik könnte klappen, dachte sich Louis. Das Gegenüber etwas überrumpeln aber mit verständlichen Gründen. Die Chancen standen nicht schlecht, so unsicher wie sich Francis am Telefon anhörte.

Nun musste er ja noch auf ein paar Trümpfe in der Hand hin sparen, waren diese doch nicht so reichlich gesät, wie er es sich wünschte.

So sehr er Francis mittlerweile mochte, war Sie doch bewusst oder unbewusst die Handlangerin seines Gegenspielers. Wobei Louis mittlerweile mehr zum Unbewussten tendierte. Anderes würde mehr Fragen als Antworten liefern, so hell strahlend, so authentisch ihr Auftreten auch war.

„Äh, ja .... Nein ... also ...gerne ... dann, also ... äh " Louis konnte sich das schmunzeln bei dieser Art von Antwort nicht verkneifen. Das allseits bekannte Schürzen der Lippen, das seine Augen verkleinerte und ein eindeutiges Zeichen dafür war, wie sehr er die Interaktion mit Menschen liebte.

„Es wäre eine große Erleichterung für mich, wenn Sie ein paar Dinge besorgen könnten, die mir sehr wichtig sind."

Irgendwie tat sie ihm fast leid. Aber es musste sein, dass er noch etwas Druck- oder Nerv-Potential aufbaute. Andernfalls würde er diesem Weg zur Gegenseite keinerlei Erfolg mehr einräumen können.

Plötzlich hörte er einen Schrei und ein Wimmern am Hörer.

„Oh nein ..."

Vor lauter Häuserfassaden absuchen und telefonieren hatte Francis gar nicht die freundliche alte Dame gesehen, die sich Meter für

Meter mit ihrem Gehstock die heiße belebte Straße hinab quälte. Die Frau sah sie noch, aber leider nicht den ausfallenden Winkel ihres Gehstocks, den Francis mit viel Schwung abräumte, und damit leider auch die freundliche alte Dame im eleganten Baju Kebayal – eine langärmelige Bluse in Kombination mit langem Rock, den man Sarong nannte.

„Oh nein – es tut mir so leid" - übertönte Francis Schrei das Wimmern der Frau. Der unbeholfene Versuch, die ältere Dame am Baju Kebayal zu ziehen um sie wieder hinzustellen trug nicht zur Verbesserung der Situation bei.

Das Wimmern der Frau ließ augenblicklich nach, als sie in die Augen von Francis sah.

„Tired eyes" sagte die Frau Mitte Achtzig, die noch recht agil aussah, voller Mitleid. Es war beinahe, als ob die braungebrannte Frau Francis umgerannt hätte statt anders herum.

„Poor girl, so mournful eyes" - stammelte sie in gebrochenem Englisch.

Das brachte das Fass zum überlaufen. Francis konnte nicht mehr. Sie umschlang die Fremde und brach in Tränen aus. Dieser Blick, diese Wärme und Liebe. Obwohl sie doch schuld daran war, dass diese arme alte Frau auf den Boden fiel.

Das war alles zuviel für Francis.

Die fremde Frau erwiderte voll Herzlichkeit und Mitleid die Umarmung. Beide saßen nun auf der Straße. Die meisten Vorübergehenden nahmen das Bild das sich ihnen bot überhaupt nicht wahr, sondern waren nur darum bemüht so emsig wie möglich zum eigentlichen Ziel zu kommen.

Auch wenn diese Frau sie nicht verstand und noch weniger in der Lage war ihr zu helfen, so tat es einfach gut los zu lassen. Einmal wieder nicht alleine zu sein, sondern wieder menschliche Wärme zu spüren.

Als einige Minuten vergingen in denen die liebe weißhaarige Frau Francis´ Kopf streichelte, ergriffen von den müden Augen, die Francis aufgrund der Last die sie mit sich trug hatte, ließ der Weinkrampf langsam nach.

Die Nähe und die Geborgenheit ließen Francis vergessen, was an ihrem rechten Arm geschah und es schien, dass sie wieder Kraft auftanken konnte. Sie entschuldigte sich in vielen Worten – vor Aufregung ganz vergessend, dass die alte Frau ihre Sprache gar nicht verstand.

Aber sie verstand sehr gut sogar. Zwar nicht die Worte, aber die Aufrichtigkeit und die Körpersprache.

Dazu brauchte man keinen persönlichen Image Berater oder Sprachtrainer. Körpersprache die ehrlich ist, bedurfte keiner Übersetzung. Die war doch immer gleich. Ein Grund weniger für willkürlich gesetzte Landesgrenzen.

„You need a friend – sorrows are too hard for being alone" - wandte die Frau in einer sehr milden Stimme ein.

„Du hast Recht" - dachte sich Francis, als sie den Satz der alten Dame hörte.

„… so was von Recht. Wenn Du nur wüsstest."

Sich weiter entschuldigend für die Unannehmlichkeiten, half Francis der Frau auf und übergab ihr den Gehstock. Die alte Dame verstand Francis´ Blick sehr gut. Dafür war das Leben mit über achtzig Jahren viel zu hart gewesen, als dass sie nicht ein sorgenvolles Gesicht erkennen würde.

Die Wege trennten sich und tatsächlich hatten beide von dieser Erfahrung gewonnen.

Ausgelaugt und irgendwie dennoch erfrischt ging Francis die Straße weiter, bis sie ein mattgoldenes Schild in 40 x 30cm Größe fand.

> Praxis Dr. Gyminov
> General Medical Practitioner.

Gleiches stand noch in malaysischen Lettern darunter geprägt.

Sie drückte gegen die äußere Eingangstüre, welche dem Druck sofort nachgab und sich öffnete. Die Renovierung dieses Ganges lag wohl schon einige Zeit zurück. Francis folgte ihm und erreichte das Treppenhaus.

Im zweiten Stock war wieder die gleiche Tafel „Praxis Dr. Gyminov."

In diesem Moment zögerte Francis kurz. Das Drücken im Magen nahm schon zuvor Stufe für Stufe im Treppenhaus zu. Würde sie jetzt ihrem Peiniger entgegentreten und beibringen müssen, dass sie dies nicht mehr lange ertragen kann und er so nicht mit ihr umspringen könnte.

Den Zusammenstoß mit der alten Frau empfand sie fast schon als Segen. Hatte dies doch die Wogen in ihr wieder geglättet.

Nachdem Sie nochmals tief eingeatmet hatte, drückte sie gegen die Tür. Auch diese Tür ließ sich durch einfaches dagegenlehnen öffnen. Gefasst und bereit sich zu stellen trat sie ein.

Blitzschnell reagierten die Bewegungssensoren in diesem Raum und schalteten das Licht sowie die Stromversorgung der technischen Geräte ein. Francis benötigte einige Sekunden, um den Eindruck verarbeiten zu können. Sie fühlte sich unwohl.

Ein Zahnarztstuhl in der Mitte des Raumes mit gleißendem Licht darüber. Säuberlichst angeordnete medizinische Bestecke auf den Ablagen und klinisch reine Flächen. Nicht mal ein Staubkorn war hier zu finden – ganz im Gegensatz zu der verdreckten Straße draußen.

Im hinteren Teil des Zimmers, einige Meter entfernt waren zwei Türen. Es war ganz natürlich, dass Francis erwartete aus einer diese Türen ihren Auftraggeber zu erblicken.

Es kam niemand.

Stattdessen hatte die Gesichtserkennungssoftware der Überwachungskamera die Freigabe erteilt, das für Francis hinterlegte Video auf den großen LCD-Bildschirmen in der Praxis abzuspielen.

Eine schwarze Silhouette erschien auf cremefarbenen Hintergrund.

Es ertönte eine warme aber dennoch konsequente Stimme:

„Meine liebe Francis,

wie ich mir vorstellen kann, hatten Sie erwartet mich persönlich hier zu treffen. Dies wird nicht geschehen.

Nichtsdestotrotz liegt ihr Wohl in unser beider Interessen.

Aus diesem Grund bitte ich Sie, die links liegenden Instrumente der nummerierten Reihenfolge nach zu verwenden. Sie finden die Anweisungen jeweils bei dem entsprechenden Instrument vor. Mit den von Ihnen hinterlassenen Proben wird es mir möglich sein, das Ziel besser zu verfolgen.

Ich gehe von ihrer unmittelbaren und ungehinderten Kooperation aus. Weitere Instruktionen werden über den Ihnen bereits bekannten Weg an Sie weitergegeben."

Stille.

Nun fühlte sie absolut nichts mehr.

Innerlich tot - abgestorben.

War der letzte Hoffnungsschimmer dahin, aus dem Ganzen schneller entfliehen zu können. Es hätte gut getan darüber zu sprechen. Auch wenn es der Verursacher gewesen wäre. Hauptsache nicht wieder das Gefühl, die Last alleine tragen zu müssen.

Francis funktionierte nur noch. Geistlos und ohne Leben in den Augen trat sie an die linke Ablage und begann, wie auf dem Zettel beschrieben den Ärmel des rechten Armes hochzukrempeln und einen Abstrich der mittlerweile teilweisen nässenden Mutation zu nehmen.

Dabei realisierte sie gar nicht, dass sich diese mit leicht bläulichen Adern durchsetzte Rötung bereits bis zur Schulter ausgebreitet hat. Sie folgte Anweisung für Anweisung. Wie ein Roboter, der die Programmierung abarbeitet.

Sie legte den Arm in ein Gerät und hielt völlig still, als der Roboterarm die Spritze zum Blutabnehmen langsam unter die Haut führte. Als sie die vierte Blutprobe in die Zentrifuge tat und den grünen Knopf zum Einschalten betätigte, war alles geschafft.

Das Handy machte sich bemerkbar - Eine neue Mail.

Ebenfalls emotionslos und wie fremdgesteuert holte sie es aus der Tasche und begann zu lesen:

Meine liebe Francis,

begeben Sie sich bitte sofort zu den Petronas Towers, wo ein Fahrer auf Sie und Herrn Steinwald warten wird.

Hierbei ist es unumgänglich, dass Sie auf jedes Detail achten und später umfangreich und lückenlos über die Wünsche und Aktionen von Herrn Steinwald berichten. Lassen Sie Herrn Steinwald keine Sekunde aus den Augen, mit welchen Argumenten er sie auch immer zu beschäftigen oder abzulenken sucht.

Der Fahrer wird im Laufe des Tages das von Ihnen benötigte Medikament in einer vorerst ausreichenden, schmerzstillenden Dosis bereithalten und Ihnen übergeben. Die Übergabe sowie die Einnahme muss unter allen Umständen vor den Augen Herrn Steinwalds verborgen werden.

Warten Sie auf weitere Instruktionen.

Die Kraft glitt aus ihr wie die Luft aus einem undichten Ballon. Die volle Wucht traf sie, und sie war alleine. Niemand konnte sie in den Arm nehmen - niemand hörte das Schluchzen.

Würde es denn nie aufhören? Jetzt wäre der Augenblick, in dem der rettende Held durch die Türen poltert – so war es doch immer in den Hollywood Filmen.

Aber da war keiner. Nichts als die Kälte des Stahls und des Glases der Einrichtung, sowie der Instrumente.

Kein Poltern – Kein Laut.

Einsamkeit, Schmerz und Stille.

Einfach nur aufgeben und die Pein wäre vorbei.

Endlich, einfach vorbei.

Hier und jetzt.

TEIL 3

XXVI. Machtbeweis

(Zyklus 3.7)

Das erste, das seine Augen wieder fokussierten, war eine reichhaltig verzierte Hotellobby in altenglischer Erscheinung. Der hübsche nachempfundene Stuck und die Ornamente im Fenster erinnerten an die Georgianische Architektur, einem Stil, der in englischsprachigen Ländern zwischen 1720 und 1840 sehr ausgeprägt zur Geltung kam.

Der Rückbezug auf die griechische und römische Architektur war nur den Kennern vorbehalten. Auch die Verwandtschaft zum Klassizismus konnten nur wenige feststellen.

Er konnte es.

Die Augen schärften sich, während er reglos die Umgebung wahrnahm. Niemals würde er sich eingestehen verwirrt zu sein.

Wie war das Gegenwärtige nur möglich?

Eine Attitüde an den Wahnsinn. Befand er sich doch gerade in den letzten Sekunden seiner Erinnerung, welche ein gänzlich anderes Bild zeichnete.

Unbewusst begann sein rechtes Auge zu zucken.

Nur selten waren Wut und Verzweiflung so schwer unter Kontrolle zu halten. Langsam schwenkte er den Kopf in Richtung Fensterwand. Doch der klägliche Versuch, den Himmel zu erhaschen um die beruhigende Wirkung einer vorbeiziehenden Wolke in sich auf zu saugen, oder sich an der Kraft und Reinheit der Sonne zu erfreuen, scheiterte.

Nicht im Erdgeschoss der Hotellobby, in einer gigantischen Stadt wie Singapur. Just in diesem Moment nahm die Sehnsucht überhand. Zurück zu der Perfektion der Natur und dem Kontakt zu derselben. Wie weit war er entfernt von den einstigen Wegen Herzog Carl Eugens.

Wie einfach war es die Kontrolle über die Welt und sich selbst beizubehalten, an einer Oase der Ruhe und Schönheit.

Die pulsierende Stadt schien ihm diese Kraft allmählich zu rauben. Aber es wäre nicht für immer. Die Tage der Kleingeister und Unwürdigen, die das Leben schier unerträglich machten, waren gezählt. Niemals mehr als jetzt war er sich der Gerechtigkeit seiner Überlegungen sicher. Die Rechtfertigung seines Handels erklärte sich von selbst.

Er konnte keine Anzeichen äußerer Einflüsse an sich selbst feststellen. Nichtsdestotrotz fühlte er sich noch nicht im Stande unbekümmert seiner Wege zu gehen. Nicht das erste Mal erlebte er Situationen wie diese. So unerklärlich es auch immer war, selbst nach viel Investition in Nachforschungen.

In akribischer Kleinarbeit untersuchte er die Gesichter sowie das Verhalten der Personen um ihn herum.

Selbstverständlich waren es viele – ein buntes Treiben in einer Lobby eines Hotels dieser Größe und Ausstattung.

Niemand kam ihm bekannt vor. Wobei er nicht nur die äußere Erscheinung in Betracht zog, sondern ebenfalls Wesenszüge und natürliche Dinge wie Haltung, Gangart und weiteres subtileres Verhalten.

Nachdem nichts zum Erfolg führte, beschloss er die Trackingdaten seines Tablets an seinem Zufluchtsort zu analysieren um dem Werdegang auf die Spur zu kommen. Der Unsicherheit trotzend war die Rückreise nicht einfach zu bewerkstelligen, da eine Überwachung seiner selbst nicht ausgeschlossen war.

In der Klarheit seines Verstandes bestätigt, griff er nach dem Tablet das neben ihm in der Sitzmulde des Sofas lag und erhob sich mit der Energie lang aufgestauten Hasses auf die Welt und was sich darin befand.

Weiterhin mühsam sich selbst in Gewalt haltend, entging er nur knapp der Entgleisung, als ihn der letzte der sieben Taxifahrer in ein Gespräch verwickeln wollte.

In seiner eigenen Festung angekommen, war die einzige Möglichkeit der Stadt zu entfliehen, das Observation-Deck im 57. Stock.

Zwar drang der Lärm der Stadt selbst dort bis nach oben, jedoch wurde alles um ihn herum klein und unbedeutend und er konnte sich dem Himmel, der Sonne und der Perfektion der Natur wieder nahe fühlen.

Die Abendsonne tauchte die Kulisse der Stadt in ein überschwenglich, goldfarbenes Licht.

Tief sog er die Luft ein, als er am Becken des randlosen Aussenpools stand und verfolgte, wie das Wasser, durchsetzt von dem Glitzer der Sonne sich scheinbar im Nichts verlor.

Er verfolgte jedes Aufblitzen, hell und facettiert wie geschliffene Diamanten. Dabei reflektierte das Wasser nur einen Teil des Farbspektrums der letzten Sonnenstrahlen dieses Tages.

Die Einsamkeit und die Schönheit des nicht von Menschen Geschaffenen, legten einen grob gewebten Deckmantel über die Verwirrtheit und die Wut welche dieser Tag mit sich brachte.

Minute um Minute errang er Fassung und Selbstkontrolle wieder.

Er ging unter die Dusche um sich des Schmutzes der Stadt zu entledigen. Wenngleich er auch den hässlichen, zähen, schwarzen

Fleck, der sich auf seinem Erinnerungsvermögen breit machte, damit nicht reinigen könnte.

Auch unter der Dusche war es nicht möglich Fremdeinwirkungen auf seinen Körper festzustellen, etwas wie Druckpunkte oder Einstiche, als ob ihm ein Wirkstoff injiziert worden wäre.

Es war nicht das erste Mal, dass er sich voll Abscheu über sein Unvermögen im Spiegel betrachtete. Ins Badetuch gehüllt trat er auf die Terrasse um im Freien durch den warmen Lufthauch wieder trocken zu werden.

Während die Sonne immer tiefer zu sinken begann, zogen sich auch die Schattenschluchten zwischen den Häusern der Stadt immer mehr in die Länge.

Satt hatte er es, immer wieder an seine eigene Imperfektion erinnert zu werden. Satt hatte er die Unzulänglichkeiten anderer sich ansehen zu müssen. Satt, seinen großen Geist an der Einfachheit dieser unnützen Gesellschaft abprallen zu sehen.

Wie so oft bäumte sich dieser Ekel vor sich selbst und der ganzen Welt zu purer Energie und Tatendrang auf. Er riss kraftvoll herum, kleidete sich an und begann wie immer eine Liste der Dinge im Kopf zu zeichnen, die er nun zu erledigen gedachte.

Die Spannung in seiner Brust schien zum Zerbersten bereit.

„Es muss beschleunigt werden."

Mit Griff zum Tablet und ein paar Eingaben lud er die neuesten Ergebnisse aus dem Labor herunter.

Wenigstens ein Lichtblick ereilte ihn in den wogenden Wellen des Überdrusses. Die Proben von Francis sahen vielversprechend aus.

Der Virus hatte sich bereits gut im Blutbild manifestiert und die geplante schlagartige Verbreitung vom Arm auf den Rest des Körpers wäre mit der nächsten „Therapie" machbar.

Alles in allem, rechnete er noch mit maximal 5-7 weiteren Behandlungen, um sein Endziel zu erreichen, wobei nur noch der Trägerstoff fehlte, durch den eine berührungslose und auf weitere manuelle Behandlungen verzichtende Infektion möglich wäre.

Dieser Gedanke erfüllte ihn wieder mit einer gewissen Ruhe und dem Gefühl die Oberhand über alles zurückerkämpft zu haben. In der Zukunft schwelgend wurde sein Adrenalinspiegel wieder zur Hochform aufgefüllt.

Dies führte ihn zum zweiten wichtigen Schritt.

Den Trägerstoff.

Mit wenigen Selektionen waren die Resultate von Herrn Steinwalds Labor ebenfalls auf dem Tablet. Die Augen bewegten sich etwas langsamer über diese Daten, da es nicht gerade sein Fachgebiet war.

Auch hier sah es recht vielversprechend aus, was die sich so sehnlichst erhoffte Zukunft wieder einen großen Schritt näher rücken ließ.

Vielversprechend, dennoch nicht ausreichend.

Obwohl sich in diesem Labor ein Simulationsterminal auf Quantentechnologie basierend befand, vernetzt mit einer ganzen Anlage einem Stockwerk darunter, dessen sich selbst namhafte Universitäten rühmen würden, entsprach die Menge der durchgeführten Simulationen nicht den Erwartungen. Irgendetwas schien sehr viel Leistung zu bündeln und sich ins Nichts aufzulösen.

Bei einem Forschungsthema lag es immer im Bereich des Möglichen, zurückgeworfen zu werden, beziehungsweise sich auf einem falschen Weg zu befinden. Dafür gab es jedoch weder eine Bestätigung noch einen stichhaltigen Hinweis. Im Gegenteil. Es konnte stetiger Fortschritt festgestellt werden.

Dennoch könnte mit einer Beschleunigung und erhöhten Frequenz von Simulationen ein schnellerer Forstschritt erzielt werden.

Um die Gedanken ordnen zu können, glitt sein Blick weg von dem Display, hinüber zum weit entfernten Hafen. Große Lastkräne entluden dort die von seiner Perspektive aus winzig kleinen Schiffe. Container für Container verließen das Deck und brachten begehrte Waren ans Land.

Import und Export – davon lebten viele Länder. Import und Export, der streng kontrolliert wurde - sowohl was die Produkte anging als auch die Menge.

Und da war es. Eine ungeahnte Menge von Energie durchfuhr plötzlich und unerwartet seinen Körper. Da war sie – die Lösung, die Erklärung, der Frevel, die ungeheure Lästerung gegen ihn.

„Louis Steinwald kontrolliert die Menge der Simulationen, um auf Zeit zu spielen." Diese Worte konnte man auf dem Observation-Deck vernehmen, in einer Stimme, die den Hass und die Verachtung in Steine zu meißeln schien.

Wie konnte ihm das nur entgangen sein. Fraglich war ebenfalls noch, wie dieser Mann, sein Instrument, das bewerkstelligen konnte.

Ein weiterer Schlag, den es zu verarbeiten galt. Wie konnte ein so niederes Geschöpf seiner unbemerkt irgendwelche Dinge tun.

Keines der Sicherheitsprotokolle wurde verletzt und trotzdem war es die einzige sinnvolle Erklärung der geringen Anzahl der Simulationen. Anscheinend waren es gerade genug um mit der Thematik weiterzukommen und Zwischenerfolge vorlegen zu können und doch viel weniger als möglich gewesen wären.

Seine Nasenflügel wölbten sich wie die Nüstern eines Pferdes nach dem Rennen im Hippodrom. Jeder Atemzug ließ den Herzschlag schneller werden und den unterdrückten Schrei anschwellen.

Plötzlich meldete sich die Tracking Software um den Beweis der Untreue von Marie Carpentie oder des Einflusses einer dritten Macht zu erbringen.

Ein Fenster in roter Umrahmung poppte auf.

Das zuvor von Marie Carpentie abgelegte Briefkuvert bewegte sich. Die Wahrscheinlichkeit war schwindend gering, dass sich eine seiner Handlangerinnen gegen ihn auflehnen würde.

Und jetzt das.

Hatte sich nun die ganze Welt gegen ihn verschworen?

Ungestüme Raserei wurde das Ventil. Wilde Gewalt entlud sich an der Einrichtung. Als er wieder aufwachte, war es bereits Nacht.

Inmitten eines Schauplatzes der Verwüstung und Scherben öffnete er seine Augen - völlig entkräftet.

Diesen Teil des Apartments des 57. Stockwerks würde er nie wieder betreten.

Zeichnete ihn doch die Selbstkontrolle aus und hob ihn über all die anderen Kleingeister empor. So war der Anblick, der sich hier bot ein manifestierter Beweis des Versagens. Dieser Raum würde auf ewig verschlossen bleiben.

Er spannte jeden seiner Muskeln einzeln an, um wieder das Gefühl des Lebens in sich zu entdecken.

Der starre, geistlos entsetzte Blick hielt sich noch bis er diesen Raum der Vernunftlosigkeit verließ und die massive dunkle Tür aus Zedernholz hinter sich abschloss, um sich nicht der gerade geschehenen Momente der Unbeherrschtheit erneut bewusst werden zu müssen.

So vieles hatte er in seinen Erinnerungen und aus seinem Leben genauso abgeschlossen, nur um wieder die Kraft zu haben nach Höherem zu streben.

Und es war greifbar - jetzt.

Angefacht von der Notwendigkeit das Ziel schneller zu erreichen, verband er sich die einzelnen Schnittwunden und reinigte sich und seine Seele erneut unter der Dusche. Die Wassertropfen fielen gleichsam durch ihn durch, womit er den inneren Schmerz ebenfalls von sich wusch.

So kurz aufeinander folgend war die Machtlosigkeit noch nie über ihn hereingebrochen. Ergebnisse mussten her – Dinge mussten beschleunigt werden. Er müsste sich der Tat widmen.

Und so war es.

1.   Die Briefkuvert-Falle

Die Trackingpunkte ließen sich mühelos kartographisch anzeigen. Trotz kurzfristiger Übertragungsabrisse war eine fast nahtlose Verfolgung des gelblichen Kuverts vor ihm sichtbar.

Nach der Initiierung des Oberflächenscanns der äußeren Kuvertseite, wurden die dort aufgefundenen Fingerabdrücke sofort verarbeitet und durchliefen die Datenbank.

Die genutzte Technik kam dabei eher aus dem medizinischen Bereich und war ein Abfallprodukt einer seiner Firmen. Papier mit nanoelektrischen Komponenten zu durchsetzen, sowie mit einer transparenten Kontrastflüssigkeit zu benetzen um durch Druck und Fettschichten erzeugte Muster abbilden zu können, war in diesem Fall sehr hilfreich.

Dieser Vorgang würde aufgrund der begrenzten Energieversorgung der ebenfalls im Kuvert angebrachten, nicht sichtbaren Sensoren, nur maximal zweimal funktionieren – aber, nachdem sich das Objekt bereits seit einigen Stunden dort aufhielt, wäre ein Versuch sicherlich sinnvoll.

Nun käme er den Tatsachen auf den Grund – wieder einmal ein Sieg, ein dringend notwendiger und seines Erachtens unweigerlicher Sieg seines Verstandes.

Nachdem die Bewegung des Kuverts auf der digitalen Karte in blauer Linie angezeigt wurde, jedoch die purpurne Linie, die für Marie Carpentie stand, in eine völlig andere Richtung verlief, waren die Ehre, das Weiterbestehen und der Gehorsam von Marie erwiesen. Alleine der Umstand, dass das Kuvert noch ungeöffnet war und auch keinerlei äußeren Scanvorgängen unterzogen wurde, wie CT, Röntgen oder weiteres, sprach für ihre Unschuld.

Ein leichtes Kribbeln entstand in den Fingerspitzen. In dem Bewusstsein der eigenen Überlegenheit war es jedoch möglich, die abermals zerstörerische Kraft der Wut zu bändigen.

„Welche unglückselige Gestalt wagt es, sich mir zu entziehen?"

Es musste eine intelligente Person sein – oder eine Organisation, die es tatsächlich geschafft hatte sich in seine vielen sorgsam verschleierten Wege einzuarbeiten und jetzt wohl versuchte Einfluss zu nehmen.

Ein Lächeln der Verachtung huschte über sein Gesicht.

In wenigen Sekunden würde er die Antwort kennen und die Vorfreude darauf ein Exempel zu statuieren, wenngleich auch nur er selbst sich des Grundes dazu gewahr sein konnte, erfüllte ihn.

Das sichtbare Ergebnis in einem der vielen Zimmer hinter der Zedernholztür wäre nur ein Geringes im Vergleich dazu, was mit jemanden geschehen würde, der oder die sich erdreistet „seine Kreise zu stören" wie es Archimedes ausgedrückt hätte.

In Sekundenbruchteilen wurden Bilder mit Kurztexten angezeigt, passend zu den am Briefkuvert vorgefundenen Fingerabdrücken.

- Marie Carpentie
  - Verwaltungsangestellte von Louis Steinwald
  - Verwaist
  - Gegenwärtiger Aufenthaltsort: ….

Es bestand keine Notwendigkeit, um weiterzulesen. Selbstverständlich waren ihre Abdrücke als Überbringerin der so fein konzipierten Falle auf derselben.

- Jonas Keppler
  - Polizeiobermeister
  - Alter: 55
  - Verheiratet zwei Kinder
  - ….

Dies erzeugte zumindest ein gewisses Maß an Verwunderung. Eine mögliche heimliche dritte Macht, welche sich in seine Obliegenheiten einzumischen suchte, würde nicht so einfach mit der lokalen Polizeistelle zusammenarbeiten.

Für eine einigermaßen nachvollziehbare Erklärung fehlte noch ein Baustein.

- Margarete Holzinger
  - Alter 42
  - Alleinstehend
  - …

Ein banales und für ihn nicht erwähnungswürdiges Leben wurde aufgezeichnet, während er die Punkte durchging um ein Bindeglied zwischen dem jetzigen Standort des Kuverts, der Polizeimeisterei, zu finden und der Platzierung von Marie an einem spezifischen, dennoch versteckten Punkt auf der Halbinsel Pouch.

Nachdem er das nähere Umfeld von Margarete Holzinger beleuchtet hatte, klärte sich sein persönlicher, zurzeit von dunklen Wolken heimgesuchter Himmel wieder in überhebliches Wohlwollen und Strahlen.

- o Kaninchenzuchtverein Lange Ohren e.V.
- o Wanderverein Grosser Groiztschesee
- o ...

Damit war der Verlauf klar. Und die Endorphine versprühten ihre Wirkung in seinem Organismus.

Existierte doch niemand, der den Mut aufbringen würde sich ihm zu widersetzen. Gleichsam dem Rauschen des durchströmenden Blutes in seinem Körper, glitt die Oberhoheit über die Dinge, die Überlegenheit und seine höchstpersönliche Berechtigung zur rechtfertigungslosen Veränderung der Welt zu ihm hinüber.

Jetzt war die ursprüngliche Sicherheit wieder gefestigt.

Nicht einem Gegenspieler hatte er diese Warnung seiner Überwachungssoftware zu verdanken, sondern dem naiven Willen einer mit ihrem Leben unzufriedenen Wanderin, die alleine durch die Natur streifte und zufälligerweise den Weg mit dem von ihm festgelegten Punkt überkreuzte.

Jetzt, wieder in dem neu gewonnenen Stolz zurück, genoss er den Blick auf die Lichter der Stadt.

Keinen Schlaf würde er seinem Körper gönnen. Musste doch alles so funktionieren, wie es sein wahrhaft nicht zu bändigender Geist vorzeichnete.

Nach einer langen Wanderung durch die gleißende Sonne der Wüste, kam nun der kühle Schluck Wasser im Schatten eines zerklüfteten Felsens.

Nichts könnte ihn aufhalten. Die Perfektion war zum Greifen nahe. Das Ungeziefer würde seines Daseins beraubt werden und nur diejenigen die er für würdig erachtete, könnten in das Privileg der Existenz kommen.

Genüsslich hörte er gleichsam das Rauschen seines Blutes in den Adern. Hier hoch oben und auch sonst könnte ihm niemand etwas anhaben. Die Neugestaltung ging unaufhaltsam ihren Gang. Einen Weg, den er selbst definierte.

Erfüllt von der Euphorie des Triumphes war sogar für ihn ein Zeitpunkt gekommen, an dem er über sich selbst ein Lächeln abringen musste. Wie konnte er nur davon ausgehen, dass eine sagenumwobene dritte Macht existiere. Wie konnte er auch nur im Entferntesten davon ausgehen, dass seine Genialität angezweifelt werde und sich etwas seiner Kenntnis entzog.

Wie ein Neugeborenes den ersten Lichtstrahl außerhalb des Mutterleibes erhascht und das Schlagen des Herzens beginnt, so wurde auch sein Stolz neugeboren, mit neuem Licht erfüllt und kräftig voll Leben gepumpt.

Damit einhergehend auch Härte und Entschlusskraft.

War er nun der Treue von Marie Carpentie vergewissert worden, so genügte ihm das Bewusstsein, nicht betrogen worden zu sein. Deshalb war der weitere Nutzen von ihr noch lange nicht gegeben. Hätte sie mit einer fremden Person zusammengearbeitet, so wäre sie noch für das weitere Vorgehen brauchbar gewesen. Jetzt würde er sich jedoch ihrer Dienste und damit ihrer Person entledigen können.

Eine weitere Variable weniger in der Gleichung, so kurz vor dem Erfolg.

Nun wandte er sich Louis Steinwald zu.

Es musste Druck aufgebaut werden, der in ihm jegliches Zuwiderhandeln und herauszögern im Keim ersticken ließ.

Ein Leichtes bei dem bisher Vorbereiteten.

Francis´ Dosis konnte nach den neuen Ergebnissen besser angepasst und erhöht werden. Die offensichtlich sichtbare Verschlechterung würde nur noch das Brechen der Willenskraft von Louis fördern.

2. Warnung an Louis Steinwald

An: Louis Steinwald

Sehr geehrte Herr Steinwald,

es macht mich sehr traurig, ihren unwilligen Geist festzustellen, sowie auch Ihre stark eingeschränkte Sichtweise der Dinge.

Lassen Sie mich ein letztes Mal die Wichtigkeit schneller Forschungserfolge in das richtige Licht rücken.

Wie ich feststellen konnte, sind sie Ihrer persönlichen Assistentin nähergekommen und haben Ihren Argwohn abgelegt. Dies ist sicherlich auch ihrer Menschenkenntnis geschuldet.

Da sie mir aus nicht ganz ungezwungenen Gründen zu Diensten ist, besteht an ihrer Aufrichtigkeit Ihnen gegenüber sicherlich kein Zweifel.

Deshalb möchte ich Sie darüber informieren, dass Francis mit einem Erreger infiziert ist, der sich an ihrem rechten Arm ausbreitet und ohne entsprechende regelmäßige Einnahme des Antikörpers schnell auf den Rest des Körpers ausbreiten wird. Die Eindämmung ist nahtlos erforderlich, ansonsten sind dauerhafte Schädigungen nicht ausgeschlossen.

Sicherlich muss ich nicht weiter erläutern, dass bei einer weiteren künstlich hervorgerufenen Verzögerung Ihrerseits die nächste Ampulle des Antikörpers nicht zur Verfügung gestellt werden wird.

Um Ihnen des Weiteren die Dringlichkeit deutlich zu machen, werde ich ein erneutes Zuwiderhandeln als Provokation verstehen, was unmittelbare Auswirkungen auf Ihre Angestellte Frau Marie Carpentie haben wird.

Dies geschieht ohne weitere Warnung. Sie werden ausschließlich mit den Folgen konfrontiert werden und damit leben müssen, dass Ihr fehlendes Engagement sowie Ihre eigene Überheblichkeit dafür die Verantwortung zu tragen hat.

In diesem Sinne schätze ich weiterhin Ihre Mitarbeit und fachliche Kompetenz, weshalb ich von einer baldigen friedfertigen Beendigung unserer Zusammenarbeit ausgehen werde.

Mit freundlichem Gruß

Diogenes

Dass sich Details seiner Anweisungen mittlerweile widersprachen, hatte er zwar erfasst, jedoch als unwichtig eingestuft. Es musste beschleunigt werden. Nicht länger als irgendwie notwendig würde er dieser Nichtsnutzigkeit weiterhin ausgeliefert sein wollen.

Ungeachtet der nächsten Schritte würde es seinem Drang zur Perfektion dennoch notwendig erscheinen, Zeit zu investieren um nachzuvollziehen, wie Louis so lange ohne Bruch der Sicherheitsprotokolle arbeiten und damit Zeit für sich erwirtschaften konnte.

Nur dann wäre auch eine umfassende Korrektur der Überwachung möglich und weiteres unbemerktes Verhalten auszuschließen.

Er würde Marie sowieso aus dem Weg räumen lassen – nur die Beweise dafür würden etwas verspätet, aber exakt zu dem von ihm festgelegten Zeitpunkt bei Louis Steinwald ankommen.

Während er die Weite der Nacht auf sich wirken ließ und die angenehme Erfrischung des leichten Windes auf seiner Haut spürte, streckte er die Hände aus und begann über einen würdigen Abschluss von Marie Carpentie nachzudenken.

XXVII. Einheit

(Zyklus 2.9)

Sarras war immer eine treue Seele. Weder in der Schule wagte er auch nur einen Augenblick den Kopf zum Nachbarn zu drehen um abzuschreiben, noch konnte er es für sich behalten wenn sein großer Bruder wieder mal Süßigkeiten aus dem Familien-Fach klaute, das zwei Köpfe über ihm in einer Schublade des Wandschrankes lag.

Aber nicht, weil er seinen Bruder verpetzen wollte. Eher, weil es sich nicht richtig anfühlte. Ein ähnliches Gefühl hatte er jetzt. Jedoch war er sich im Klaren, dass er sich es jetzt nicht selbst aussuchen konnte, wie er sich verhielt. Um seine Familie zu beschützen würde er alles tun.

Leider musste er jetzt auch etwas dafür tun, was sich als nicht richtig anfühlte.

Sarras hielt den Wagen vor der Praxis Dr. Gyminov in der zweiten Reihe an, genau in dem Moment als Francis aus der Tür stolperte.

Irgendwie sah sie desorientiert aus und etwas blass im Gesicht.

Er setzte den Warnblinker, stieg aus und trotz des Hupens der hinteren Fahrzeuge trat er zu Francis herzu, um ihr stützend unter die Arme zu greifen.

„Miss, warten Sie, ich helfe ihnen."

„Nein Danke, es geht schon" - erwiderte sie, noch bevor sie Sarras wirklich erkannte.

„Miss, sie sehen nicht gut aus – entschuldigen Sie bitte den Ausdruck."

„Sarras, bringen Sie mich bitte zu Mr. Steinwald."

„Möchten Sie nicht zuvor zu einem Arzt?"

„Ich brauche nur ein paar Minuten – Danke. Bis wir bei Mr. Steinwald ankommen, wird es mir schon wieder besser gehen."

Sarras kniff die Augen etwas zu, sodass sich in seinem braun gebrannten Gesicht kleine lang gezogene Falten abbildeten. Etwas fühlt sich hier ganz und gar nicht richtig an.

Nachdem Sarras beim Einsteigen behilflich war, um es der sehr kraftlos aussehenden Francis einfacher zu machen, lief er um das Auto und stieg zur Fahrerseite ein. Nächstes Ziel Petronas Towers.

„Mr. Steinwald hatte mich kontaktiert, dass ich ihn in die Stadt fahren sollte, um etwas zu besorgen. Er wollte es unbedingt alleine machen und nicht auf sie warten."

„Ich weiß. Bringen Sie mich bitte noch kurz zum Hotel. Ich komme dann gleich nach." Kam es aus dem Fond des Fahrzeuges.

„Gerne Miss. Ich werde dann mit Mr. Steinwald vor den Petronas Towers auf Sie warten." Ein mildes gütiges Lächeln war gepaart mit diesem Satz.

Nachdem er Francis abgesetzt hatte, parkte er direkt vor den Petronas Towers. Sarras erschrak, als Louis Steinwald plötzlich vor ihm stand.

Seltsamerweise fühlte sich bei Mr. Steinwald alles etwas richtiger an. Nichtsdestotrotz musste Sarras auf die Anweisungen auf seinem Handy hören, statt auf sein Bauchgefühl. Der Unternehmungsgeist, der in dem Satz „Wir haben noch viel vor heute" mitschwang, ließen in Sarras ein paar Bedenken aufkommen, zudem er sich auch noch etwas Sorgen um Francis machte.

Als sie um die Ecke bog, zwischen einem langhaarig zotteligen Rastafaria Anhänger und einer Dame in Schuhen mit hohen Absätzen und schwarzem Businesskleidchen, sah sie schon wesentlich besser aus.

Ein Ausstoß der Erleichterung entfuhr Sarras in diesem Moment.

„Francis!!!" Rief Louis lauthals in ihre Richtung, die Ungewissheit überspielend wie er jetzt mit zwei Aufpassern umgehen sollte.

„Schön sie zu sehen."

„Herr Steinwald, Sarras" - nickte sie den beiden zu.

„Bitte entschuldigen Sie meine Verspätung – ich musste noch etwas erledigen."

Francis bemühte sich sehr, ihren gegenwärtigen Gemütszustand nicht bemerkbar werden zu lassen, was ihr im Großen und Ganzen auch gelang.

Louis fielen nur ihre Augen auf, die so sorgenvoll einher blickten, wie es nicht einfach nur durch Stress oder Müdigkeit hervorgerufen werden konnte.

„Legen wir los" - überging Louis vorerst seine Beobachtung, und begann Francis ins Gespräch zu ziehen.

„Vor lauter Arbeit haben wir doch so vieles hier noch gar nicht gesehen. Alleine die Fledermaushöhlen sollten hier legendär sein. Was würde Sie denn am meisten an dieser lebhaften Stadt interessieren?"

„Ich weiß nicht – es war so viel zu tun hier, da hatte ich noch keine Zeit darüber nachzudenken. Sie haben mich ganz schön auf Trab gehalten."

Das Lächeln, das bei diesem Satz entstand war ehrlich gemeint, hatte aber auch etwas Wehmütiges.

„Sie haben vollkommen recht – ich werde mich bessern" - fuhr Louis leicht amüsiert dazwischen „deshalb helfe ich Ihnen heute bei den Besorgungen und danach unternehmen wir noch etwas, was sie sich wünschen. Was halten Sie von diesem Vorschlag?"

Natürlich würde sich Francis etwas wünschen, aber das konnte sie hier nicht sagen.

Louis navigierte Sarras in eine lebhafte Straße, in der man die Leute fast schon mit einer Schneeräum-Schaufel vor dem Fahrzeug wegschieben müsste um mit dem Auto durchzukommen. Das war auch genau das Ziel. Menschen, alles voller Menschen, die sich dicht am Auto vorbeidrängten. Völlig unbeeindruckt vom Hupen war die Menschenmasse nur durch langsames, leichtes Drücken des Bleches gegen die Körper zu teilen.

„Um Ihnen etwas Arbeit abzunehmen, habe ich ein paar Dinge vorbereitet. Wenn wir gut zusammenarbeiten, dann sind wir schnell fertig und können uns den angenehmeren Dingen widmen – und Sarras, sie bekommen dann frei und können zu Ihrer Familie." Dabei übergab er Francis eine kleine handgeschriebene Liste mit lapidaren Dingen wie Zahnpasta, Batteriewechsel der Armbanduhr, Glasträger aus der Apotheke, Reinigungsflüssigkeit für Kontaktlinsen, obwohl er gar keine trug, und einiges mehr.

Um sich mit dem Straßenhändler zu treffen, musste Louis seine beiden Aufpasser beschäftigt halten. Francis wäre mit diesen sinnlosen Besorgungen sicherlich mindestens 30 Minuten abgelenkt, und das auch nur, wenn sie schnell wäre. Was Sarras angeht, in dieser Straße würde er feststecken bis zum Jahresende.

„Am besten wir teilen uns auf. Es ist ja unglaublich hier in den Straßen. Da schätzt man doch wieder deutsche Straßenverhältnisse, nicht wahr? Nun gut, machen wir das Beste daraus. Ich würde vorschlagen, Sarras, Sie versuchen unser Auto zu befreien, während wir uns durch das Getümmel schlagen und so schnell wie möglich alles erledigen. Wir treffen uns dann wieder in der Kingston Freeman Road am Eck."

Auf den Überraschungseffekt hatte Louis gesetzt und sofort die Tür aufgedrückt und die Menschen außen zur Seite geschoben. In wenigen Momenten hatte er das Fahrzeug verlassen. Francis wusste, dass sie ihn eigentlich nicht aus den Augen lassen sollte, jedoch hatte sie im Moment keine Kraft so schnell zu reagieren.

Sarras hatte einfach nur Angst jemanden zu verletzten oder für immer hier festzustecken.

Da Louis bereits weg war, musste auch Francis wohl oder übel raus und die ihr übergebene Liste abarbeiten.

„Und ich dachte, das Sklaventum wäre bereits abgeschafft" - frotzelte sie vor sich hin, während auch sie langsam die Wagentüre gegen die sie umgebenden Körper drückte, um heraus zu kommen.

„Miss, geht es Ihnen wieder etwas besser" - fragte Sarras mitfühlend.

„Machen Sie sich keine Sorgen, ich bin ein hartes Mädchen." Der Satz klang lässiger als sie dachte, was ihr wieder etwas neuen Mut zu geben schien. Sie kam sich gerade vor wie im Film.

Draußen angekommen blieb sie einfach erst einmal stehen um sich einen Überblick zu verschaffen und die Liste nach Geschäften zu ordnen. Ein Glück, dass sie als Europäerin meist größer war als der Rest der Menschen hier auf dem Platz.

Da die Menschen in diesem Land grundsätzlich sehr höflich sind, wurde sie nicht durch das Gewimmel um sie herum umgerannt, sondern die Masse teilte sich vor ihr und schloss sich gleichermaßen wieder hinter ihr.

Also, Drogerie, Apotheke und irgend etwas, was man mit dem guten alten deutschen Tante-Emma-Laden vergleichen könnte, nur eben in malaysischer Ausführung.

Sie konnte wirklich hart im Nehmen sein. Zumindest unterkriegen ließ sie sich nicht. Also ging es ans Tagewerk um dann irgendwie mit der GPS Navigation ihres Handys am Schluss in der Kingston Freeman Road zu landen.

Eines war für sie heute sicher. Es wird keine Sehenswürdigkeiten geben – freies Kontingent an Massagen und Wohlfühlbehandlungen in einem Wellnesstempel würde sie diesem Louis Steinwald aus den Rippen leiern. Das war er ihr mindestens schuldig. Ohne Diskussionen, sonst würde sie ihm eine Zahnpasta für Kinder mit Kaugummi/Erdbeergeschmack besorgen, statt die auf der Liste aufgeführte Marke.

Es war ein Hin und Her durch die Menschenmassen und durch kleinen Gassen. Der Lärm der Straße begann langsam zu nerven, dennoch standen weiterhin zwei Punkte als unerledigt auf der Liste. Als sich Francis streckte um ein Geschäft auszumachen, das sie als Nächstes aufsuchen wollte, musste sie gleich zweimal zu einem mit blutroten, schweren Vorhang verzierten Stand blicken.

Dem Aussehen nach war es mehr ein vergessener Stand einer Geschichte vom Klassiker 1001-Nacht. Aber da würde ja nicht mal das Land dazu passen.

Der Grund, warum sie in diese Richtung lief, war jedoch ein anderer.

Hinter diesem schweren Stoff befand sich ein Tisch mit rostigen Stühlen, bei denen die Kunststoffversiegelung bereits fast vollständig abgebröckelt war und auf einem der Stühle saß doch Louis Steinwald. Was hatte er denn hier zu suchen. Francis bahnte sich den Weg näher heran und Verwunderung überkam sie.

Bevor sie von einem kleinen, rauchenden und stinkenden Moped auf die Seite gedrängt wurde, konnte sie gerade noch sehen, wie Louis ein in Plastikfolie versiegeltes technisches Gerät ausgehändigt bekam. Der Qualm biss in den Augen.

War es doch nicht notwendig, diesen Aufwand zu betreiben. Würde er alles an Technik das er für das Projekt benötigte einfach ins Labor geliefert bekommen. So lief es die ganzen Wochen zuvor. Jedes Mal teilte Francis die Anforderungen auf in persönliche Dinge, um die sie sich zu kümmern hatte, und projektbezogene Dinge, die sie einfach an Diogenes weiterleitete. In den meisten Fällen war das geforderte Objekt am nächsten Tag da, oder zumindest immer innerhalb von wenigen Tagen.

Warum sollte Louis seine wertvolle Zeit jetzt in der Schwüle von 100% Luftfeuchtigkeit und der Hitze des Nachmittags verschwenden? Die Antwort lag auf der Hand, nur über ihre Reaktion war sie sich noch nicht ganz im Klaren.

Das in Folie eingeschweißte Etwas, was es auch immer war, verschwand in der Innentasche seines Blazers, den er mittlerweile abgelegt hatte und der ungeachtet der möglichen Rostflecke über einem der Stühle am Tisch hing.

In diesem Moment trafen sich ihre Blicke.

Die Möglichkeiten abwägend, was Francis gesehen haben und wie eine Reaktion ihrerseits aussehen könnte, sprang Louis auf, bedanke sich bei dem Händler und lief ihr entgegen. Er nutzte die Zeit zu ihr hin, um sich eine möglichst glaubwürdige Geschichte zu überlegen, ohne lügen zu müssen.

„Francis, schön sie zu sehen, wie lief es bei Ihnen?"

Das war wirklich nicht gelogen, denn er freute sich tatsächlich immer sie zu sehen. Auch die einen oder anderen peinlichen Ausrutscher, für die sie jedoch irgendwie nie etwas konnte, waren stets eine Freude für ihn. Der Zeitpunkt war natürlich denkbar schlecht. Glücklicherweise hatte er bereits die Bezahlung und die weiteren offenen Dinge, über die er mit dem Straßenhändler verhandeln wollte, schon erledigt.

Leider war er sich nicht sicher, seit wann Francis ihn aufgestöbert hatte und ihn verfolgte. Obwohl er sich sicher war dass er peinlichst genau darauf achtete nicht verfolgbar zu sein, war es irgendeinem Umstand zu verdanken dass sich ihre Wege trafen. Hatte er einen weiteren Informanten nicht bemerkt? Sehr sorgfältig hatte Louis eine Gegend ausgewählt, an der keine sonst üblichen Überwachungskameras installiert waren, wobei er mittels Netzwerk und Gesichtserkennungssoftware einfach aufzufinden gewesen wäre. Blieb ihm nichts anderes übrig, als einen Tanz zu beginnen und auf Reaktionen zu achten.

„Hoffentlich waren Sie erfolgreicher als ich. Mit diesen Straßenhändlern verschwendet man so viel Zeit. Erst laden sie einen zum Tee ein und dann verlangen Sie verrückte Preise für Nichts."

„Was wird denn an diesem Stand angeboten? Sie wollen doch keine blutroten Vorhänge im Labor anbringen lassen, oder? Lassen sie mich raten, Sie lassen sich einen Anzug dort schneidern."

Der Satz kam mit so einer Nüchternheit, dass sowohl Louis als auch Francis lauthals zu lachen begannen. Die Gelöstheit die dieses Lachen mit sich brachte, schuf auch eine gewisse Vertrautheit, die die Beiden über die Tage und Wochen hinweg immer wieder spürten. Geborgenheit und Gemeinsamkeit. Gerade diese kleinen Hänseleien und Spitzfindigkeiten waren der Ruhepunkt in der letzten Zeit. Der einzige wahre Ruhepunkt, ohne ein negatives Gefühl in den Hintergrund drängen zu müssen.

Mit einem Mal kullerte Francis eine Träne über die Wange. Sofort wandte sie sich weg, aber Louis hatte es bereits bemerkt.

„Wir beide spielen eine Rolle, die uns nicht gefällt, nicht wahr?"

Spätestens jetzt waren die Schleusen geöffnet. Mit so viel Ehrlichkeit und Offenheit konfrontiert zu werden war das letzte Zünglein an der Waage. Louis nahm sie in den Arm, und sie setzten sich unter das Dach eines nahegelegenen Saftstandes mit frisch gepressten Limonen.

„Ich denke, wir sollten uns einmal unterhalten –und zwar richtig" erklang die tiefe sonore Stimme.

XXVIII. Versagen

(Zyklus 1.9)

Sarras konnte als erstes Louis erkennen, der sich durch das Gewimmel wühlte. Hier, in der Kingston Freeman Road, konnte man sich wenigstens frei bewegen. Die Gassen dorthin waren jedoch, wie vieles in dieser Stadt, immer überfüllt.

„Sarras mein Freund – und ist noch alles ganz am Auto" - fragte Louis verschmitzt - „Wo haben Sie Francis gelassen?"

„Da hinten kommt sie."

In diesem Atemzug geschah alles wie in Zeitlupe. Francis trat auf die Straße. Doch bevor sie sich von dem Getümmel befreien konnte, hatte Sie ihre schwarzblaue Handtasche zur anderen Schulter gedreht und presste diese fest an sich. Dabei blieb sie mit dem Fuss an einer der leicht verbogenen Markisenstange des letzten Verkaufsstandes aus der kleinen Gasse hängen. Sich dessen völlig unbewusst ging sie einen beherzten Schritt nach vorne, was zur Folge hatte, dass das vordere Eck der schmutzig grünen Standmarkise einknickte. Gleichzeitig riss der Schwung die schon in die Jahre gekommene Quer-Halterung mit.

Von der Warte Louis´ und Sarras´ aus, war der Dominoday im Fernsehen kein Vergleich dagegen. Da in der ganzen Gasse alles recht behelfsmäßig aber brauchbar zusammengebunden war und irgendwie alles und nichts aufeinander lag, knickte nach und nach ein Stoffdach nach dem anderen ein, wie Dominosteine die umkippten.

Louis zählte sieben bis acht auf der einen Seite und aufgrund eines Seiles über den Köpfen der Fußgänger auf dem halb zerlegte Hühner getrocknet wurden, noch drei Markisendächer auf der anderen Seite der Gasse.

Weder die Verkäufer der jeweiligen Stände, noch die unter dem Tuch gefangenen Kunden kamen schnell genug davon hervor, um festzustellen woher diese plötzliche Verwüstung kam.

Sarras sprang bereits in den Wagen und ließ den Motor an um schnellstmöglich das Geschehen verlassen zu können, während Louis noch höchst amüsiert den Anblick und das wilde Geschrei in unverständlicher Sprache aus den sich bewegenden Stoffbeulen genoss.

Sich keiner Schuld bewusst, eher noch verwundert über den so schnell aufkommenden Lärm hinter sich, überquerte Francis die Straße und stieg ebenfalls ein.

Sarras stellte fest, dass Ihre Augen zwar müde aussahen, aber nicht mehr so schwer wie zuvor. Anscheinend tat ihr die Abwechslung gut, nachdem er sie in unglücklicher Verfassung von der Praxis Dr. Gyminov abholte.

„Sarras, sie können sich für den Rest des Tages freinehmen. Wir werden heute im Hotel nur noch die Annehmlichkeiten der dortigen Einrichtung in Anspruch nehmen."

„Oft werde ich diese Erledigungstouren nicht mehr mit Ihnen veranstalten Herr Steinwald" - sagte Francis mit gefestigter Stimme.

„Diese Ausflüge sind zeitraubend und anstrengend. In jeder mittelgroßen Mall hätte ich alles in einem Bruchteil der Zeit für Sie erledigen können."

„Das stimmt, aber dann hätten Sie bestimmt Halsschmerzen von der Klimaanlage." Dabei setzte Louis sein breitestes Grinsen auf und die Augen funkelten.

„Dafür gehen heute die Massagen auf Sie - ohne Widerrede."

„Ok, Schachmatt. Lassen Sie den heutigen Abend auf mein Zimmer schreiben. Aber nicht, dass Sie für den Manager des Hotels damit einen neuen Porsche finanzieren."

„Ich würde ihm gerne einen neuen Porsche gönnen" - sagte Francis künstlich schnippisch.

Die weitere Fahrt wurde schweigend verbracht. Nicht einmal Sarras war es zumute ein unverbindliches Gespräch zu beginnen. Der bisherige Tagesverlauf war einfach zu erschöpfend.

Nachdem er die beiden Fahrgäste ausgeladen hatte, würde er noch seine Beobachtungen als E-Mail verfassen müssen, und dann hatte er tatsächlich frei. Er überlegte, ob er nicht mal mit seinem älteren Sohn den großen besonderen Spielplatz aufsuchen sollte, was dieser sich schon lange wünschte.

Wer weiß wie lange das noch ginge.

„Wir leben in harten Zeiten." Lief es ihm schwermütig durch den Kopf. Damit war der tiefe Wunsch verbunden so viel Zeit wie möglich mit seiner Frau und seinen Kindern zu verbringen. Man weiß nicht, was die Zukunft so alles bringt. Wie er darüber nachdachte, atmete er immer schwerer - gewann doch die Last immer mehr an Gewicht. In was war er nur hier hineingeraten. Dabei wollte er doch seiner Frau auch nur einmal etwas Tolles kaufen. Nicht, dass es ihr wichtig gewesen wäre – aber Sarras wollte eben auch mal. Seine Frau war immer zufrieden und war glücklich so, wie alles war.

„Hoffentlich geht alles gut aus."

„Wie bitte, was sagten Sie Sarras" - schaltete sich Louis von hinten ein, als er ein Gemurmel vernahm.

„Nichts Sir, ich habe nur laut gedacht. Hoffentlich sind wir bald da bei diesem Verkehr" - warf er ganz aufgeregt entgegen.

„Na schlimmer wird es ja kaum noch kommen." Und das Grinsen auf Louis Gesicht wurde immer breiter. Er konnte das Unbehagen regelrecht spüren. Bei einem Mann wie Sarras mit so treuen Augen und einem leicht naiven Gemüt ist das so, als ob er das Finanzamt um Millionen betrogen hätte und der Beamte jetzt mit dem Ordner in der Hand vor seiner Tür stünde.

Francis hatte die Augen zu und versuchte etwas zu schlafen. Das alles zerrte sehr an ihr. Mit einem langen Blick auf Francis entschloss sich Louis, es auf die Spitze zu treiben.

„Sie können ein glücklicher Mensch sein Sarras. Sie sehen aus, als ob Sie viel Freude mit Ihrer Familie haben und ganz zufrieden mit Ihrem Leben sind. Mein Freund, einen Rat muss ich Ihnen jedoch geben. Ihre Auftraggeber sollten Sie sich etwas besser aussuchen."

„Sir, ich liebe meine Familie."

„Genießen Sie jeden Moment davon. Und beschützen Sie sie."

Kalte, schaurige Gänsehaut erfasste Sarras bei diesem Satz. Er musste sich leicht schütteln, wobei er das Lenkrad nicht losließ, um den Schauer wieder loszuwerden.

„Tun Sie nicht alles was man Ihnen sagt mein Freund, tun Sie das, was Sie für richtig halten."

Stille machte sich im Fahrzeug breit – eine eigenartige Stille voller Spannung und Unbehagen, aber dennoch von Verständnis und Einheit getragen.

Die Zeit rettete alle Beteiligten, da die letzte Ampel vor dem Hotel auf Grün schaltete und Sarras kurz darauf den Wagen in die Einfahrt lenkte.

Er sah durch den Rückspiegel tief in die Augen seines Fahrgastes.

Für Louis war es beinahe so, als ob Sarras ein „Danke" durch seinen Blick auszudrücken suchte. Aber vielleicht war es auch nur der Wunsch, der diesen Gedanken fasste.

„Francis, ich wünsche Ihnen einen schönen Abend. Heute schaffe ich es leider nicht mit unserem gemeinsamen Essen. Ich möchte noch ein paar Ergebnisse auf meinem Zimmer durchgehen."

Francis schreckte hoch. Wieder der Traum im Wasser, mit brennenden Lungen und dem ewigen Strecken nach der Oberfläche - vergebens. Wenn Sie gewusst hätte, dass sie abermals diesen Traum haben würde, wäre sie wach geblieben.

„Kein Problem – ich denke, für heute schadet es mir auch nichts etwas früher schlafen zu gehen. Sie haben mich heute schon genügend strapaziert."

Louis gefiel die Antwort und er ging gemütlich mit einem Hauch von Zufriedenheit ins Gesicht gezeichnet in Richtung des Hoteleingangs.

„Miss, ich habe noch etwas für Sie" fuhr Sarras fort, während er Francis die rechte Tür des Wagens von außen öffnete und beim Aussteigen half.

„Ich weiß, Sarras. Es ist wichtig" - erklangen müde ihre Worte.

Ein kurzer Griff in die linke Tasche des anthrazitschwarzen Sakkos brachte eine Ampulle mit einem hellgelblichen Serum zum Vorschein. Sie war klein, so dass sie mühelos in eine geöffnete Hand passte. Nach dem prüfenden Blick in Richtung Hoteleingang, um sicher zu gehen dass Louis Steinwald sich nicht doch noch irgendwo hier in der Nähe aufhielt, streckte er die Hand mit dem Serum aus um es Francis zu übergeben.

„Danke Sarras, es wird mir helfen."

In dem Moment, als sie sich vorstreckte um den für Sie so notwendigen Stoff zu fassen, bekam sie einen Schubs von der linken Seite.

„Tickets … Tickets, come to the Palace. … Tickets" schrie die Stimme eines großen schlaksigen Mannes mit bunten weiten Klamotten lauthals neben ihr.

„Oh sorry Mam – Tickets … cheap price …" die Stimme verhallte in einigen Metern Entfernung. Wobei man das abgewrackte Schild, das der Mann hochhielt, noch gut sehen konnte.

Was übrig blieb, war das blanke Entsetzen zweier Menschen, die auf den Boden starrten.

„Palace tickets – come to the palace..." - und dann ging die Stimme im Treiben der Straße unter.

Genauso, wie die kleine hellgelbe Flüssigkeit in den Ritzen des Straßenbetons nach und nach versickerte, bis nur noch ein feuchter Fleck und kleine Glassplitter zurückblieben.

„Es ist vorbei. Alles ist vorbei. Einfach alles" - ihre Stimme klang zitternd.

Sarras wusste nicht viel – aber er wusste, dass etwas wirklich Schlimmes passiert sein musste.

Da war es wieder, das gleiche beklemmende Gefühl wie im Traum. Das Ringen nach Sauerstoff. Nur noch Zentimeter von der Wasseroberfläche entfernt. Doch je mehr sie sich anzustrengen vermochte, desto weiter schien sich die Befreiung zu entfernen.

Apathisch und ohne jegliche Reaktion bewegte sie sich langsam in Richtung Hotel.

„Es ist alles vorbei."

Sarras blickte ihr weiter nach, bis sie durch die Eingangspforten schritt und der Portier die große, mit Ornamenten verzierte Tür hinter ihr wieder schloss.

Völlig emotionslos drückte sie den Knopf des Fahrstuhls. Sie würde einfach ins Hotelzimmer gehen und dort das klägliche Ende erwarten. Was hätte es für einen Sinn sich weiter abzustrampeln. All die Mühe umsonst - es war vorbei.

XXIX. Der Schlag

(Zyklus 1.10)

Louis fuhr im Aufzug auf und ab. Immer wieder auf und ab.

„Das gibt es doch nicht."

Ein Pärchen das in den 29. Stock fuhr, war bereits wieder zurück, umgezogen, die Frau war frisch geschminkt, wenn auch zu aufdringlich und künstlich und bereit zum Ausgehen.

Das Einzige was Louis hoffte war, dass sie ihn nicht wieder erkennen würden. Ein Freak, der den ganzen Tag Aufzug fährt. Auch wenn er diese zwei Leute mit dem schwedischen Akzent höchstwahrscheinlich nie wieder in seinem Leben treffen würde, so wäre es ihm dennoch unangenehm gewesen, wenn sie ihn für einen dieser komischen Psychos hielten.

Wenn es in diesem Hotel Fahrstuhlmusik gegeben hätte, dann wäre die CD jetzt bald aus.

„Was dauert denn da so lange?"

Jedes Mal wenn die Türen im Erdgeschoss aufgingen, platzierte er sich mit dem Rücken oder seitlich in eine der vier Ecken, einmal mit Sakko, einmal ohne, und immer im Wechsel. Damit würde er zumindest nicht so schnell auffallen, wenn jemand etwas länger in der Lobby des Hotels wartete und zufällig zum Fahrstuhl sähe.

Langsam gingen ihm die Kombinationsmöglichkeiten aus. Vielleicht sollte er doch woanders warten.

Abermals gingen die großflächigen Türen aus gebürstetem Aluminium auf.

Vor ihm stand jemand, dem man den Stolz im Gesicht ansah. Schon beim Einsteigen im 17. Stockwerk, bedachte er alle umstehenden Personen mit herabwürdigendem Blick.

„Na was für ein Herzchen" - murmelte Louis tonlos. Er konnte diese arroganten Blicke noch nie leiden. Zumeist von Menschen, die weder auf etwas stolz sein konnten, noch sich durch irgendwelche Qualitäten auszeichneten. Zumeist mussten solche in mühseliger Kleinarbeit die anderen in Meetings überzeugen, wie großartig sie wären und versuchten dabei das Thema in einen Bereich zu bugsieren, in dem sich bestmöglich niemand der Anwesenden auskannte. Damit war der Grund gelegt, um in einem philosophisch literarischen Werk die eigene Daseinsberechtigung zu rechtfertigen und das Ego zur Schau zu stellen.

Dank der Technik von Express-Aufzügen war die Zeit, in der sie sich beide einen Raum teilen mussten verhältnismäßig kurz. Der Gong ertönte und der senkrechte Schlitz zwischen den Türen wurde immer breiter.

Das Herzchen stand in den Startlöchern um den Aufzug zu verlassen, wie beim 100m Lauf zu den Olympischen Spielen.

Nur knapp konnte er der apathisch blickenden Blondine ausweichen, die im Begriff war einzutreten.

Bei dem Anblick war nicht nur er erschrocken. Auch Louis vergaß kurz die Umgebung und machte einen Schritt auf Francis zu.

Dieser Blick und die schlaffe Haltung gefielen ihm ganz und gar nicht.

Sich wieder unter Kontrolle tat Louis teilnahmslos, da noch einige andere ebenfalls den Fahrstuhl benutzten.

Jedoch stellte er sich neben sie, dass sich ihre Schultern kurz berührten, während er so tat, als ob sein Blick auf die Anzeige des Stockwerkes gebannt war.

Mittlerweile hatten alle weiteren Mitfahrer durchgewechselt. Somit packte Louis die Gelegenheit am Schopf, nahm Francis´ Arm und in einer Mischung zwischen Schieben und Ziehen, verließen beide das Gefährt hinaus auf den Gang im 26. Stock.

Nachdem ausreichend geprüft wurde, ob sich Kameras oder Personen auf dem Gang befanden, zerrte er Francis in eine durch eine dichte Pflanzenwand abgeschiedene Ecke, hin zu einem ausladenden gestreiften Sofa – eine der Sitzecken auf der Etage.

„Was ist passiert?" Wobei Louis versuchte, ruhig und langsam zu sprechen, um nicht vorwurfsvoll zu klingen.

„Es ist alles vorbei – ich kann nicht mehr. Einfach alles."

„Hast Du eine neue Botschaft bekommen? Hat Sarras etwas gesagt?"

„Es ist sinnlos."

„Sicherlich, das ist alles recht viel. Aber wir sind jetzt nicht mehr alleine - jeder für sich." Er versuchte, ihr Mut zu machen, indem er ihr über den Arm streicheln wollte.

Sie zog sich jedoch beschämt zurück, kurz bevor er den rechten Arm berühren konnte.

„Erzähl einfach nochmal alles von ganz vorne – wir finden einen Weg. Wie auch immer er aussehen sollte."

Vielleicht half Humor – dachte sich Louis „ … und wenn ich neue Perücken und einen Schnauzbart für uns beide besorgen muss."

Humor half doch immer.

Heute nicht.

„Du verstehst nicht – es ist vorbei. Manche Dinge kann man nicht einfach lösen." Sie krempelte den Ärmel hoch.

„Sieh doch!!"

Louis musterte den rötlich gefleckten Arm mit Blick zum Halsansatz, ob sich die Ausbreitung in dieser Richtung fortgesetzt hätte.

„Siehst Du? Und das Einzige was mir helfen könnte, liegt draußen auf der Straße. Verstehst Du jetzt? Ich habe die Ampulle fallen lassen. Es ist vorbei. Das, was mit einem Fleck begann, breitet sich immer schneller aus. Ich mutiere zu irgendeinem hässlichen Monster. In den letzten Wochen ging es immer schneller. Deshalb musste ich auch weg.

Heute Morgen war ich in einer Praxis, damit das Gegenserum angepasst wird, damit ich mich nicht weiter verändere. Sarras hat es mir heute Nachmittag mitgebracht, damit ich es sofort nehmen kann. Es musste so schnell gehen, damit das Ganze noch aufzuhalten ist. Und jetzt, liegt es auf der Straße."

Satz um Satz steigerte sich Francis mehr hinein. Ihre Stimme wurde immer zittriger und klang ängstlich schrill.

„Es ist vorbei. Ich habe keine Kraft mehr. Ich kann nicht mehr. Alles war umsonst."

In diesem Moment begann Louis zu verstehen. Die Fragen, die Unstimmigkeiten. Plötzlich machte alles Sinn, worüber er immer wieder grübelte. Das Weltbild seiner Menschenkenntnis passte wieder zusammen, ohne störende Fugen und Ritzen.

Schon in der Stadt heute hatte Francis ihm die Situation erklärt, dass Sie unter Druck gesetzt wurde und den Anweisungen des gemeinsamen Auftraggebers entsprechen musste. Von ihrem Arm hatte sie jedoch aus Peinlichkeit heraus nichts erwähnt.

Dies alles machte Sinn. Francis füllte noch fehlende Lücken in Louis´ Theorie, aber es wurde damit leider auch komplizierter.

Er faltete die Hände und rieb die Handflächen aneinander. Ein strenger, überlegter Blick trieb leichte Fältchen um die Augen in das Gesicht.

„Warte hier – ich bringe Dir ein Glas Wasser. Danach werden wir sehen, was wir tun können, ok?" Damit stand er auf.

„Du bist nicht mehr alleine damit" - sagte er leise und einfühlsam in milder Stimme. „Einen Moment, ich bin gleich wieder da."

Wäre ein Tisch in dieser Sitzecke gewesen, so hätte er unaufhörlich mit den Fingern darauf geklopft, bis ihm ein gangbarer Weg eingefallen wäre.

Auf dem Weg zum Wasserspender den Gang vor, schlich Louis regelrecht über den Flurteppich und strich sich dabei immer wieder über den 3-Tage-Bart.

Um die Konzentration zu fördern versuchte er, langsam zu atmen und das Streichen der Schuhe über den Teppich zu hören. Wie jede einzelne Faser unter der Last nachgab und sich dann wieder in den ursprünglichen Zustand zurückbog.

Seine Sinne zu schärfen gab ihm gleichzeitig eine gewisse Sicherheit und Beständigkeit. Beide würde er wohl noch brauchen.

„An Geld scheint es unserem gemeinsamen Freund ja nicht zu mangeln. Also wenn er einmal das Serum herstellen konnte und sogar noch angepasst und schnell innerhalb eines Tages, dann sollte es sicherlich kein Problem für ihn darstellen, ein Neues zu produzieren. Und zwar genauso schnell" murmelte er vor sich hin. Vor lauter Hast aufgrund des Einfalls stürzte er mit dem Wasserbecher in der Hand zur Sitzecke zurück, wo sich Francis immer noch befand. Es kam nicht so viel Wasser an wie zuvor geplant, aber zumindest etwas.

Die Frische des kühlen Getränks, sowie das Sitzen und nicht mehr alleine mit den Gedanken sein zu müssen, bauten Francis wieder etwas auf.

Trotz alle dem, waren Ihre Augen noch kraftlos und müde. Die neue Idee von Louis hatte jedoch wieder einen kurzen Hoffnungsschimmer aufblitzen lassen.

„Ruf ihn an – gleich jetzt, oder wie auch sonst immer Du Kontakt mit ihm aufnimmst" - setzte Louis nach, bevor der Keim der Hoffnung wieder in ihren Augen erlosch.

„Na ja, er braucht Dich. Er benötigt uns beide. Und dafür muss er sich schon etwas ins Zeug legen." Diese Sätze kamen mit so einer Gewissheit, als ob es sich um ein Bewerbungsgespräch handeln würde und sie beide nicht die Bittsteller, sondern die Entscheider wären.

Auch der 7. Anruf wurde nur von Freizeichen begleitet.

Eine SMS „Bitte dringend Kontakt aufnehmen" traf bei dem Adressaten ein, jedoch ohne Reaktion.

Beide warteten.

„Wir sollten darauf achten, dass er noch nicht weiß, was wir wissen. Offiziell sind wir noch Gegner." Durchbrach Louis die nervenaufreibende Stille.

Bisher war die Kontaktaufnahme immer so schnell, dass sich Louis schon wunderte, ob der Gegenpart denn niemals Pause hätte. Zwar war der Kontakt immer schriftlich gewesen, zumindest den, den er hatte, aber eine Reaktion stand jeweils sofort parat.

Jetzt wo man einen Kontakt dringend bräuchte, war nichts zu hören – nicht einmal im Ansatz.

Francis hatte schon einmal Kontakt am Telefon. Die Computerstimme klang zwar etwas hölzern, aber sie hatte den Eindruck, dass eine reale Person und kein kluger Algorithmus dahinter standen.

„Probiere es weiter – der soll sich hinter dem Sonnenschirm rausschälen und etwas tun für uns." Dieser Gedanke zauberte wieder ein zartes Lächeln auf Francis´ Lippen.

„Na, wenigstens etwas – Humor hilft doch immer" dachte Louis sich.

Er drückte den Powerknopf an seinem Tablet, welches sich sofort mit dem WLAN des Hotels verband und über ein Verschlüsselungsprotokoll die Mails vom Server herunterlud.

Er überflog die Mail nur, und dennoch löste es gewaltige Gewitterstürme in seiner Laune aus.

Über manches ließ er die Augen zweimal gleiten, einiges nahm er jedoch gar nicht wahr.

Sehr geehrte Herr Steinwald,

... unwilligen Geist festzustellen ... eingeschränkte Sichtweise der Dinge.

... schneller Forschungserfolge ...

... Francis mit einem Erreger infiziert ist, ... regelmäßige Einnahme des Antikörpers ... Rest des Körpers Auswirkungen ... dauerhafte Schädigungen nicht ausgeschlossen.

...

... Provokation ... unmittelbare Auswirkungen ... Marie Carpentie ...

... eigene Überheblichkeit dafür die Verantwortung zu tragen hat.

...

Mit freundlichem Gruß

„So, jetzt reicht es" - mit einem gewaltigen Schritt schob sich die innerliche Feuersbrunst weiter nach vorne.

Das war der fließende Übergang von dem eröffneten Spiel, das mit einer gewissen Leichtigkeit auszutragen, war in eine Vendetta, die bedeutungsschwer über allen Beteiligten lag.

Diese Nachricht war der Schlüssel. Dass die in den Kontakten zuvor geäußerten Freundlichkeiten reines Geschwätz waren, davon ging Louis immer aus. So offen und kalt Drohungen auszusprechen, heben die Runde jedoch auf ein wesentlich grausameres Niveau und berauben die Zusammenarbeit jeglicher Glaubwürdigkeit. Natürlich musste Louis zugeben, dabei erwischt worden zu sein bei dem Versuch etwas Zeit herauszuspielen um noch das ungelöste Rätsel, den sogenannten Null-Schalter einzubauen.

Dennoch gab es keinen Grund Aussprüche dieser Art zu tun. Gab es doch ausreichende Forschungsergebnisse und über den Gesamtfortschritt konnte man ja eben auch höchst zufrieden sein, angesichts des Schwierigkeitsgrades der Aufgabe. Schließlich musste Louis sämtliche Register ziehen und sogar zweimal einen alten Gefallen bei Freunden einzufordern, um aus der Sackgasse in die er fachlich geraten war wieder herauszufinden. Der Weg war gut, nur im Detail lag er etwas daneben. Eine willkommene Gelegenheit, die alte Freundschaft gleich wieder aufzufrischen.

Somit war diese Drohgebärde jenseits des Akzeptierbaren.

Eine wie es bisher aussah „freundliche Entführung", um eine neue Motivationsgrundlage zu schaffen war das Eine. Bisher war zumindest davon auszugehen, dass es Marie tatsächlich gut ging und ihr die versprochenen Annehmlichkeiten zur Verfügung standen.

Wer jedoch mit Infektionen an lebenden Personen spielt und aktives Leiden zur Durchsetzung seines Willens verwendet, der war auf den Bodensatz der Menschlichkeit gesunken. So etwas würde Louis noch nicht einmal als Treibgut der Gesellschaft bezeichnen.

„Komm mit – wir haben keine Zeit mehr zu verlieren."

Francis erschrak, als sie den festen Blick in Louis´ Augen bemerkte.

Dessen ungeachtet fühlte sie sich seit scheinbar ewiger Zeit nun endlich wieder geborgen. Auch wenn noch keine einzige Silbe über die Lösung des vor ihnen liegenden Problems gefallen war. So wollte sie diese Erleichterung, diese Sicherheit, diese Geborgenheit, statt hin und her geschmettert zu werden, nie mehr missen.

„Warte – gib mir noch 10 Minuten und warte hier." Und schon war er weg in Richtung des Aufzuges.

Es waren keine 10 Minuten - es waren 20.

Als er wieder im 26. Stock ausstieg, hatte er zwei willkürlich ausgewählten Personen von der Straße das eigene Handy zu völlig überzogenen und unrealistischen Preisen abluchsen können, die sich freuten das Geschäft ihres Lebens zu machen, auch wenn sie jetzt ihren ganzen Freunden und Bekannten mitteilen mussten, dass sie eine neue Handynummer hatten.

Außerdem konnte er gegen einen großzügigen Austausch von Ringit die Zugangskarte des Übernachtungszimmers für die Reinigungskräfte ergattern, die von weiter entfernt zur Arbeit in das Hotel kamen. Da dieses sowieso nie genutzt wurde, freute sich eine weitere Person über einen glücklichen segensreichen Tag, an dem einem das Geld in die Arme lief.

Guter Dinge und zufriedener Miene, trat Louis aus dem Fahrstuhl in den Gang und lief geradezu beschwingt in Richtung der etwas abgelegenen Sitzecke.

Als er um die Ecke der Pflanzenwand trat, ließ ihm der Anblick seinen Atem stocken.

XXX. Glorreicher Sieg

(Zyklus 3.8)

Die weiße Steinstatue aus Speckstein, deren Maske so feine Gesichtszüge aufwies und das Zeichen einer ehemaligen prunkvollen Ära der Macht und des Wohlstandes darstellte, lag zerbrochen neben ihm.

Ein Schleier von Unverständnis umgarnte sein Bewusstsein. So sehr er Schwäche als Auswuchs der Imperfektion verachtete, so sehr hasste er sich gegenwärtig selbst als ihm gewahr wurde in welcher Situation er sich befand.

Andere waren das Ziel seiner Manipulation, daniederliegend durch Ausnutzung ihrer eigenen Schwächen. Doch nicht er. Das war etwas für niedere Geschöpfe nicht für eine Überlegenheit einer Persönlichkeit seiner Art und Weise.

Langsam prüfend, ob sein Körper noch vollständig intakt ist, richtete er sich auf. Das Rauschen der Stadt weit unter ihm verlor sich in der Weite.

Eigentlich würde er schon wissen, dass nichts dabei heraus käme, nichtsdestotrotz würde er Spuren suchen. Als Meister der Überwachung achtete er tunlichst darauf, selbst nicht diesem Ansinnen anheimzufallen. Aus diesem Grund machte er außerhalb seines Domizils technische Geräte durch einen Störsender unbrauchbar. Innerhalb der Umgebung in der er sich jeweils aufhielt, konnte keinerlei Aufzeichnungsgerät gefunden werden. Das Nichtvorhandensein desselben war eine der besten Absicherungen – besser noch als softwaretechnische Überwachung oder Blockierung.

Der Wahrheit ins Auge zu blicken wäre ein Frevel an der Überzeugung seiner selbst. Dies würde niemals geschehen. Diese Überzeugung war das Einzige, das ihn Jahrzehnte am Leben erhielt und nicht zerbrechen ließ.

So hatte sein Geist gelernt die Wahrnehmung soweit zu beschränken, dass niemals eine Schwäche auch nur in den Bereich des Möglichen rückte.

Gleichberechtigung gab es nicht für ihn, nur eine strenge hierarchische Struktur. Nicht mehr lange und sein eigenes Weltbild würde die gesamte Welt umspannen. Dabei ging es weniger um Ehre, Anerkennung oder Ruhm. Es war eher eine Richtigstellung der Dinge. Seine Richtigstellung nach seinen Maßstäben.

Die Erfüllung dieses Wunsches raste näher wie eine Herde Büffel, die mitten in der Savanne in Aufruhr geraten war. Dieser Gedanke gab ihm Kraft. Niemand konnte sich der Erfüllung seines Planes in den Weg stellen.

Bis jemand die Zusammenhänge begreifen könnte, wäre es bereits zu spät. Jetzt wäre es schon zu spät.

Der Köder war platziert, die Kugel kam ins Rollen, die Herde Büffel hatte ihren Lauf.

Das Piepen des Tablets, um eine neue Nachricht anzuzeigen, durchbrach die Stille und erinnerte ihn schmerzvoll an die Realität.

Seine Kräfte zurückgewinnend wandte er sich in Richtung des ausladenden Lounge-Sessels, auf dessen Armlehne das Tablet lag. Unversehrt, ungeachtet des umgebenden Chaos, leuchtete das Display auf.

Ihm klar, dass die ganze Sache beschleunigt werden musste.

Es war keine große Änderung im Ablauf notwendig. Lediglich die Zeitplanung musste angepasst werden, was ihm nur entgegen kam.

Die vorzeitige Umsetzung würde der Welt und der darin enthaltenen Menschheit nur Besserung bringen. Auch wenn ein bedeutender Teil seiner Zeitgenossen diese Verbesserung nicht mehr wahrnehmen können würde.

Es musste nur schnell geschehen. Denn die Zyklen seiner Schwäche wurden schneller und ungewisser. Abgelenkt von der angezeigten Nachricht war die alte Fülle seines Stolzes und Ignoranz zurückgekehrt.

An: Diogenes

Auftrag erfüllt. Objekt eliminiert.

Sein Kontaktmann in den Tiefen des Harzer Waldes war nicht wirklich vertrauenswürdig. Aber das konnte man von einen Mitarbeiter für diese Art von Aufgaben auch nicht verlangen.

Diese Nachricht genügte. Er hatte jemanden ausgewählt, dessen soziale Herkunft und eine Menge von Fehlentscheidungen im Laufe seines Lebens keine Möglichkeit ließen sich dagegen zu entscheiden. Niemals würde ein Mensch mit diesem Lebenshintergrund heraus es auch nur wagen sich der leitenden Gesellschaft entgegenzustellen. Alleine schon aus der Einfachheit des Intellekts würde dies verhindert werden.

Er bedachte die Nachricht mit einem zufriedenen Nicken.

Das Kapitel Marie Carpentie wäre damit abgeschlossen. Wenngleich es von seiner Sichtweise aus eher ein Absatz wäre, statt ein vollständiges Kapitel.

Zu gegebener Zeit würde er den in seinen Augen erfolgreichen Abschluss der Sache auch Dr. Louis Steinwald zur Motivationssteigerung beibringen. Und dies wahrscheinlich nicht in gerade schonender Art und Weise.

Um weitere Kleinigkeiten und Details musste er sich nicht kümmern. Dazu gab es andere Leute.

Auch die zweite Nachricht gab Anlass zum Entzücken.

Die Mutationsstufe von Francis war soweit ausgereift, die nächsten beiden Schritte zu überspringen und die Endphase einzuleiten.

Endlich war der Zeitpunkt gekommen. Zur Würdigung dieses Ereignisses würde er die Verabreichung der letzten Dosis selbst durchführen um damit den Glanz seiner Überlegenheit bis in die letzte Spore seiner Haut spüren zu können.

Nichts um alles in der Welt würde er die Möglichkeit des Abschlusses an eine fremde Hand vergeben. Die Krönung all der Jahre wäre nur seiner Selbst würdig.

Wie Blütenblätter, die sich im Wind kräuselten und ihrer Bestimmung entgegen flogen, so sah er Francis.

In der Praxis Dr. Gyminov würde dies geschehen. Eine letzte Reise, bevor er den Lohn all der harten Arbeit in Empfang nehmen konnte.

Seine Finger streichelten regelrecht die Flugbestätigung von Singapur nach Kuala Lumpur.

Zu groß war der Gedanke an den Triumph. Sein persönlicher, ganz eigens herbeigeführter. Eine Neuformung der Gesellschaft, die ihm endlich das entgegenbrachte, was ihm so viele Jahre verwehrt gewesen blieb und was er seit dem Vorfall am See auch anderweitig nie wieder erreichen würde. Alles war bereit, geplant, organisiert und wartete nur darauf losgelassen zu werden.

In Kuala Lumpur würde der Same für etwas Neues sprießen. Deshalb war die Spannung bis zum Bersten in ihm entfaltet worden - Francis zu sehen und das Werk zu vollenden.

In Gewissheit der Erfüllung würde er wieder hierher zurückkommen und den Beginn einer neuen Ära in Stille hier oben auf dem Observation-Deck erwarten.

Ein Mosaiksteinchen fehlte noch – war jedoch im Begriff platziert zu werden.

Der Mechanismus, der für die Verbreitung verantwortlich wäre. Doch auch das sollte kein Problem darstellen. Würde sich aufgrund der von Louis Steinwald entwickelten einfachen Oberflächenstruktur des Trägerstoffes doch zu Beginn der Verbreitung ein Weg über das Trinkwasser eröffnet werden.

Um die Ausweitung zu beschleunigen, und da nicht jede Nation das Trinkwasser über normale Wasserleitungen aus zentraler Quelle bereitstellt, ist eine zusätzliche Luftübertragung der einzige übergreifende Weg.

Zuerst dachte er an eine Art Kerosinzusatz, der in den Tank der vielen Millionen Verkehrsflugzeuge gefüllt und damit weltweit über beinahe jeden Landstrich verteilt werden könnte. Durch die Verbrennung im Motor würde jedoch auch der Virus mit verbrannt werden.

Insekten stellten hier eine wesentlich bessere Variante da. Ein Mückenstich genügt zur Infektion und durch die strukturelle Beschaffenheit würde sich der Mechanismus ohne notwendige Folgebehandlungen in der Blutbahn verteilen. Bis die ersten sichtbaren Anzeichen auftreten würden, wären bereits 45-60 % der Menschheit infiziert. Durch das Zwei-Wege-System würde eine Lösung von offizieller Seite zu lange dauern. Zudem wäre es multinational. Wie es sich bei kleineren Zwischenfällen bereits gezeigt hatte, ist die Politik schnell überfordert. Nur wenn andere Länder einem Land helfen, wäre eine koordinierte Vorgehensweise denkbar – jedoch bei dem gleichen Problem in mehreren Ländern nicht.

Wie so oft die Geschichte der Menschheit bewies, würde jeder sich selbst der Nächste sein, was wertvolle Zeit kostete und seinem ursprünglichen Ziel nur zuträglich wäre.

Der Gipfel der Selbstgefälligkeit schwang sich empor, als er die Ampulle der letzten modifizierten Injektion für Francis aus dem Gerät nahm. „Nur noch eine Handbreit entfernt – und der Gerechtigkeit wird ein neues Antlitz verliehen" - waren die einzigen und letzten Worte, die mit großer Wucht in den Raum hallten.

XXXI. Rettungssuche

(Zyklus 1.11)

„NEIN – wie konnte ich nur so nachlässig sein." Dort wo Francis zuvor saß, war nur noch gähnende Leere und ein ausgetrunkener Wasserbecher.

„Ich hätte sie mitnehmen müssen."

Es war Louis so, als ob er in die Ecke gedrängt werden würde. War er wirklich dermaßen zerstreut, dass er nicht an die einfachsten Dinge dachte? Dabei hatte er bei seiner kurzen 30-minütigen Besorgung jegliche Vorsichtsmaßnahme getroffen um nichts Nachvollziehbares zu hinterlassen, sei es auch noch so gering.

Der Plan war gesponnen, die Wege gewoben, die Ziele gesteckt, und nun das.

Dabei wollte er ihr doch nur noch eine kurze Pause gönnen und sie nicht mit Hektik und vielen Überlegungen in Verwirrung stürzen. Sie hatte es schwer genug. Louis hörte Schritte hinter sich und wandte sich blitzschnell um.

„Du warst ganz schön lange unterwegs – in der Zwischenzeit ist mir sogar das Wasser ausgegangen" - sagte Francis mit einem leichten Lächeln, sehr erleichtert nun nicht mehr alleine sein zu müssen.

In der Ruhe konnte sie neue Kraft gewinnen.

„Denkst du wirklich, dass wir es schaffen?" Der Ausdruck ihrer Augen hatte so eine Tiefe und bat Louis inständig um ein „Ja", egal ob es stimmte oder nicht.

Noch nicht ganz sicher, ob er ihr vor Freude um den Hals fallen oder lauthals über diese Situation lachen sollte, entschied er sich dann für ein gutmütiges Schmunzeln. Über sich selbst und über den Moment hier.

Eines dieser Schmunzeln, für das er bekannt war.

„Wir schaffen das und los jetzt."

Louis wusste genau, was er tat. Wie so oft entging ihm wenig und er plante alles sorgfältig im Kopf – systematisch, analytisch.

Er versorgte Francis mit einfachen To-Do Anleitungen – eine nach der anderen, denn die Nerven waren verständlicherweise noch sehr angeschlagen.

Als Erstes ging ein jeder auf sein Zimmer und platzierte das Handy, das ihnen zur Verfügung gestellt wurde, im jeweiligen Hotelzimmer, in dem sie auch die letzten Wochen übernachtet hatten.

Die Ortung eines Handys war eines der leichtesten Dinge – das konnte ja schon jeder Fünftklässler aus dem Informatikunterricht. Die neu beschafften Handys von den beiden Fremden waren noch ausgeschaltet. Sie vereinbarten Zeiten, an denen sie die Telefone aktivierten, so dass es aussah, als ob jemand, der immer mal wieder an dieser Funkzelle vorbeikam ebenfalls Eigner dieser Mobiltelefone war. Tatsächlich traf Louis die früheren Besitzer ja vor dem Hotel.

Jetzt musste er noch Blutproben nehmen und schnellstmöglich in das Labor.

Dort war der einzige Platz an dem alle notwendigen Gerätschaften frei zur Verfügung standen die er jetzt benötigen würde. Jedoch war dieser Ort auch bestens von der Gegenseite überwacht.

Alles musste sehr schnell gehen, wenn die gesamte Unternehmung überhaupt nur den Hauch einer Chance haben sollte. Sicherlich würde ihn das alle Gefallen kosten, die er im Laufe seines Lebens noch irgendwie hervorkramen könnte, jedoch war es ihm das ohne nur den kleinsten Samen eines Zweifels wert.

Höchstens zweimal könnte er das Labor benutzen, wenn die Zusammenarbeit von Francis und Louise entdeckt werden würde. Um sich länger dieser Gefahr auszusetzen, in einem völlig abriegelbaren und fremdkontrollierten Raum aufzuhalten, war ihm sein Gegenpart zu intelligent.

Ein paar Bauteile des Rechners würde er mitgehen lassen, welche zusammen mit dem auf dem Markt unter dem Schatten des blutroten Vorhangs erstandenen Gerätes gute Dienste leisten würden. Der einstige Zweck war zwar ein anderer, jedoch mussten zurzeit sehr viele Prioritäten neu gesetzt werden.

Gemeinsam fuhren Francis und Louis mit dem Aufzug in den 3. Stock, dorthin wo die freundliche Frau es ihm beschrieben hatte. Sie würde jetzt nicht mehr in die Arbeit kommen. Sie würde sich mit dem unerwarteten Geldsegen einen kleinen Garagenladen anmieten und gemeinsam mit ihrem Mann ein Geschäft eröffnen um etwas öfter bei ihrem unbeholfenen Sohn sein zu können – entweder T-Shirts oder Plastiktaschen für Touristen sollten es werden. Damit überlebte Ihre Freundin schon seit Jahren.

„Du bleibst hier und verlässt absolut niemals das Zimmer" - warnte Louis sehr eindringlich.

Das Übernachtungszimmer für das Personal, welches sich im 3. Stock befand, war schlicht gehalten und ohne Fenster. Eine nicht unmerkliche Staubschicht lag überall auf den Flächen. Dieser Bereich wurde wirklich schon lange nicht mehr genutzt.

„Bleib hier – um das Essen kümmere ich mich."

„Verhungern ist das Geringste, um das ich mir gerade Sorgen mache."

Mit einem leidvollen Lächeln nahm Francis den Arm von Louis.

„Wirst Du auch noch hier zurückkommen, wenn ich ein Monster bin?"

„Nur dann." Versuchte Louis die Stimmung wieder aus dem Tief zu schöpfen. Und es klappte.

„Ok, in ca. sechs Stunden werde ich wieder da sein. Wir dürfen keine Zeit verlieren. Ruhe Dich aus."

Kurz bevor er die Tür schloss, wandte er sich nochmals um und sagte mit gedämpfter Stimme: „Wir schaffen das schon."

Auf dem Weg ins Labor besorgte sich Louis nochmals ein Handy von einem lustig anmutenden Straßenverkäufer für USB Sticks. Damit würde er einen seiner im noch geschuldeten Gefallen einfordern und die Analyse des Blutbildes weitergeben. Oberflächenformung war sein Hauptgebiet, nicht virale Infektionen. Durch die letzten Wochen hatte er durchaus einige Einblicke in dieses Thema erhalten – jedoch war die Zeit zu kurz um das bestehende Problem alleine anzugehen.

Die Stunden vergingen wie im Flug. Sechs Stunden und kein einziger nennenswerter Fortschritt.

Er hätte sich doch Energydrinks mitnehmen sollen, etwas, das er zu tiefst hasste, jedoch gegenwärtig sicherlich ganz brauchbar wäre. Die Aufregung der letzten Tage hinterließ ihre Spuren.

Nur war es jetzt nicht an der Zeit seinem Geist und Körper Ruhe zu gönnen. Zu viel stand noch in wüsten Fragezeichen und noch mehr stand auf dem Spiel. Einem Spiel, das ungewandt schnell an Geschwindigkeit und Schwere zunahm.

Auf dem Rückweg wählte er einen der vielen Straßenverkäufer aus, um das Abendessen mit zu nehmen. Die Hotelküche wäre nach dem Umzug in das neue Zimmer wohl nicht mehr buchbar.

Louis brachte Francis die Mahlzeit in den 3. Stock. Ihr Anblick während sie schlief, verwahrte ihn in stillschweigender Bewunderung.

„So ein liebes Wesen." Aber sie konnte ihn nicht hören. Louis stellte die Plastiktüten ab und verließ den Raum. Sicherlich würde sein Hotelzimmer ebenfalls der Überwachung unterliegen, weswegen es klüger war sich dort wie gewöhnlich aufzuhalten. Je länger der gewünschte Alltag aufrechterhalten werden kann, desto mehr Zeit würden sie haben eine Lösung zu finden.

Einmal mehr wurde sich Louis bewusst, wie schnell man aus der Wohlfühlzone gezerrt werden kann und unweigerlich der Willkür anderer ausgesetzt ist. Nun galt es diese Willkür einzudämmen.

Der darauf folgende Tag sah etwas anders aus, als die vergangenen in den letzten Wochen zuvor. Wie üblich ließ sich Louis von Sarras zu den Petronas Towers fahren. Zuvor machte er Francis noch Mut, den diesen hatte sie trotz all ihrer grundsätzlich positiven Haltung zur Welt verloren. Statt sich wieder auf die Laborebene zu begeben, wenn alle im Aufzug Anwesenden ihren Bestimmungsort gefunden hatten, stieg auch Louis diesmal wieder in einem anderen Stockwerk aus.

172 Meter über dem Erdboden lief er zur Skybridge, die zwischen dem 41. und 42. Stock liegt und beide hochaufragenden Türme verbindet. Es war eine ganz normale touristische Attraktion die ihm dabei half unbemerkt die Blutzellendaten an seinen Bekannten an der Universität zu senden, und den jetzt dringend benötigten Gefallen der so lange aufgespart wurde zu nutzen.

Zum einen würde es nicht auffallen, wenn ein Europäer da oben in sein Handy tippt, zum zweiten ist der Datenstrom über das Handy des beim Straßenverkäufer erstandenen Mobiltelefons nicht direkt zu orten, und schon gar nicht Louis zuzuordnen. Um ohne viele Worte die Dringlichkeit bewusst zu machen, schrieb er nur „Falls Du Dich fragst, wie Du das in Deinen Zeitplan unterbekommen solltest, denke einfach an den 23. April."

Damit war klar, dass sein Freund alles stehen und liegen lassen sollte und sich mit sämtlicher ihm zur Verfügung stehenden Zeit und Kraft daran setzen musste. Denn an genau diesem besagten Apriltag musste Louis plötzlich für seinen Freund da sein – ohne Fragen, ohne an etwas anderes zu denken.

Nun wäre es an der Zeit das Projekt mit einer Intensität anzugehen, die er sich selbst nicht zugetraut hätte. Die Ergebnisse waren gut, aber noch nicht gut genug. Und vor allem fehlte noch der Nullschalter, die Sicherung um Druck auf der Gegenseite aufbauen zu können und Forderungen zu stellen. Diesen Nullschalter musste er unbedingt noch einfügen, damit hätte nur Louis es in der Hand, ob die neue Oberfläche wirklich ihren Dienst tun würde oder nicht. Dies war der einzige Vorteil, den er noch herausschlagen konnte.

Unerwarteterweise, zumindest für seinen Gegenspieler, würden diese Forderungen nun zwei Personen mit einschließen. Hatte sich doch das Blatt gewendet und würde es nicht mehr nur um Marie gehen, sondern jetzt ebenfalls um Francis. Zur Not würde er beide Personen gegen die Ergebnisse seiner Arbeit eintauschen wollen.

Aber das müsste noch hinausgezögert werden, denn ein abtrünniger Mitarbeiter wie Francis wäre ein sehr großes und höchstwahrscheinlich nicht zu duldendes Sicherheitsleck. Louis war sich dessen bewusst dass dies unverzüglich gestraft werden würde. Also musste der Nullschalter her, der die Ergebnisse seiner Forschung und das gewünschte Objekt in einem Nu völlig nichtig werden lassen konnte.

Zudem müsste aufrechterhalten werden, dass Louis noch motiviert für seinen Auftraggeber arbeitet, ansonsten könnte zu Maßnahmen gegen ihn persönlich gegriffen werden. Die bisherigen Entwicklungen unterstrichen deutlich, dass keinerlei Grenzen für seinen Auftraggeber existierten.

Ein Tag verstrich. Ein Zweiter. Ein Dritter.

Ein immer gleicher Ablauf.

Der kurze morgendliche Besuch bei Francis. Die Fahrt mit Sarras, ein kurzer Ausflug in die Skybridge um den Akku in das Handy einzulegen und etwaige Nachrichten zu holen. Schnellstmöglich wieder weiter ins Labor um stetigen Fortschritt zu demonstrieren, auch wenn er bereits die nächsten Schritte für die eigentliche Aufgabe kannte und nur langsam preisgab. Die wahre Suche galt immer noch dem Nullschalter um die Wirkung einfach wieder aufheben zu können und der Lösung für Francis Mutation.

Dazu schmuggelte er jeweils Blutproben aus dem Labor, indem er zwei aus dem Gefrierschrank entnahm, jedoch nur eine untersuchte, während die andere gekonnt in seine Tasche glitt, bevor sein Rücken die Sicht der Überwachungskamera zum Probenschrank wieder freigab.

Diese tauschte er jeweils am Abend mit einer Probe von Francis aus und am nächsten Tag stimmte die Anzahl der nummerierten Proben wieder – nur der Inhalt war anders, was jedoch Kameras und Bilderkennungssoftware nicht registrieren konnten. Bevor er diesen Ort verließ, bereitete er weiter die technischen Module vor, die er bei seinem letzten Besuch hier mitnehmen würde.

Jedoch schwand mit jedem Tag etwas Hoffnung und Mut. Auch der Humor, mit dem er Francis immer wieder Mut zu machen suchte, glitt langsam in eine Art Farce ab. Keine Antwort erschien auf dem Display in der Skybridge der Petronas Towers, selbst ein erneutes Nachfragen ergab nichts. Um in dieser Sache weiterzukommen, so musste er sich eingestehen, war sein Wissen über Virologie viel zu unausgeprägt. Er würde, wenn überhaupt, nur mit viel Zeit im Finsteren fischen und eher durch Glückstreffer als fundierte Erkenntnisse weiterkommen. Dazu war die Zeit schon viel zu weit fortgeschritten. Bereits seit über drei Tagen hätte Francis das Serum nehmen müssen. Nicht auszudenken wie weit die Mutation schon fortgeschritten ist. Sie ihrerseits ließ nicht zu, dass er einen Blick darauf warf.

Zu sehr schämte sie sich vor dem Anblick und noch viel mehr über die Gewissheit des Unausweichlichen.

Als Louis den langen kalten Gang aus dem Labor in Richtung Aufzug entlang schritt fragte er sich, ob er die Sache offensiver angehen müsste.

XXXII. Zorn

(Zyklus 3.9)

Nur einen Steinwurf entfernt.

Eine neue Ära für die Menschheit kam, ohne dass diese es erfassen könnte.

Es umwarb ihn die Sicherheit seiner eigenen Planungen, was seinen Stolz in schwindelerregende Höhen trieb.

Der Tag erwachte langsam, was sich sowohl in dem Treiben der Stadt widerspiegelte, als auch in der großen Sonnenscheibe die sich langsam am Horizont hoch schob und leichtes Dämmerlicht in zarten Farben an den Himmel warf. Wie sehnte er den Tag herbei, und er würde schnell kommen, an dem die Stadt in Stille erstarb und mit ihr all die Nutzlosigkeit des Daseins. Ein neuer Morgen bahnte sich den Weg durch die schwarze Nacht. Ein erhebendes Gefühl beschlich ihn, dieses Schauspiel so hoch oben zu bewundern.

In den letzten Zügen seiner langen Investition würde er keinerlei Nachlässigkeit zeigen. Diesen Fehler machten andere, die seiner nicht würdig waren.

Mit Durchsicht der Protokolle sog er die noch kühle Luft in großen Zügen ein, sich seiner Selbstgerechtigkeit immer wieder vergewissernd. Ausschließlich wegen der für seinen Charakter notwendige Genugtuung, blickte er noch einmal auf die Statusmeldung von Marie Carpentie: „Auftrag erfüllt – eliminiert." Noch viele Schachfiguren galt es an den von ihm bestimmten Ort zu versetzen. Sowohl mit, als auch ohne Bauernopfer. Wobei es letztendlich bei der Erfüllung seiner Absicht sowieso keine Rolle mehr spielte.

Die Augen wanderten zur nächsten Spielfigur: Louis Steinwald.

Angesichts des engen Zeitraumes waren die Fortschritte beträchtlich. Nichtsdestotrotz mussten weitere Beschleunigungsmaßnahmen ergriffen werden. Der letzte Motivationsschub schien wohl seine Wirkung nicht verfehlt zu haben. Nicht nur die Anheftung des Wirkstoffes konnte erreicht werden, auch die kurzzeitige Zirkulation in einem blutkreislaufähnlichen Umfeld war möglich. Der letzte Schritt war nur noch die Haltbarkeit des Trägerstoffes zu erhöhen. Aber auch das würde sicherlich schnell zu lösen sein. Spätestens wenn Louis einen weiteren Grund zur Dringlichkeit bekäme, würde er dieses Problem bald lösen können.

Der weite, offene Blick, sowie die langsame Farbveränderung des Himmels am Horizont, von einem dunklen Azurblau mit tieforangenen Streifen durchzogen, hin zu einem leichteren Farbton, wurde nicht nur wahrgenommen, sondern auch geschätzt.

Zeit für einen abschließenden Motivationsschub.

Dachte er sich, als er der Sonne an der hinteren Kante seiner Sicht regelrecht beim Wachsen zusah.

An: Louis Steinwald

Sehr geehrter Herr Steinwald,

ich bedanke mich sehr für Ihre bisherigen Bemühungen, jedoch ist die Geschwindigkeit Ihrer Arbeitsweise nicht in Übereinstimmung mit meinen Vorstellungen.

Aus diesem Grund möchte ich Sie über die zwangsweise Beendigung des Arbeitsverhältnisses von Marie Carpentie informieren.

Sie werden sich eine neue Mitarbeiterin für die Zukunft suchen müssen.

Des Weiteren ist die Mutation bei Francis mittlerweile in einem Stadium, in dem eine vollständige Genesung ohne Schäden ausschließlich mit dem von Ihnen geforderten Oberflächenträger möglich ist.

Das Gegenserum kann mit einfachen Methoden angepasst, muss jedoch über mehrere Stunden hindurch direkt im Blutkreislauf gehalten werden um die Wirkstoffe direkt mit den Zellen zu verbinden.

Sofern Sie nicht die Verantwortung für ein zweites Unglück übernehmen möchten, rate ich Ihnen innerhalb der nächsten vier Tage Ihre Bemühungen zu verstärken und mit dem Projekt zu einem Abschluss zu bekommen.

Mit freundlichem Gruß

Dass es nicht um die Heilung ging, würde Louis noch früh genug herausfinden. Freude über seine süßlichen Formulierungen des Unabwendbaren trieb ihm ein Lachen in das Gesicht. Etwas, das seine Gesichtsmuskeln schon längere Zeit nicht mehr vollbringen mussten. Angetan von seiner Formulierungsfähigkeit ging er zum nächsten Tagesordnungspunkt über.

Francis.

Die Bewegungsmuster sahen seltsam aus. So, als ob sie schon drei Tage das Hotelzimmer nicht mehr verlassen hätte. Da sie sich in dem für Sie definierten Korridor aufhielt, hatte die Tracking Software nicht Alarm geschlagen.

Motorische Einschränkungen, sowie Übelkeit und weitere Begleiterscheinungen waren selbstverständlich mit einkalkuliert worden. Wie es aussah, waren die letzten zwei Tage auch keinerlei Forderungen von Louis Steinwald eingetroffen. Nach den Wochen des bisherigen Aufenthalts und mit zunehmenden Fortschrittes in der Forschung nahmen diese sowieso ab. Fernab des Gedankens der Fehlerhaftigkeit kam dennoch die Überlegung, ob die Mutation in diesem Stadium vielleicht die Kräfte des Körpers bereits überbeanspruchen könnte.

Dies war eine der vielen möglichen Sichtweisen. Der Abgleich mit den aufgelaufenen Rechnungen für Zimmerservice und Restaurantbesuchen ergab ein stetig wachsendes Gefühl von Argwohn. Das war kein normales Verhalten. Es war, als ob Francis sich entschieden hätte, sich nicht mehr zu bewegen und auch nichts mehr zu essen. Eine kurze Prüfung der Hotelkameras, sowie der umliegenden Straßen, ließen das Bild immer deutlicher werden.

Genug der Zimperlichkeiten. Wenn nun schon das gemeine Volk von Dienern beginnen würde selbst Entscheidungen zu treffen, wo käme man denn dahin.

Voller Widerwärtigkeit ballte er die Faust. Wie kam es dazu, dass diese schwache Person nicht funktionierte? Welche umnachtete Idee stiftete sie zu diesem Wahnsinn an?

Er würde die Mail an Louis noch einen Tag hinauszögern, musste er sich doch erst Gewissheit über diesen Frevel verschaffen. Um das Endprodukt des virulenten Stoffes verwenden zu können, würde er sich sowieso nicht nehmen lassen die Spitze selbst zu erklimmen und sowohl die letzte Dosis höchstpersönlich zu injizieren. Circa sieben Stunden später wäre es dann soweit, nach einer Sedierung das Serum aus den übrigbleibenden Zellklumpen zu extrahieren.

Ob nun freiwillig oder gewaltsam spielte keine Rolle. Wäre es so, als ob man eine Schachfigur fragen würde, ob sie sich bequemen könnte auf das andere Feld zu hüpfen.

Mehr die Widerspenstigkeit war es, die seinen Puls schneller schlagen und die rote Farbe des Zornes in ihm aufsteigen ließ. Nicht mehr lange müsste er unter so viel Unverständnis und Unvollkommenheit leiden müssen. Der Tag war nahe.

Um Zusammenhänge auszuschließen, verglich er nochmals das Bewegungsprofil von Louis Steinwald. In den letzten Tagen gab es immer wieder Ausreißer, welche zuvor nicht existierten. Einmal im 3. Stock des Hotels und einmal zwischen den 41. und 42. Stock der Petronas Towers. Um falsch ausgestiegen zu sein, war die Frequenz dieser Ausnahmen zu hoch.

Lächerlich sich anmuten zu wollen ihn zu überlisten. Wer könnte sich denn mit der Größe seines Geistes messen?

Nach weiterer Untersuchung der Daten öffnete er seine Kommunikationssoftware.

An: K1754

Zielperson im Hotelzimmer sedieren und in Ziellabor schaffen. Auf Kollateralschäden muss keine Rücksicht genommen werden. Schneller Abschluss erforderlich.

Dieser Ungehorsam und die fehlende Bereitschaft zur Unterordnung von niederen Wesen drehte sich wie ein Bohrer in sein Fleisch. Die immer wiederkehrende Überheblichkeit seiner Werkzeuge. Waren sie doch nicht für eigene Entscheidungen geschaffen worden. Zwar wurde damit in keiner Weise der Ausgang gefährdet - der Versuch als solches genügte jedoch, um seinen Zorn in Wallung geraten zu lassen.

Die Sonne stand mittlerweile fast senkrecht am Firmament.

Er zog sich in die Abgeschiedenheit des klimatisierten Wohnzimmers zurück und wartete auf die Bildübertragung auf dem wandgroßen Flachbildschirm. Dank großer Konzerne hatten hochauflösende Kameras ihren Weg in alltägliche Hilfsmittel wie zum Beispiel Brillen gefunden. Somit konnte er in Echtzeit mitverfolgen, wie sein Auftrag von K1754 ausgeführt wird.

Die Übertragung startete.

In gestochen scharfen Bildern wurde die Umgebung des Hotels übertragen. Die Fahrstuhltür öffnete sich. Kurz danach war ein recht unschönes Bild einer klobigen Nase mit vielen groben Poren zu sehen, die durch zu viel Alkoholkonsum zu dieser Größe kamen. Warum musste K1754 auch so nahe und gerade in dieser Richtung im Fahrstuhl stehen. Ein weiterer Beweis für die Richtigkeit seiner Handlungen. Dieser Affront gegen die Ästhetik musste beseitigt werden – dauerhaft. Er tippte – in wenigen Sekundenbruchteilen erschien die Anweisung im Sichtfeld der Brille: „Objekt befindet sich in Appartement 1247."

Glücklicherweise schwenkte der Blick in Richtung des Bedienpanels des Aufzuges und verharrte dort. Die hässliche Nase war weg. Stockwerk 12 wurde gedrückt.

Nahezu verzögerungsfrei erklang der Gong des 12. Stockwerkes auf dem großen Flachbildschirm und die Fahrstuhltüren öffneten sich. K1754 trat heraus, blickte kurz in die Gänge die sich von seinem Standpunkt aus in drei Richtungen ergaben und fasste mit der rechten Hand in die Innentasche seiner Jacke. Da niemand sonst in diesem Stockwerk zu sehen war, nachdem sich die Metalltüren des Aufzuges wieder schlossen, zog er eine längliche Plastikumhüllung heraus, in dem eine unberührte Spritze mit Sedativum enthalten war. Mit zwei Fingern öffnete er die Schutzummantelung und nahm das Werkzeug heraus das er in den nächsten Minuten verwenden müsste.

Francis später mit Rum zu übergießen und dann zum Auto um die Ecke zu tragen war bei seiner Statur kein Problem. Den Menschen, die er auf den Weg dorthin unweigerlich treffen würde, wäre mit einem Kopfschütteln und lockeren Spruch „Hochzeitsreise – sie verträgt kaum Alkohol" alles erklärt. Wahrscheinlich erntete er dafür, bei dem Alkoholgeruch den sie ausstrahlen würde, sowohl Verständnis als auch Wohlwollen.

Zimmer 1247 war erreicht. Die Augen wurden etwas schmaler, als er die Übertragung betrachtete. War er sich nicht sicher, was hinter der Tür zur Erscheinung kam. Nachdem K1754 die Magnetkarte in den Schlitz der Zimmertür einführte, die er heute Morgen in seinem Briefkasten vorfand, ertönte ein kurzes Schnarren, gefolgt von einem Klick.

Die Muskeln angespannt und den Daumen auf dem Stempel des Sedativums bereit, drückte K1754 die Klinke.

Das Glas flog und zerschellte mit einem hellen Klirren am Flachbildschirm auf dem Observation-Deck des Marina Bay Sands. Langsam und ölig floss die helle Flüssigkeit in langen Tropfen entlang des Übertragungsbildes.

„Elendige Kleingeister" – hallte es durch den Raum.

Schäumend vor Wut über einen weiteren Beweis des Ungehorsams konnte die Höhe der Dreistigkeit kaum zu ermessen sein. Wagte sie es tatsächlich, eigene Entscheidungen zu treffen und sich seiner Kontrolle zu entziehen. Wie konnte es sein, dass sich diese niederen Geschöpfe anmaßen konnten, sich gegen ihn zu stellen und den unabdingbaren Gehorsam zu verweigern.

Ein leeres Zimmer mit einem unbenutzten Bett und einem Handy auf dem Nachttisch war zu sehen. Niemand sonst. Auch die sorgfältige Überprüfung des Badezimmers brachte niemanden zum Vorschein.

„Unglückselige Kreaturen!"

Noch bevor die letzten Tropfen das Ende des Flachbildschirmes erreichten, hatte er das Pad in der Hand.

Sofort erschienen neue Anweisungen auf der Brille von K1754.

„Stockwerk 3 - sofort"

„Übernachtungsraum für Angestellte – Zimmer 351"

Die Schlagader am Hals pochte. Eine Mischung zwischen Zorn und Empörung über die Ignoranz seiner selbst, trieb das Blut durch die Adern, sodass die Schläfen anschwollen. Was war dies für ein kläglicher Versuch. Nicht einmal nachsehen musste er, um zu wissen, dass die Ausreißer in den zuvor gesehenen Trackingdaten im Stockwerk Drei endeten.

Wie er die Stunden herbeisehnte, in dem er in Pracht sein Tagewerk begutachten konnte und diese lächerlichen Versuche sich ihm zu entziehen vorbei wären. Er zog in Betracht, die schmerzstillenden Substanzen für die letzte Mutationsstufe wieder zu entfernen - für diesen Frevel.

Die Fahrstuhltüren gingen auf und wieder zu.

Der Gong ertönte – Stockwerk 10.

Weiterhin die Spritze unter dem Sakko bereithaltend, versuchte K1754, sich in die Ecke zu drängen, damit ihn niemand der anderen Personen im Aufzug berühren konnte.

Ein weiterer Gong – Stockwerk 7.

Im 5. Stock war er bis auf zwei Hotelangestellte alleine.

Der dritte Stock war erreicht.

Zwei verständnislose Augen, über einen gut gekleideten Gast, der in diesem Stock ausstieg, waren das letzte was der Flachbildschirm anzeigte. Die unteren Stockwerke wurden doch eher billiger angeboten, was sich durchaus im Aussehen der Gäste widerspiegelte.

Mit nur wenigen Schritten war Zimmer 351 erreicht. Diesmal waren die Muskeln noch weit mehr angespannt wie zuvor.

K1754 zog die Spritze in der rechten Hand hervor, während er mit der Linken die Zutrittskarte in das Lesegerät schob. Selbst wenn ihn jemand erwarten würde, könnte er mit der Spritze in Augenhöhe schnell und zielsicher von oben herab zustoßen und das Sedativum würde innerhalb von Sekunden die Wirkung entfalten.

Ein Surren.

Die Klinke senkte sich.

„Entschuldigung, kann ich Ihnen helfen? Sie müssen sich verlaufen haben – das ist das Zimmer für Angestellte."

In wenigen Sekunden lag ein Mann auf dem Boden und neben ihm eine Brille mit Kamera und WLAN Funktion. Zerbrochen in viele kleine Splitter.

Aus der Not heraus geboren, hielten sich die Gewissensbisse von K1754 in Grenzen. Hatte er den freundlichen Hotelangestellten doch nur in das Reich der Träume geschickt und nicht schwer verletzt. Unglücklicherweise ging dabei die Brille seines Auftraggebers in die Brüche als der Mann im Fall herumschleuderte und den Stil des Wischmops aus Versehen in das Gesicht des Angreifers drückte. Außer der kaputten Brille, konnte K1754 jedoch keine Beeinträchtigung feststellen.

Kurz zuvor konnte er noch auf dem Innendisplay lesen „Gehen Sie schnell vor, ohne Rücksicht auf die Umgebung."

Erneut das Sedativum in der rechten Hand, bereit zur Verwendung ertönte das Surren des Schließmechanismus. Die Klinke senkte sich. K1754 warf die Tür auf und stand plötzlich im Raum.

Zirka eine Stunde später ertönte das Pad mit einer neuen Nachricht.

An: Diogenes

Auftrag erledigt. Zielperson befindet sich im Labor.

XXXIII. In meiner Hand

(Zyklus 3.10)

Die Sonne stand fast senkrecht über dem hellgelben Haus mit den grünen Fensterläden. Die Hitze der Stadt schwoll unerträglich an, welche mit der hohen Luftfeuchtigkeit kaum zu ertragen war.

Sarras erachtete es als zweifelhafte Ehre, die Person in seinem Fahrzeug zu befördern, jedoch bereitete es ihm in einer gewissen Art auch Vergnügen diese Fahrt zu tun.

Ein leichter Windhauch mit sorgsam gekühlten 23°C durchzog das schwarze Auto mit den getönten Scheiben.

Noch etwas war deutlich zu spüren - das sich ebenso kalt anfühlte.

Euphorie.

Einseitig, jedoch in solcher Pracht, dass sogar beinahe die Sonne nicht das strahlenste Element in diesem Moment war.

Ein paar Minuten später hielt Sarras den Wagen im Alltagsgewimmel der Stadt vor einem Schild an auf dem „Praxis Dr. Gyminov" stand. Kein Wort musste fallen an diesem Ort der Kälte. Heiße, schwüle Luft erstürmte das Wageninnere, als sich die hintere Tür öffnete.

In der voll Stolz geschwollenen Brust desjenigen der ausstieg, pumpte das Herz Adrenalin in seltener Fülle durch die Blutbahnen. Jetzt war es soweit.

Oft schon hatte er sich diesen Moment in Gedanken ausgemalt, wenngleich Personen und Örtlichkeit noch nicht festgelegt waren.

Nur die Realität konnte ihn befriedigen. Und diese war jetzt in eben dieser Sekunde. Nur noch ein Hauch trennte ihn von der Verwirklichung seines ganzen Daseins.

Das golden glänzende Schild „Praxis Dr. Gyminov" hatte eine Geschichte, die nur er kannte. Umso erfolgsträchtiger war sein Empfinden jetzt. Der Schritt stockte. Für ein paar Sekunden genoss er den matten Glanz des Schildes.

Die Menschen, die sich die Straße entlang quälten, machten einen geräumigen Bogen um die schwarz gekleidete Person mit der großen Sonnenbrille vor dem Schild. Niemand wollte auch nur ansatzweise mit ihr in Berührung kommen.

Auf der anderen Seite hingegen wurde diese Menschenmenge nicht wahrgenommen. So kurz vor dem bald sichtbaren Beweis seiner Überlegenheit war alles um ihn herum in ehrerbietiger Stille versunken – zumindest für ihn selbst.

Im Zeitraffer gingen ihm Szenen, Tage und Bilder durch den Kopf. Der lange mühsame Weg bis hierher. Wo waren all die vermessenen Menschen, die dachten sich über ihn erheben zu können? Wo waren diejenigen, die ihren unerfüllten und nichtigen Zweck dienten?

Herzog Carl Eugen wäre stolz auf ihn. Die Perfektion würde Ihren Lauf nehmen und er lenkte sie. In schweren, andächtigen Schritten stieg er die abgenutzten Stufen hinauf. Er hasste es dieses alte Treppenhaus zu sehen, denn alles was an Verfall erinnerte, war für ihn nicht zu ertragen. Dieses ekelhafte Gefühl das Altern nicht stoppen zu können und sich von der Perfektion immer weiter weg zu bewegen ließ ihn regelrecht in Abscheu geraten.

Sobald er die eigentliche Praxis erreicht hätte, würde alles wieder seinen Wünschen entsprechen. Und in naher Zukunft würde sogar die ganze Welt, und der Rest der sich noch darin befand, ebenfalls seinen Wünschen entsprechen.

Mit jedem Schritt, den er in Richtung des zweiten Stocks ging, fühlte er die Macht in jeder Faser seines Körpers mehr und mehr.

Wo waren diejenigen, die über ihn lachten. Wo die, die sich für intelligent hielten. Sie alle würden sich seiner Überlegenheit beugen müssen. Die Gesichtsscanner erfassten die kantigen Konturen, als er die Sonnenbrille im zweiten Stock abnahm, und die Türen öffneten sich.

Wie erwartet, war alles vorbereitet. Die Reinheit und die Sterilität des Raumes erfüllten ihn, als sich die schweren Glastüren hinter ihm wieder schlossen. Mit einem Höchstmaß an Genugtuung erfassten seine Augen den Zahnarztstuhl im gleißenden Licht, sowie die Person, die darauf lag.

Francis.

„Meine liebe Francis – lassen Sie uns das Schauspiel beenden" - ging genüsslich von seiner Zunge.

Er strich sich mit den zwei Fingern der rechten Hand hinter das Ohr. Als er die Hand wieder senkte, sah er einen hauchfeinen roten Schmierer auf seinem Mittelfinger. Langsam hob er den Kopf mit Augen voller Unverständnis.

„Mein lieber Freund, sie haben Recht. Lassen Sie uns das Schauspiel beenden."

Die Stimme aus dem hinteren Teil des Raumes, in dem sich zwei Türen befanden, klang etwas röchelnd aber dennoch willensstark.

Er wollte sich bewegen, doch selbst nicht einmal die Muskeln schienen zu gehorchen.

Louis Steinwald kam aus den hinteren Räumen mit einem alten blassen Mann hervor, den er im Rollstuhl vor sich herschob.

Immer noch waren die Augen das einzige, deren Befehle nicht ins Leere liefen. Das anfängliche Unverständnis ging über, in regelrechte Ratlosigkeit. Die Augen starr auf Louis gerichtet, überkam ihn das seit langer Zeit gefürchtetste Gefühl, Abscheu und Hilflosigkeit. Nicht nur, dass er nicht darauf vorbereitet war, zur jetzigen Zeit hatte er auch keine Möglichkeit sich dieser unangenehmen Situation zu entziehen.

Louis Schmunzeln war für ihn so grässlich, er hätte es vorgezogen mit Tiefseekraken zu ringen, anstelle sich diesem Anblick zu stellen. Waren es doch seine Werkzeuge, seine Handlanger, sein....

„Wie Sie sicherlich schon festgestellt haben, sind ihre Muskeln zurzeit stillgelegt und verharren in der gegenwärtigen Position. Ein Botenstoff wurde ihnen entzogen, sodass Sie vom Hals abwärts keine neuen Befehle Ihres Gehirnes empfangen werden." - erklärte der alte Mann röchelnd, dessen Rollstuhl Louis gleich neben Francis, die sich mittlerweile von der Liege aufgerichtet hatte, abstellte.

„Bitte entschuldigen Sie, dass ich Ihnen deshalb keinen Stuhl anbiete – sie würden sich sowieso nicht setzen können."

Die Erscheinung des alten Mannes, würde bei jedem vernünftig denkenden Menschen Sorge und Mitleid hervorrufen. Die pure Anwesenheit dieser Art von Imperfektion rief jedoch bei einer Person im Raum tiefsitzende Angst hervor.

Direkt unterhalb der Nase, sowie auf der rechten Seite der kahlen Stelle am Kopf drangen Kunststoffschläuche nach außen, die mit Gerätschaften hinter und unter dem Rollstuhl verbunden waren. Ebenfalls aus der Lunge kam ein Schlauch, der eine sonderbare Flüssigkeit abzog und das Röcheln in der Stimme verursachte.

Die Haut war fleckig und die wenigen Haare, die sich noch auf dem Kopf befanden, hingen formlos in langen Strähnen herab.

„Seien Sie nicht traurig, dieser Zustand wird von zeitlich beschränkter Dauer sein." Die Stimme klang sanft.

Völlig wertfrei fuhr er fort: „Im Gegensatz zu meiner Situation hier – die mir verbleibenden Tage, werde ich wohl hier in diesem Gefährt verbringen müssen."

Leichte Schweißperlen bildeten sich auf der Stirn. Das Aussehen des alten Mannes erinnerte mehr an Strahlungsopfer einer Nuklearkatastrophe wie in vielen Filmen, nur dass die Ausstrahlung desselben ein hohes Maß an Würde verriet.

„Es stimmt mich traurig zu sehen, dass ein an sich wacher Geist wie ihrer sich an so viel Schlechtigkeit misst. Sehr gut verstehe ich Ihren Blick. Es ist der Gleiche den ich jeden Morgen im Badezimmer habe. Das Entsetzen über meine Erscheinung. Etwas was ich mir nicht ausgesucht habe. Doch zuvor muss ich mich für Ihre ausführliche Unterstützung bedanken, auch wenn ich die Verfahrensweisen nicht immer für gut befinden konnte. Ebenfalls Ihr Umgang mit Menschen war höchst verabscheuungswürdig. Wenn Sie weniger über Ihre Selbstherrlichkeit sinnierten als über die Menschlichkeit, so hätte ich wesentlich mehr Mühe gehabt sie zu manipulieren und kontrollieren."

Nun traten ebenfalls Schweißperlen auf der breiten Stirn des schwarz gekleideten Mannes auf, der stand, während alle anderen im Raum mittlerweile eine Sitzgelegenheit für sich entdeckt hatten.

Louis saß auf einem Hocker, den er unter dem Bestecktisch hervorzog. Francis war leicht angespannt, aber dennoch ruhig auf dem Zahnarztstuhl in der Mitte des Raumes. Selbst Sarras hatte sich hinzugesellt und konnte einen Bürostuhl ergattern.

„Es muss Sie sehr schmerzen ..." - immer wieder unterbrochen durch leises Keuchen „ ... bei Ihrer Art von Selbstverständnis, dass Sie trotz Ihrer doch zahlreichen Fähigkeiten ein Opfer Ihrer eigenen höchstgeschätzten Waffe, der Manipulation, geworden sind."

Mit Traurigkeit im Blick fuhr er fort.

„Ich bedaure es zutiefst, so lange warten zu müssen, denn all die Leben und Hoffnungen die Sie in ihrem eigensüchtigen Tun zerstört haben, sind nicht einfach wieder gut zu machen. Sehr oft wollte ich Ihrem willkürlichen Treiben ein Ende setzen, jedoch war das zum jeweiligen Zeitpunkt noch nicht möglich. In einer von Ihnen so geliebten heuchlerischen Art möchte ich mich bei Ihnen bedanken, dass Sie meinen Interessen mit so einer Hingabe dienten. Um es Ihnen vorwegzunehmen, der Plan eine neue Ära nach eigenen Vorstellungen zu schaffen ist leider fehlgeschlagen. Wenn Sie auch nur einen Hauch von Ehrfurcht besäßen, würden Sie nicht versuchen, derartig in die Natur Einfluss zu nehmen. Denn diese wurde klüger konzipiert als Ihr Plan, mein Freund."

Eine lange Denkpause sorgte für eine eigenartige Stille.

Die Augen quollen regelrecht aus dem Mann in der Mitte heraus, der unfähig war auch nur einen Laut von sich zu geben. Nicht in der Lage der immer größer werdenden Abscheu und dem blanken Hass Ausdruck zu verleihen.

Sich abwendend musste der alte Mann husten.

„Ihr Serum hatte zwar eine Wirkung, jedoch nicht die, die sie sich gewünscht hätten.

Aufgrund meiner Bemühungen die regelmäßigen Injektionen bei Francis zu unterbrechen, sowie das vorgetäuschte schusselige Verhalten von Sarras bei der Übergabe der letzten Ampulle am Wagen, sind keine wirklichen Schäden bei Francis entstanden. Leider musste ich jedoch eine gewisse Mutationsstufe zulassen um die Glaubwürdigkeit am Leben zu erhalten und Sie weiterhin täuschen zu können."

Sich Francis zuwenden fuhr er fort: „Sie haben mein aufrichtiges Mitleid und meine aufrichtige Entschuldigung dafür. Unglücklicherweise konnte ich Sie nicht vorzeitig darüber informieren, da unser Freund hier zwar überheblich ist, jedoch nicht dumm. Ihre Gutherzigkeit und Ehrlichkeit, die ich sehr schätze, hätte viele Bemühungen leider zerstört."

Francis lächelte leicht, beinahe betäubt von dem Gefühl, dass dieser Alptraum nun endlich vorbei ist – etwas, was sie sich so lange gewünscht hatte.

„Mein lieber Freund. Um Ihre Qual verdienterweise komplett zu machen möchte ich Ihnen mitteilen, dass Sie mir sehr geholfen haben. Ja mir, einem schwachen, kranken und in ihren Augen unnützen Mann. Einem der der Perfektion so weit entfernt ist, wie Ihr bester Freund Herzog Carl Eugen von Ihnen.

Dr. Louis Steinwald hat große Fortschritte errungen. Jedoch waren nicht die von Ihnen zur Verfügung gestellten Seren das Ziel. Er arbeitete mit Auszügen aus meinem eigenen, in Ihren Augen imperfekten Blutserum. Die Art der Verbreitungstechnik ist für die Heilung meiner Krankheit durchaus wichtig. Andere Aufnahmearten meines Körpers wären zu langsam, um noch Wirkung zeigen zu können. Auch dies ist ein Dienst an der von Ihnen so gehassten Menschheit, wenngleich Ihnen diese, völlig unverdient, wohl Liebe dafür entgegenbringen würde. Ihre Arbeit, kombiniert mit der Arbeit von Dr. Steinwald wird in kurzer Zeit eine große Seuche der Menschheit zu Fall bringen – den Krebs. Durch diese Art von Trägeroberfläche lassen sich die Wirkstoffe direkt an die entsprechenden mutierten Zellen binden, ohne den Rest des Körpers in Mitleidenschaft zu ziehen. Sofern Sie konventionelle Methoden in Betracht gezogen hätten um dieses Ziel zu erreichen, würde auch Ihnen mein aufrichtiger Dank und meine Bewunderung gelten.

Nun gut – leider war dem nicht so. Dennoch wird die Ampulle in ihrem Sakko der genetischen Veränderung des Wirkstoffes sehr dienlich sein. Vielen Dank, dass Sie ihn freundlicherweise persönlich bei mir vorbeibringen."

Es war, als ob die Äderchen am Kopf der einzig stehenden Person im Raum platzen würden.

„Das Sprechen strengt mich an, jedoch möchte ich Ihnen die gesamte Geschichte erzählen – auch in dem Bewusstsein, dass Sie des Lernens nicht fähig sind. Ihr Mitarbeiter, wie nannten Sie ihn noch – K ... irgendwas, der Francis aus dem Hotel holen sollte, war leider zuerst im falschen Stockwerk, was uns genügend Zeit einräumte. Er hatte das Zimmer zu einem Zeitpunkt betreten, in dem sich Francis jedoch nicht mehr darin aufhielt aufgrund des Engagements von unserem geschätzten Sarras. Das Glück spielte uns in die Hände, sodass wir schnell genug die Übertragungsfrequenz fanden und so den Erfolg der Mission mit Hilfe von 3D-Programmen simulieren konnten. Es war schön, dass Ihnen die verminderte Detailtreue durch Herabsetzung der Auflösung nicht Kopfzerbrechen bereitete. Um die Glaubwürdigkeit zu erhalten, war die Interaktion mit der zerstörten Brille und der abschließenden Mail notwendig.

Nichtsdestotrotz muss ich zugeben, dass es mich einige Mühe gekostet hat Frau Carpentie vor den von Ihnen festgelegten Plan zu bewahren. Nicht nur dass es nicht so leicht war das Vertrauensverhältnis wiederherzustellen, das Sie empfindlich gestört hatten, sondern auch ihr Leben zu bewahren, da ich nicht so schnell mit der Auflösung Ihres Interesses an Marie Carpentie gerechnet hätte."

Louis atmete tief ein, bereit eine ganze Litanei an harten Worten für die Dinge zu finden, die er erfahren hatte und mit welchen Unterstellungen er konfrontiert wurde. Ein kurzer strenger Blick des alten Mannes genügte jedoch, um ihm das Gespräch weiter zu überlassen.

„Glücklicherweise hatte Frau Carpentie sowieso mit sich gerungen und ist ausgesprochen aufrichtig veranlagt, sodass ich Ihr die Unschuld von Herrn Steinwald verhältnismäßig schnell beweisen konnte. Zugegebenermaßen wären Sie mir bald auf die Schliche gekommen durch etwas Übereifer meinerseits. Sie werden verstehen, bei einem Mann in meinem gesundheitlichen Zustand ist es nicht immer einfach Geduld aufzubringen und objektive

Entscheidungen zu treffen. Aber dank Ihrer Bemühungen werde ich mich sicherlich bald wieder besser fühlen."

Diese immer wieder sarkastischen Bemerkungen waren nur ein Teil der Strafe für den Stolz und die Härte den Beteiligten gegenüber.

„Damals, in der wunderschönen mit Bäumen gesäumten Allee, ist Ihnen durch meine Ungeduld ein Schimmer eines Gedanken gekommen, dass Sie wohl doch nicht die Hand über alles hatten. Jedoch Ihr Stolz und Ihr Selbstglanz waren bald wieder größer als die Realität, womit ich meinen Fehler schnell wieder gut machen konnte. Auch ihr kläglicher Versuch, den Gehorsam von Marie Carpentie zu prüfen war ein Moment, der mich lachen ließ. Eine gewisse Ironie lag sicherlich darin, dass eine etwas aufgebrachte Wandersfrau den Alarm auslöste.

Ein ebenso heiterer Moment war Ihre Platzierung der Micro-SD Card in Charterflugzeug. Wie beabsichtigt hatten wir diese selbstverständlich gefunden und die darauf gespeicherten Pläne untersucht, jedoch waren die Verschlüsselungsalgorithmen von größerer Bedeutung. Durch die Überlassung der Micro-SD Card war es uns einfacher möglich zu identifizieren welche Arten der Datenverschlüsselung Sie für Falschinformationen verwenden. Somit konnten wir unsere Ressourcen für die anderen von Ihnen abgefangenen Datenströme verwenden. Nochmals auch vielen Dank hierfür. Damit war schon an der Art der Verschlüsselung recht einfach zu erkennen, ob der Datenstrom brauchbare oder wertlose Informationen enthielt."

Ein langer schier endloser Blick folgte – Auge in Auge.

Vollkommene Ruhe durchflutete den Raum. Nur die wie ein Hauch surrenden Pumpen der lebenserhaltenden Maschinen unterhalb des Rollstuhles waren zu vernehmen.

„Mit Verachtung für Ihr Handeln werde ich Sie verlassen, jedoch auch mit der Genugtuung, dass die menschlichen Werte mehr zählen als der Selbstglanz, in dem sie sich befinden. In ungefähr 10 Minuten wird die Wirkung des Botenstoffblockers nachlassen. Seien Sie sich bewusst, dass Sie niemanden in Ihrer Hand haben, sondern sofern Sie wieder zu planen beginnen, sich in meiner Hand befinden."

Louis und Francis standen auf und liefen in Richtung Ausgang. Auch Sarras kam herüber und nahm die hinteren Griffe des Rollstuhles in seine Hände.

Auf Höhe des schwarz gekleideten stehenden Mannes mit den Schweißperlen und dem starren Blick, gab der alte Mann ein Zeichen. Augenblicklich hielt Sarras den Rollstuhl an.

Der alte Mann hob den Kopf.

„Sarras, helfen Sie mir aufzustehen."

Sarras steckte seine beiden Arme unter die Achseln des schmalen Mannes und wuchtete ihn aus den Stuhl. Direkt Kopf an Kopf sah er erst tief und schier endlos in die Augen und den mittlerweile völlig geistlosen Ausdruck im Gesicht des überheblichen Mannes.

„In MEINER Hand!" Hauchte er ganz langsam Silbe für Silbe in das Ohr.

Im Rollstuhl zurück verließen Sarras und der alte Mann den Raum.

Das Licht ging aus.

Ein paar Minuten später sackte eine schwarze Gestalt auf den Boden. Die völlig apathischen Augen waren nach unten gerichtet. Die Gestalt krümmte sich schmerzlos im Dunkeln wie ein Embryo im Mutterleib. Während er zu wimmern begann, wippte er gekrümmt hin und her und steckte seinen Daumen in den Mund. Das Wimmern formte sich zu endlosen Worten „In meiner Hand, in meiner Hand, in meiner Hand, ..."

Zeitfracht Medien GmbH
Ferdinand-Jühlke-Straße 7
99095 Erfurt, Deutschland
produktsicherheit@kolibri360.de